ES BEDARF
ZWEI

ES BEDARF ZWEI

Mindy Hall

CITIOFBOOKS, INC.
3736 Eubank NE Suite A1
Albuquerque, NM 87111-3579
www.citiofbooks.com

Línea directa::   1 (877) 389-2759
Fax: 1 (505) 930-7244

Bestellinfos:

Mengenrabatte. Für größere Bestellungen von Unternehmen, Verbänden und anderen Organisationen in den Vereinigten Staaten von Amerika gibt's Sonderrabatte. Für mehr Infos wende dich bitte an den Verlag unter der oben genannten Adresse.

Gedruckt in den Vereinigten Staaten von Amerika.

ISBN-13:   Softcover   979-8-90124-039-7
             E-Book   979-8-90124-040-3
             Hardback   979-8-90124-041-0

Kontrollnummer der Library of Congress: 2024914306

Inhaltsverzeichnis

KAPITEL 1

Emily Kristich hatte eine Mission. Unter den gegebenen Umständen fuhr sie auf der zweispurigen Autobahn so zügig, wie es eben ging. Doch dann zwängte eine Betonbarriere den Verkehr auf eine einzige Spur, und plötzlich kroch alles nur noch voran. In der Hoffnung, dass es auf den Nebenstraßen weniger schlimm wäre, nahm sie eine Ausfahrt früher als sonst. Sie rollte auf eine Kontrollstelle zu, wo eine ganze Schar Uniformierter mit Walkie-Talkies den Strom müder Fahrzeuge weiterwinkte. Trotzdem wurde die Schlange mit jeder Minute länger, dichter, zäher.

An der ersten Kreuzung klaffte ein riesiger Krater, offenbar von Granatenbeschuss. Emily und die anderen flüchtenden Landsleute tasteten sich mit ihren Autos vorsichtig um den Graben herum. Wo eigentlich Ampeln hätten blinken müssen, standen tragbare Stoppschilder, die aussahen, als hätte man sie mit Kugeln durchsiebt. Sandsäcke hielten sie an Ort und Stelle. Zementbarrieren säumten den Rand der aufgerissenen Fahrbahn, während der Staub, von den Reifen aufgewirbelt, eine trübe Wolke über die Straße legte. Er trocknete die Kehlen aus und trieb den Augen Tränen in die Lider.

Es war erst Vormittag, aber die Sonne brannte bereits so heiß, dass die Welt in einem gelblichen, flirrenden Licht stand. Alles wirkte noch unerbittlicher, als es ohnehin schon war. An der Kreuzung brach Unruhe aus, und der Verkehr kam erneut fast zum Stillstand. Hitze, Staub und Verwirrung machten die Leute dünnhäutig, Hupen schrien in die stehende Luft. Dieses zähe Warten, nur um durch Barrieren zu kommen, die sie von ihrem Ziel trennten, nagte an Emilys Nerven. Als die Kolonne sich endlich wieder in Bewegung setzte, ertappte sie sich dabei, ihre Entscheidung, überhaupt weiterzufahren, zu hinterfragen.

Dabei ging es am Ende nur um Weihnachtsgeschenke für die Lehrer ihrer Kinder.

Der Straßenbau, der in Nordkalifornien im April nach der Regenzeit anläuft und im November mit dem neuen Regen wieder endet, würde ohnehin noch schlimmer werden. Also besser die beginnenden Kopfschmerzen wegdrücken, sich durch den stockenden Verkehr kämpfen und es hinter sich bringen. Weiter. Nicht nachgeben.

Vollgas fühlte sich das allerdings nicht an, wenn der Tacho 15 Meilen pro Stunde zeigte.

Die Lehrer ihrer Kinder rissen sich jeden Tag für ihren Job zusammen. Ein kleines Dankeschön hatten sie verdient. Und wenn Emily es jetzt erledigte, musste sie später nicht durch den Sommer fahren, in dem überall Baustellen geplant waren. Dann wäre es zumindest ein Punkt weniger auf ihrer To-do-Liste. Dann wäre es erledigt und sie müsste nicht mehr darüber nachdenken und …

Nur war inzwischen nicht einmal mehr sicher, ob sie etwas so Banales wie ein paar Geschenke überhaupt schaffen würde. Emily war zwar nicht auf einer National Geographic-Expedition, doch genau so fühlte sich diese Fahrt an. Kaputte Straßen, Umleitungen, Stau, ein Zeitplan, der sich in Luft auflöste. Und als sie schließlich den Parkplatz musterte, prallte sie direkt in das nächste Desaster. Der Stau fraß sich quer über das Gelände und wurde innerhalb weniger Minuten zu einem regelrechten Verkehrsunfall ohne Crash. Sie war extra früh losgefahren, um den Schnäppchenjägern auszuweichen. Stattdessen stand sie in einer Schlange und starrte auf gelangweilte Straßenarbeiter, die die Autos zu den wenigen verbliebenen Lücken dirigierten.

Nicht nur die Straßen der Stadt waren aufgerissen, um zusätzliche Fahrspuren zu schaffen. Auch der Parkplatz des Del Oro Plaza war verkleinert worden, um Platz für diese neuen Spuren zu gewinnen. Freie Stellplätze waren rar geworden. Baumaschinen standen wie träge Ungetüme auf dem Gelände und machten aus jedem Quadratmeter Asphalt eine umkämpfte Ressource.

Ihr Hund Byte hatte die Fahrt damit verbracht, zwischen Vordersitz und Mittelsitz des Minivans hin und her zu springen. Vielleicht setzten ihr Hitze und Stau genauso zu wie Emily. Selbst in der Klimaanlage klebte der Schweiß Emilys kastanienbraunes Haar am Kopf fest. Wie sich das alles für Byte anfühlen musste, mit ihrem doppelten Pelzmantel, wollte Emily lieber gar nicht genau wissen. Wenn sie nicht gerade auf die Tücken der Straße achten musste, beobachtete sie Bytes Ohren. Sie klappten flach, schnellten wieder hoch, reagierten auf jedes Dröhnen, jedes Klirren, jedes Kreischen der Baustelle, das das Gehör ihres Hundes belagerte.

Emily lehnte sich zur Beifahrerseite, tätschelte dem Deutschen Schäferhund den Kopf und kraulte ihm die Ohren. „Hast du auch Kopfschmerzen?"

Byte warf ihr einen kurzen Blick zu, streckte die Zunge heraus und hechelte.

„Ich hab dir doch gesagt, dass es zu heiß für dich ist, mitzukommen. Selbst wenn wir an unserem üblichen Platz parken, wird es dir zu warm sein."

Byte sah sie wieder an und hechelte weiter.

Als sie das nächste Mal anhielten, um den Gegenverkehr aus dem Parkplatz des Einkaufszentrums auf die einzige, von orangefarbenen

Kegeln begrenzte Fahrspur zu lassen, sagte Emily zu Byte: „Du weißt, dass unsere Besorgungstage bald vorbei sind."

Byte fixierte sie mit einem Blick, der sich wie ein Urteil anfühlte. Emily seufzte und lieferte die Erklärung, bevor der Hund sie endgültig innerlich verwarf. „Der Sommer steht vor der Tür, und es wird zu warm, um dich im Auto zu lassen. Du würdest wie geschmolzenes Schweinefett aussehen, wenn du zu lange im heißen Auto bleiben müsstest. Ich weiß, dass du schlau bist, und du weißt auch, dass du schlau bist, aber du bist nicht schlau genug, um eine Klimaanlage zu bedienen. Und du kannst sicher nicht mit mir in den Läden einkaufen gehen."

Ein Schnauben am Fenster war Bytes einzige Antwort. Diesmal gab es keinen anerkennenden Blick. Das glatte, schwarz-braune Gesicht ignorierte Emily demonstrativ.

Emily kannte das Einkaufszentrum und seine Parkmöglichkeiten. Vor langer Zeit hatte sie einen Bereich entdeckt, den anscheinend niemand auf dem Schirm hatte. Er lag weit weg vom Geschehen und war fast immer leer. Nur wenige Menschen wollten vom Auto zum Einkaufsbereich laufen, wenn sie die Energie lieber fürs Einkaufen selbst sparen konnten. Emily löste sich aus dem Kreisverkehr der dirigierten Autos und fuhr zum Müllcontainerbereich, ihrem privaten Parkplatz. Sie umrundete den Container hastig und steuerte auf die beiden Stellplätze zwischen ihm und der Stützmauer zu, die einen Hügel davon abhielt, in das Einkaufszentrum hineinzuragen.

Auf dem Platz, den sie längst als ihren eigenen auserkoren hatte, stand ein Auto. Sie bemerkte es erst im letzten Moment, als sie schon fast hineingelenkt hatte. Emily trat abrupt auf die Bremse, während sie gerade im Halbkreis zum Einparken war, und riss reflexartig die rechte Hand hoch, um Byte zu stoppen. Ihr Arm bremste Bytes Rutschen Richtung Armaturenbrett, aber nur knapp.

„Sorry, Byte. Ich hätte nicht gedacht, dass das Auto da stehen würde. Sieht so aus, als hätte jemand anderes unseren Parkplatz gefunden."

Sie stellte den Minivan schräg in die benachbarte Parklücke, ließ alle Fenster ein paar Zentimeter offen, stieg aus und verriegelte die Türen. Die Hitze verstärkte den Geruch des Müllcontainers. Die Luft, die hier im Schatten eigentlich kühl und fast erfrischend hätte sein sollen, fühlte sich stickig an.

„Ich bin gleich zurück, du musst dich also nicht lange mit diesem Geruch herumschlagen.

Das ist schrecklich."

Sie hielt unwillkürlich den Atem an, hastete an der Seite des Einkaufszentrums entlang, wo die Kaufhäuser lagen, und warf im Vorbeigehen einen Blick auf das Auto neben ihrem. Zuerst fiel ihr nichts auf. Sie war schon fast im Hauptbereich des Parkplatzes, als sich dieses Unbehagen in ihr regte, das man erst spürt und dann versteht. Emily streckte die Hand nach der Glastür aus, stoppte aber, als sie ein entferntes Bellen hörte, das erschreckend nach Byte klang.

Emily wusste, dass ihr Hund bessere Manieren hatte, als pausenlos zu bellen. Also drehte sie um und ging zurück zum Minivan. Entschlossen, Bytes Problem zu finden, näherte sie sich der rechten Seite des Autos und machte dabei eine zweite Entdeckung. Eine von denen, die man nie machen will. Und sie sah es nicht einmal sofort. Sie spürte es. Es kroch über sie wie eine Herde Schnecken, kalt und schleimig, und hinterließ das Gefühl, dass sich diese Spur nie wieder abwaschen lassen würde.

Sie zitterte, als sie sah, wie Byte sie anbellte. Sie zitterte noch einmal, aber „ " wollte sich nicht bewegen. Byte verstummte, starrte Emily an, als würde sie auf ein Zeichen warten. Emily reagierte nicht. Ihre grünen Augen ruhten auf dem Hund, und sie fragte sich, wie lange sie so stehen bleiben konnte. Regungslos. Die Muskeln vor Adrenalin hart. Und dabei zusehen, wie Byte ein leeres Auto anbellte.

Nur war das Auto nicht leer. Emily hatte es schon gewusst, bevor sie überhaupt wieder den belebten Bereich des Parkplatzes erreicht hatte. Sie wusste auch, was sich darin befand. Sie hatte es gerochen, begriff sie.

Und sie wusste, warum es Byte störte. Musste sie wirklich hinschauen? Musste sie hier an dieser Stelle wenden, in der Dunkelheit, die sie vorhin wegen des kühlen Schattens begrüßt hatte, und die sie jetzt wegen dem fürchtete, was sie verbarg? Sie konnte doch einfach zurücksetzen, sich zur linken Seite ihres Minivans drehen. Der Van war höher als die meisten Fahrzeuge und würde sie davor schützen, den Inhalt des Autos neben ihr zu sehen. Sie konnte zurücksetzen, geradeaus schauen und nicht hinunter.

Niemand würde es jemals erfahren. Sie würde nie erzählen, was sie eines Tages in der dunkelsten, abgelegensten Ecke des Del Oro Shopping Plaza gesehen hatte. Nur sie und Byte würden es wissen. Byte wartete darauf, dass sie sich endlich bewegte. Der Hund bellte nicht mehr, er winselte nur noch und suchte bei Emily nach Führung.

Emily, die sich sicher war, was sie sehen würde, drehte sich langsam zum Auto um. Sie beugte sich leicht vor und schaute durch das Fenster auf der Fahrerseite. Erst ließ ihr Gehirn ihre Augen nicht scharf stellen. Für einen kurzen, grausamen Moment gab ihr das Hoffnung, als würde sie wirklich in ein leeres Fahrzeug blicken. Fast erleichtert richtete sie sich auf, zu schnell. Da sah sie das Einschussloch im Hinterkopf der Person, die über dem Lenkrad hing. Obwohl sie sich darauf vorbereitet hatte, entfuhr ihr ein scharfer Atemzug.

Das Adrenalin, das sie eben noch aufrecht gehalten hatte, zog sich zurück, als hätte es seine Arbeit getan. Ihre Muskeln begannen zu zittern, ihr Körper geriet ins Wanken. Wenn sie sich langsamer bewegt hätte, wäre dieses Loch dann einfach im Gesamtbild untergegangen, unsichtbar genug, um weiterzumachen?

Seltsam, wie ein Loch, das nicht einmal einen Zentimeter groß war, den Blick so brutal an sich reißen konnte. Emily starrte darauf, als wäre es der Mittelpunkt der Welt. Dieses winzige Nichts hatte einem großen Körper das Leben genommen. Es passte nicht zusammen. Einen erwachsenen Menschen mit so etwas Kleinem zu töten, wirkte unmöglich. Sie studierte das Loch so lange, dass ihr klar wurde, wie absurd das war.

Und gleichzeitig wusste sie: Sie musste es beschreiben können. Sie musste die Polizei anrufen. Sie musste melden, was sie gefunden hatte.

Emily befahl ihrem Körper, sich zu bewegen. Die Muskeln fühlten sich an wie Gummi. Sie zwang ihren Arm, in die Handtasche zu greifen, das Handy zu nehmen und die Polizei zu wählen.

Nachdem sie aufgelegt und versprochen hatte, zu warten, begann sie zu laufen. Nicht weg, eher im Kreis, einfach, um das Zittern loszuwerden. Der Schock ließ Tränen der Frustration über ihr Gesicht rinnen. Auf der Suche nach etwas, das sie wieder in den Griff bekam, entdeckte sie einen Trinkbrunnen. Sie beugte sich hinunter, drückte den Knopf, nahm hastig einen Schluck und hielt dann ihr Gesicht in den eiskalten Strahl. Das Wasser spülte die Tränen weg und brachte ihr Gehirn zurück in die Gegenwart. Sie rieb sich die Augen mit den Händen, spritzte sich noch einmal Wasser ins Gesicht.

Hinter ihr stieß jemand laut einen entrüsteten Seufzer aus. Emily drehte sich um. Die Person grinste nur höhnisch über ihre unkonventionelle Nutzung des Trinkbrunnens.

„Entschuldigung", entschuldigte sich Emily bei der Person, die sich zurückzog.

Sie ist schnell rausgerannt, um die ersten Leute von den Behörden zu treffen, die uniformierten Polizisten.

Die Polizeiberichte in der Lokalzeitung von Pleasant Creek sind lustig und beruhigend zugleich. Lustig, weil viele Einsätze nach Komödie klingen: Jemand ruft an und vergisst, weshalb. Eine Frau sieht einen nackten Mann im Garten und erkennt erst mit Brille, dass es ihr Mann ist. Die Zehe einer Frau steckt im Wasserhahn der Badewanne fest. Natürlich tauchen auch ernstere Meldungen auf. Häusliche Gewalt. Diebstähle. Übergriffe. Verhaftungen wegen Trunkenheit am Steuer. Doch gemessen an den Tausenden Menschen in der Gegend wirkte das alles wie ein überschaubarer, fast alltäglicher Hintergrundlärm. Wer Crime-Watch las, fühlte sich bestätigt: Pleasant Creek schien sicher.

Mord änderte die Gleichung. Mord in der eigenen Nachbarschaft legte sich wie ein korrupter Schmutz über alles. Ein Makel, den keine Dekontamination aus der Welt schaffen konnte. Mord ließ den angenehmen Sicherheitsfaktor kippen, schlagartig und endgültig.

Als die Polizistin die Aufregung in Emilys Gesicht sah, beruhigte sie sie. Professionell, höflich, mit Fragen, die Emily durch ihren eigenen Bericht führten. Officer Sandoval nahm Emilys Aussage zu Protokoll und sagte dann: „Wir müssen jetzt leider Ihr Auto beschlagnahmen. Als Sie in die Gegend gefahren sind, sind Sie Teil des Tatorts geworden."

„Mein Auto? Ich kann mein Auto nicht behalten? Ich brauche mein Auto."

„Ich weiß, dass Sie es brauchen", sagte Officer Sandoval ruhig. „Leider brauchen es auch die Tatortermittler. Es tut mir leid. Vielleicht kann ich jemanden organisieren, der Sie nach Hause bringt."

„Moment mal. Mein Hund. Brauchen Sie auch meinen Hund? Sie hat nur gebellt. Sie hat nichts getan. Sie wollte nicht Teil eines Tatorts werden."

„Nein, Sie können Ihren Hund behalten. Wir brauchen nur das Auto."

„Für wie lange? Ich muss noch Besorgungen machen." Emily legte eine Hand an den Kopf und rieb sich die Stirn. „Hör mal, es tut mir leid. Ich bin unsensibel. Da ist dieser arme Mann, der nicht einmal entscheiden kann, ob er sein Auto braucht oder nicht. Ich bin einfach, nun ja, ich bin einfach …"

„Verständlich. So was passiert ja nicht jeden Tag. Ist schon okay." Officer Sandoval sah Byte zum ersten Mal richtig an. Sie räusperte sich. „Hmmm, wird dein Hund brav sein, wenn wir ihn aus dem Auto holen?"

Emily schaute auf die 40 kg schwere Byte und lächelte schwach. „Soll ich das machen? Sie ist sehr gut erzogen."

Officer Sandoval räusperte sich wieder. „Lass es uns gemeinsam machen. Pass gut auf, wo du gehst. Ich gehe voran."

Als die beiden Frauen den Hund aus dem neuen Teil des Tatorts „ " befreiten, fuhren mehrere Zivilbeamte vor. Emily und der Polizist, der mit Officer Sandoval gekommen war, sperrten den Bereich mit gelbem Absperrband ab. Dann begannen sie, mit Einwegkameras Fotos vom Parkplatz zu machen. Officer Sandoval führte Emily und Byte zur Beifahrerseite des Autos, das zuletzt angekommen war.

Ein großer Typ mit schütterem Haar stieg aus. Er fuhr sich ständig mit der Hand hindurch, als würde er damit Ordnung schaffen. Durch seine Brille starrte er in den dunklen Bereich, wo das geparkte Auto mit seiner Ladung noch stand. Dann schnüffelte er sichtbar in die Luft, sah den Polizisten neben dem Wagen an, nickte kurz und ging langsam um das Auto herum. Immer wieder bückte er sich, um kleine Dinge am Boden zu begutachten.

„Zu viel von diesem Geruch könnte einem übel werden", sagte er, als er Officer Sandoval bemerkte, die geduldig wartete, ihn Emily vorzustellen.

„Detective Washburn, das ist Mrs. Emily …"

Bob Washburn sah von der Polizistin zu der Frau, die sie ihm zeigte.

„Kristich. Emily, wie bist du hierher gekommen?" Dann erklärte er der Polizistin: „Officer Sandoval, ich kenne Mrs. Kristich ziemlich gut. Ihre Mutter ist eine sehr gute Freundin von mir."

„Sie hat den ersten Anruf bei der Polizei gemacht", begann Officer Sandoval.

„Ach echt? Und wie bist du hierher gekommen?"

„Das ist mein Parkplatz, wenn ich zum Einkaufszentrum fahre. Nicht viele Leute kennen diesen Bereich. Selbst die Weihnachtseinkäufer, wenn der Parkplatz überfüllt ist, wissen nicht viel über diesen Platz. Wenn Byte bei mir ist, komme ich hierher, weil es schattig ist und das Auto nicht heiß wird. Ich war überrascht, dass hier ein Auto stand, als ich hereinfuhr. Ich glaube, ich habe hier noch nie ein anderes Auto gesehen. Es ist zu weit, um zu Fuß zu gehen, warum sollten sie also hier parken? Als Byte so viel bellte, kam ich zurück, um zu sehen, was sie störte." Sie zeigte auf das Auto. „Und das habe ich gesehen. Kennst du ihn, ?"

„Wer, Byte? Ja, ich kenne ihn, aber ich dachte, er wäre eine Frau", sagte Detective Washburn, ohne den Blick wirklich von der Gegend zu nehmen.

„Das ist sie auch, aber das ist nicht der ‚Er', den ich gemeint habe. Weißt du, wer gestorben ist? Haben die Beamten irgendwas gefunden, das dir Aufschluss darüber gibt, wer er ist?"

„Nein, keine Ahnung. Sie haben das Auto noch nicht mal aufgemacht. Wahrscheinlich ist es nicht mal sein Auto. Ich wette, wir finden auch keine Seriennummer drauf." Er ging vorsichtig näher, leuchtete mit einer Taschenlampe hinein. „Das Einschussloch sieht aus wie eine einzelne Kugel vom Kaliber .32 in seinem Hinterkopf. Jemand wusste, was er tat. Es gibt nicht viele Anhaltspunkte dafür, dass er überhaupt in diesem Auto getötet wurde. Ich habe noch keine Vermisstenanzeigen überprüft."

Bob kam zurück zu Emily. „Es tut mir leid, Emily, dass du das finden musstest. Geht es dir gut?"

„Klar, nachdem der Schock vorbei war, geht's mir gut. Officer Sandoval war echt hilfsbereit."

Officer Sandoval nahm den Dank mit einem Lächeln an und sagte zu Detective Washburn: „Ich hab Mrs. Kristichs Aussage aufgenommen. Wir haben den Bereich abgesperrt. Wir müssen ihr Auto behalten, damit sie nicht nach Hause fahren kann. Ich schau mal, was ich machen kann. Brauchen Sie noch was von uns, außer die Schaulustigen fernzuhalten?"

„Nein. Ich schaue mich noch mal um, und die Tatortermittler machen weiter mit den Fingerabdrücken und suchen nach Hinweisen. Ich will das hier skizzieren und ein paar Fotos machen, um die ersten Fotos der Beamten zu ergänzen." Er holte eine Einwegkamera aus der Tasche und fotografierte Auto und Umgebung aus verschiedenen Winkeln. Dann stellte er Emily und Officer Sandoval noch ein paar Fragen. Schließlich sagte er zur Polizistin: „Mach dir keine Sorgen um Mrs. Kristich. Ich denke, wir können sie nach Hause bringen. Danke für deine Hilfe."

Zu Emily meinte er: „Nur weil du du bist, Detective Yoshiwara und ich bringen dich zusammen mit Byte nach Hause. Hast du deine Einkäufe erledigt?"

Emily schüttelte den Kopf.

„Ich sag dir was. Das wird eine Weile dauern, also geh doch einkaufen, wenn du Lust hast."

„Aber Byte. Byte kann nicht mitkommen. Ich warte hier."

„Officer Sandoval", rief Bob Washburn, „tun Sie mir bitte einen Gefallen."

Sie trat zu ihm, sah, dass er Byte an der Leine hielt, und schluckte sichtbar. „Sir?", piepste sie.

„Halt bitte diese Leine."

Emily hörte, wie sie sich ein zweites Mal räusperte. Um sie zu beruhigen, sagte Emily schnell: „Ihr geht es gut. Sie kennt Sie jetzt. Ich bin gleich zurück." Dann wandte sie sich an Bob Washburn: „Vielleicht sollte ich einfach hier bei meinem Hund bleiben. Dann muss Officer Sandoval sie nicht festhalten."

„Nein", sagte Bob. „Du musst deine Sachen erledigen. Der Hund ist doch bei der Polizistin hier gut aufgehoben, oder?" Die Frage ging an die Frau in Blau.

„Wenn du meinst." Officer Sandoval stand am Ende der 1,80 Meter langen Leine und hielt sie, als wäre sie aus Glas. Byte keuchte, trat näher und setzte sich neben sie.

„Geh einkaufen", sagte Bob leise.

Mit einem Nicken, das sich mechanisch anfühlte, ging Emily Richtung Einkaufszentrum. Sie starrte geradeaus und blendete Polizei und Zuschauer aus. Im Kaufhaus suchte sie wie eine Maschine ein paar Kleinigkeiten aus. Sie bezahlte. Sie verließ den Laden. Mechanisch griff sie in die Handtasche nach den Schlüsseln, während sie auf ihr Auto zuging. Dann sah sie die Polizeiautos, blieb stehen, öffnete die Tüte, um sich zu vergewissern, was sie überhaupt gekauft hatte, sah wieder zu den Streifenwagen und plötzlich war die Leiche wieder da. Ein scharfer Blitz im Kopf. Sie ließ die Tüte auf den Asphalt fallen, lehnte sich gegen einen Betonpfeiler, der den Garagenboden stützte, und weinte. Leise. Heftig.

Als sie sich halbwegs gefasst hatte, blieb sie an der Säule stehen. Ein schiefes Lächeln huschte über ihr Gesicht, als sie begriff, was Bob heimlich getan hatte. Manchmal ist Routine das beste Mittel gegen Schock. Vielleicht hatte er sie genau deshalb losgeschickt, damit sie nicht hier stehen blieb, nicht bei Byte, nicht mitten in ihrer Bestürzung. Eine belanglose Besorgung als Rettungsleine, während er die Tatortverschleierung organisierte. Er hatte sie so elegant wie möglich aus dem Weg genommen.

Sie war einkaufen gegangen, während ein Mann in einem zerzausten Zustand des Todes dalag. Das war nicht fair. Es lag etwas respektlos Unausgewogenes darin, dass sie Geschenke aussuchte, während er tot in einem Auto hing. Und doch hatte Bob ihr Bedürfnis, diese Mission zu erfüllen, genutzt, um sie vor etwas Unnatürlichem zu schützen. Es fühlte sich an wie eine verkehrte Form von Respekt vor dem Tod.

Emily kniete sich hin und hob die Tasche mit den Geschenken für die Lehrer auf. Aller guten Dinge sind drei. Beim dritten Versuch hatte sie es tatsächlich ins Kaufhaus geschafft und ihre Geschenke ausgesucht. Ein kleiner Sieg über Hindernisse, so groß wie jeder andere, den man in einer Schlacht erleben kann.

KAPITEL 2

Joan Chavez hatte jeden einzelnen Arbeitstag ihrer Laufbahn genossen. Und weil sie ihre Arbeit mochte, war sie auch mit dem Leben zufrieden, das sich darum herum gebaut hatte. Diese Zufriedenheit kam nicht aus einem großen, romantischen Gefühl, sondern aus mehreren kleinen, verlässlichen Dingen.

Sie liebte die frische Sauberkeit des Krankenhauses. Es war nicht irgendeine abstrakte Ordnung, die man sich schönredet. Es war eine Sauberkeit, die man sah und roch, die einem beim Betreten entgegenkam. Diese klare, aufgeräumte Welt gab ihrem Alltag Halt. Sie war wie ein Gerüst, das nicht wackelte, und genau das hatte Joan immer gebraucht.

Für ihre Position hatte sie sich alles erarbeitet. Als ihr verwitweter Vater schwer an Krebs erkrankte, pflegte sie ihn. In dieser Zeit lernte sie mehr über Medizin, als sie je erwartet hätte, und noch mehr über das, was Krankheit mit Menschen macht. Als ihr Vater starb, blieb kein Geld für den langen Weg eines Medizinstudiums. Also machte sie das, was sie schon immer getan hatte, wenn das Leben eine Tür zuschlug. Sie suchte nach einem anderen Eingang.

Sie nahm mehrere Jobs an, sammelte kleine Stipendien ein, stopfte jede Lücke, die sich finanziell auftat. So schaffte sie ihr Bachelorstudium und die Krankenpflegeschule. Für Medizin reichte es trotzdem nicht. Irgendwann musste sie sich eingestehen, dass es nicht nur um Fleiß ging, sondern um Zahlen. Also entschied sie sich für die Ausbildung zur Arzthelferin.

Die Enttäuschung darüber, keinen vollständigen medizinischen Abschluss zu erreichen, klebte ihr durch die gesamte Ausbildungszeit im Nacken. Eine leise Unsicherheit, die nie ganz verschwand. Sie reagierte darauf, wie sie immer reagierte: Sie lernte noch mehr. Sie wollte wenigstens dort ganz oben stehen, wo sie stehen konnte, und schloss als Klassenbeste ab.

Natürlich wusste sie, was das bedeutete. Sie würde immer unter der Aufsicht eines Arztes arbeiten. Sie würde keine entscheidenden medizinischen Weichen selbst stellen dürfen. Aber sie redete es sich nicht schön. Sie nannte es einen Preis. Einen, den sie bereit war zu zahlen, wenn sie dafür im Gesundheitswesen bleiben konnte.

Mit den Jahren im Kreiskrankenhaus bekam ihre Arbeit etwas, das man nicht lernen kann: Dauer. Verlässlichkeit. Eine Routine, die nicht abstumpfte, sondern schärfte. Andere im Haus respektierten das. So sehr, dass sie Joan um Rat fragten, wenn es um die Versorgung von Patienten ging. Durch die enge Zusammenarbeit mit den Ärzten lernte sie ständig dazu, neue Ansätze, neue Lösungen, neue Wege, Dinge besser zu machen.

An diesem Punkt ihres Lebens fühlte es sich an, als hätte sie es geschafft. Sie hatte Freude an der Arbeit, sie spürte den Respekt der Kollegen, und sie mochte den Ort, an dem sie jeden Tag stand.

Gerade deshalb verabscheute sie, was sie nun tun würde.

Sie hasste es, in eine Situation gedrängt zu werden, in der sie ihre Zugänglichkeit ausnutzen musste, um zu stehlen. Sie wusste, dass sie damit alles riskierte, wofür sie sich so lange abgerackert hatte. Ihr kleines, knochiges Gesicht lag dunkel und hart, als sie auf den Schrank zuging, in dem die Medikamente lagerten.

Mit jeder Packung, die sie herausnahm, wurde es schwerer. Mit jeder kleinen Schachtel, die in ihrer großen Tragetasche verschwand, wurde das in ihr leiser und zugleich unerträglicher. Sie füllte die Tasche, Stück für Stück, und spürte dabei, wie sie innerlich immer weiter absackte.

Bisher hatte sie niemand erwischt. Und sie glaubte auch nicht, dass jemand ahnte, was hier geschah. Doch sie kannte die Wahrheit: Es war nur eine Frage der Zeit.

Und das, was sie tat, war nicht „ein kleiner Regelbruch". Es war ein Verbrechen. Eines, das sich kaum von dem unterschied, was ein gewöhnlicher Drogendealer auf den Straßen von San Francisco tat.

KAPITEL 3

Die Detectives hielten Bobs Versprechen und brachten Emily nach Hause. Sie war gerade mit dem Einkaufen fertig, als der Wagen des Sheriffs und Leichenbeschauers vom Parkplatz rollte. Viel länger musste sie nicht warten, bis die Leute ihre Arbeit erledigt hatten. Trotzdem fühlte es sich an, als läge ein ganzer Tag aus Lärm, Staub und Adrenalin auf ihren Schultern.

Als Emily in den Wagen der Detectives stieg, sah sie noch, wie ein Mechaniker ihren Minivan an einen Abschleppwagen hängte. Der Anblick traf sie härter, als er sollte. Plötzlich schämte sie sich fast, als würde man ihr zuverlässiges altes Auto wie einen alten Gaul am Strick wegzerren. Ein Gaul, der seit der Geburt ihres zweiten Kindes, Lulie, zu ihrem Leben gehörte wie der Haustürschlüssel.

Wahrscheinlich verbrachte sie mehr Zeit in diesem Wagen als mit ihren Kindern und ihrem Mann. Auf einmal verstand sie sehr gut, warum Menschen, bevor es Autos gab, sich so an ihre Pferde banden. Ihr Minivan war ihr treues Ross gewesen. Mit ihm hatte sie die kleinen Gefahren des Alltags überstanden, die Fallstricke ihrer Mission, das Familienleben irgendwie reibungslos zu halten. Gemeinsam hatten sie es geschafft, fast alle Termine einzuhalten. Musikunterricht. Zahnarzt. Brownies. Schwimmteam. Die endlosen Aktivitäten, die Kinder so mit sich bringen.

Der Wagen hatte alles geschleppt, was ein Haushalt verschluckt. Lebensmittel, Kisten, Bürozeug, Gartengeräte. Er hatte die Kinder zu Klassenausflügen gefahren, zu Sportveranstaltungen, zu Geburtstagsfeiern. Und nun wurde dieses treue Fahrzeug abgeschleppt, nur weil es zur falschen Zeit am falschen Ort gestanden hatte. Es fühlte sich an, als würde man das falsche Kind für eine Missetat bestrafen.

Der Tag war fast vorbei, und Emily war durch. Sie schob ihre übrigen Besorgungen gedanklich ganz nach unten auf der To-do-Liste und versuchte, sich auf etwas zu freuen, das fast lächerlich klang: nach Hause fahren, ohne selbst fahren zu müssen. Sie saß ruhig auf dem Rücksitz, legte eine Hand auf Byte und kraulte sie hinter den Ohren. Es war weniger für den Hund als für sie selbst.

Als Detective Yoshiwara das Plaza auf einer anderen Strecke verließ als der, auf der sie gekommen waren, dachte Emily kurz, vielleicht würden sie dem Verkehr entkommen, der ihren Tag so chaotisch begonnen hatte. Aber es war die gleiche Geschichte, nur mit anderem Hintergrund. Langsam. Dann Stillstand. Keine Ampeln. Provisorische Spuren, orange Kegel, Menschen, die irgendwie versuchten, Ordnung in ein Durcheinander zu pressen.

Emily spürte, dass die Männer nicht reden wollten. Und sie selbst war erst recht nicht in der Stimmung. Also saßen Frau und Hund still auf dem Rücksitz, während vorne die Stadt im Stop-and-Go vorbeiruckelte. Wäre die Fahrt ruhiger gewesen, hätten die Detectives vielleicht einfach geschwiegen. Doch mitten im Chaos platzte eine beiläufige Bemerkung von Detective Yoshiwara heraus.

„Hast du dort irgendwelche Medienvertreter gesehen?"

„Noch nicht", sagte sein Partner.

„Die werden sich draufstürzen wie die Fliegen auf den Mist. Genau wie beim letzten Mal."

Detective Washburn nickte. „Da hast du recht. Wenigstens mussten wir uns diesmal nicht damit befassen. Glaubst du, es ist dasselbe?"

„Die Leute vom Tatort sagen es uns. Gleiche Art von Mord, gleiche Art der Leichenentsorgung. Sieht so aus."

Emily räusperte sich und setzte sich etwas gerader hin. „Du meinst, das ist nicht das erste Mal? Dass so was passiert ist? Ein Mord. In einem anderen Auto. Das ist nicht das erste Mal?"

Sie sah nicht, wie Detective Yoshiwara eine Grimasse zog. Aber sie bemerkte den missbilligenden Blick, den Washburn ihm zuwarf, als hätte er gerade etwas ausgesprochen, das man besser nicht vor ihr ausbreitete.

„Hör mal, Emily", sagte Bob dann, ruhiger als eben. „Morde passieren häufig. Wir stellen nur Vermutungen an. Denken laut. Es kann alles Mögliche sein."

„Nicht hier", widersprach Emily sofort. „In Pleasant Creek passieren nicht ständig Morde. So gut wie nie. Na ja, fast nie. Wovon redest du?"

Bob holte tief Luft. „Es gab einen ähnlichen Fall in einem anderen Zuständigkeitsbereich. Wir beobachten nur, was sich gerade ergibt." Er drehte den Kopf ein Stück zu ihr, ohne sich ganz umzuwenden. „Hören Sie, es würde uns sehr helfen, wenn Sie vorerst nichts darüber sagen. Wenn es in den Zeitungen steht, können Sie darüber sprechen, wenn Sie möchten. Geben Sie uns bitte so viel Zeit wie möglich."

Emily nickte, aber in ihrem Kopf ging es weiter wie ein zu laut eingestelltes Radio. Sag es niemandem, hatte Bob gesagt. Niemandem erzählen, dass du auf einem Parkplatz eine Leiche gefunden hast. Wie sollte das gehen? Wie verschweigt man etwas so Schockierendes seinem Mann, seiner Mutter, dem Menschen, dem man sonst alles erzählt? Eine Leiche. Nicht einmal eine „faire" Leiche, wenn so ein Wort überhaupt Sinn ergab.

Diesem Mann war das Leben genommen worden. Nicht durch Alter, nicht durch Krankheit, nicht durch einen Ablauf, den man wenigstens begreifen kann. Und sicher nicht für eine edle Sache. Wenn es so gewesen wäre, hätte man ihn nicht in eine vergessene Ecke eines Einkaufszentrums gelegt. Er war einfach gestorben, weil jemand beschlossen hatte, dass er sterben sollte. Und dann hatte er in diesem heißen, stinkenden Auto gelegen, bis eine Fremde ihn fand.

Keine faire Art zu sterben.

Und trotzdem: Bob hatte ihr gesagt, sie solle den Mund halten. Das würde schwer werden. Aber um ihrer Mutter willen, die offenbar irgendetwas für diesen Mann übrig hatte, würde sie es versuchen.

Sie musste laut gedacht haben. Bob drehte sich ein wenig um, als hätte er es gespürt, und ermahnte sie noch einmal. „Versuch, so leise wie möglich zu sein. Sag es auf keinen Fall deiner Mutter. Wenn sie wüsste, dass du die Leiche gesehen hast …"

Emily verzog das Gesicht und starrte ihn an. „Ich habe zwei Töchter und einen Mann. Ich kümmere mich um den Haushalt und das Geschäft meines Mannes, und meine Mutter macht sich immer noch Sorgen."

Detective Yoshiwara grinste. „Ja. Aber man muss sie einfach lieben. Egal, wie gut man klarkommt, sie haben diese Warze von der Größe Alaskas, die nichts anderes tut als sich Sorgen zu machen."

Bob sah ihn skeptisch an. „Eine Warze?"

„Du weißt schon. Eine Sorgenwarze."

Bob schnaubte, als würde er das Bild erst ablehnen und dann doch akzeptieren müssen. „Ja. Ich verstehe. Es ist nur … ach, du hast recht. Mütter sind wohl überall gleich. Sich zu sorgen ist ihre Aufgabe, egal wie alt die Kinder sind."

„Die Kinder oder die Mütter?", fragte Emily.

„Beides", sagte Bob. „Also behalt es für dich, okay?"

„Ich werde es versuchen. Mama sage ich es nicht." Sie schluckte. „David nicht zu erzählen wird schwieriger. Ich meine, es wird kein Auto in der Garage stehen."

„Du findest schon eine Lösung", sagte Bob und klang dabei so, als wäre er selbst nicht hundertprozentig überzeugt.

Als Detective Yoshiwara vor Emilys Haus anhielt, stieg Detective Washburn aus, ging um den Wagen herum und öffnete die Tür für Emily und Byte. Er begleitete sie bis zur Haustür und wartete, während Emily in ihrer Handtasche nach den Schlüsseln kramte. Noch einmal entschuldigte er sich für die Zwänge des Lebens, die plötzlich auf einen herabfielen, ohne zu fragen.

„Es tut mir leid, dass Sie das mit ansehen mussten."

Emily hielt inne, den Schlüssel schon in der Hand. „Ja. Aber mit dir war es einfacher." Ihre Stimme klang brüchig, obwohl sie sich bemühte, das nicht zu zeigen. „Dieser Mann wird mir noch lange im Kopf bleiben. Danke für deine Höflichkeit."

Bob lächelte, als er die Veranda verließ. „Wir Beamten wollen der Öffentlichkeit dienen."

Doch als Emily die Tür hinter sich schloss, verschwand ihr eigenes Lächeln sofort. Sie nahm Byte die Leine ab, ließ sie durch die Terrassentür in den Garten und beobachtete, wie die Hündin schnüffelte und dann gemächlich wieder in Richtung Haus trottete. Emily zitterte, obwohl es warm war. Die Hitze, die beim Öffnen der Tür in den Raum drang, machte es nicht besser, sondern nur realer.

Sie fand eine Decke, wickelte sich darin ein und kauerte sich auf dem Sofa im Wohnzimmer zusammen. Dort blieb sie, bis die Fahrgemeinschaft die Kinder von der Schule brachte.

Später am Abend kam David aus der Garage in die Küche. Er sah sich um, als würde er prüfen, ob etwas nicht stimmte, und fragte dann: „Emily, wo ist der Van?"

„Der Van?" Sie hörte sich selbst, wie sie Zeit gewann.

„Dein Auto. Es steht nicht in der Garage."

„Oh. Ja. Ein platter Reifen."

„Warum hast du mich nicht angerufen? Ich hätte den gewechselt. Es gibt doch einen Ersatzreifen."

Sag es niemandem. Bobs Stimme lag noch in ihr. Und gleichzeitig hatte er auch gesagt, sie würde schon eine Lösung finden. Nur war das hier keine Lösung. Es war eine Lüge. Und sie traf David direkt, ohne Not, ohne Sinn. Warum sollte sie ihren Mann anlügen?

Emily sah ihn an, und in ihrem Gesicht war so viel Verwirrung, dass sie die Sache nicht mehr halten konnte.

„Nein", sagte sie schließlich. „Das ist es nicht." Sie atmete einmal tief durch, als würde sie sich ins kalte Wasser zwingen. „Ich habe eine Leiche gesehen. Und dann habe ich Bob Washburn gesehen. Er hat mir gesagt, ich soll es niemandem erzählen, aber ich kann es dir nicht verschweigen. Also … so war der Tag."

Sie erzählte ihm alles. Den Parkplatz. Das Auto. Den Mann. Die Polizei. Den Van, der jetzt beschlagnahmt war. Als sie fertig war, sagte sie leiser: „Allen anderen werde ich die Geschichte mit der Werkstatt erzählen. Aber dir nicht. Okay?"

David zog sie in eine Umarmung, ohne zu zögern. „Klar ist das okay." Seine Stimme war warm und fest. „Das muss schrecklich gewesen sein. Es tut mir so leid, Schatz."

Emily ließ sich gegen ihn sinken. Sein Körper beruhigte sie so sehr, dass die Tränen, die sie erwartet hatte, ausblieben. Stattdessen blieb nur diese erschöpfte, dankbare Leere.

„Ja", sagte sie. „Aber jetzt geht es mir gut."

KAPITEL 4

In dieser Nacht ging es Emily nicht gut. Sie schlief schlecht, selbst in den tiefsten Stunden, wenn die Welt still wird. Kaum war ihr Körper endlich in diesen schweren, erholsamen Schlaf gerutscht, riss ihr Kopf sie wieder hoch. Ein Bild, zu klar, zu absurd, zu falsch. Die Leiche im Auto, wie ein Traum, der sich nicht wie ein Traum anfühlt.

Zweimal spürte sie Davids Hand, wie er im Halbschlaf nach ihr tastete, als könnte er sie damit zurückholen. Er zog sie sanft an sich, murmelte: „Es wird alles gut", und tätschelte sie gedankenverloren über den Arm. Dann war er wieder weg, versank in dem tiefen Schlaf, nach dem sie sich selbst sehnte.

Als sie am Morgen von grellem Sonnenlicht geweckt wurde, war sie ehrlich überrascht. Sie hatte geglaubt, überhaupt nicht mehr einschlafen zu können. Noch überraschender war David, der neben dem Bett stand, eine Tasse Kaffee in der Hand, geschniegelt, wach, als hätte er die Nacht nicht mit einem Geist im Zimmer verbracht.

„Der ist für dich", sagte er und reichte ihr die Tasse. „Ich weiß, dass du kaum geschlafen hast. Ich habe die Mädchen zur Schule gebracht.

Wenn du dich schnell anziehst, kannst du mich ins Büro fahren und mein Auto für heute benutzen. Dann bleibt die Geschichte mit der Werkstatt erstmal stehen."

„Das hättest du nicht machen müssen", sagte Emily und setzte sich auf. Ihre Stimme klang dünn. „Ich hätte auch eine Mitfahrgelegenheit finden können. Ich fahre nur zu Miriam, zur Elternversammlung. Sie hätte mich abgeholt." Sie nahm einen Schluck, und der Kaffee brannte angenehm heiß in ihrem Hals. „Danke. Der schmeckt wirklich gut."

David schüttelte den Kopf. „Äh-äh."

„Doch", widersprach sie und lächelte, so gut es ging. „Der ist echt gut. Du kannst Kaffee."

„Das weiß ich." Er hob eine Augenbraue. „Ich meinte nicht den Kaffee. Ich meinte das Treffen."

„Was ist mit dem Treffen?"

„Du hast heute nicht nur eins. Du hast zwei." Er zog eine Grimasse, als hätte er selbst kurz überlegt, ob er das überhaupt sagen sollte. „Ich habe in deinen Kalender geschaut, weil ich dich fragen wollte, ob du heute Abend mit mir ins Kino gehst."

Emily lehnte sich zurück. In der Bewegung schwappte der Kaffee über den Rand und landete auf dem Laken. „Nein. Ich habe keine zwei Meetings. Nur eins. Oder?"

„Anscheinend nicht", sagte David trocken. „Du hast heute Abend Dienst."

Sie starrte ihn an, als hätte er ihr gerade gesagt, heute sei Mittwoch, obwohl es eindeutig Montag war. Dann kam die Erinnerung, langsam, widerwillig. „Oh. Ja. Sustain and Shelter."

Ein Seufzer kam ihr raus, als hätte sie ihn schon seit Tagen in der Brust. „Wenn ich nicht gerade erst mit dieser Gruppe angefangen hätte, würde ich es ausfallen lassen. Das Treffen letzten Monat war endlos. Ich war danach richtig genervt, weil es so aufgeblasen war. Die hätten das in der Hälfte der Zeit schaffen können." Emily rieb sich die Stirn. „Ich gehe heute trotzdem hin. Einfach, um zu sehen, ob das letzte Mal ein Ausrutscher war. Und jetzt bin ich schon wütend, wenn ich nur daran denke. Ich gehe zu einem Abendtreffen, obwohl ich stattdessen mit meinem Mann ein Date haben könnte."

David beugte sich vor, gab ihr einen Kuss auf die Stirn und sagte leise: „Ich weiß, dass diese Treffen irgendwas bewirken. Irgendwann werde ich das auch verstehen. Aber ich vermisse dich abends."

Emily nickte, plötzlich ruhiger. „Ich weiß." Sie schaute in die Tasse, als könnte sie dort eine klare Antwort finden. „Es ist nur... Wir haben so viel Gutes in unserem Leben. Da könnte man doch auch ein bisschen was zurückgeben."

David lächelte. „Das klingt wie die Tochter einer Sozialarbeiterin. Wenn Louisa dich jetzt hören könnte, würde sie sofort wissen, dass sie dich genau so erzogen hat, wie sie es wollte." Er lachte leise.

„Ich gebe ja nur meine Zeit", sagte Emily. „Und wenn das irgendwem hilft, wird die Welt vielleicht ein Stück besser. Meinst du nicht?" Ihre Stimme wurde leiser. „Wie bei dem ermordeten Mann. Wenn jemand etwas Gutes für ihn getan hätte, wäre er vielleicht nicht so gestorben."

„Die Welt retten und dabei das Gewissen beruhigen?"

„Vielleicht." Emily zuckte mit den Schultern. „Ich hoffe, dass mehr Altruismus dahintersteckt. Es wirkt nur so, als ob... Ich weiß nicht."

David sah sie an, und in seinem Blick lag etwas zwischen Bewunderung und Müdigkeit, als würde er all die Rollen sehen, die sie jeden Tag jonglierte. „Ich weiß nicht, was den Mann im Auto angeht", sagte er schließlich. „Das ist vielleicht weit hergeholt. Aber vielleicht hast du recht. Vielleicht hätte etwas Positives etwas verändert."

Er atmete aus. „Ich weiß nur: Diese Woche macht mich fertig mit ihren heißen Nächten. Es wäre schön gewesen, heute Abend in diesem kühlen Kino zu sitzen." Er verzog den Mund, als würde er sich selbst überreden. „Na gut. Dann eben morgen. Das kriegen wir hin. Ich werde mit angehaltenem Atem auf unser Date warten."

„Alles klar", sagte Emily und stellte die Tasse ab. „Ich rufe heute deine Mutter an und frage, ob sie Oma spielen und babysitten kann." Sie zog das Laken, jetzt mit Kaffeeflecken, halb genervt, halb mechanisch zur Seite. Dann sprang sie aus dem Bett. „Ich wasche mich schnell. Umziehen kann ich später. Soll ich dich heute Abend früh oder spät abholen?"

„Früh", sagte David. „Ich bringe die Kinder ins Bett und lese ihnen vor. Und bitte hilf ihnen nachher bei den Hausaufgaben."

Miriam hatte die Alarmanlage ausgeschaltet. Emily konnte direkt durch die Tür in die Eingangshalle, ohne warten zu müssen, bis ihre Freundin quer durchs Haus kam. Der Boden aus Travertinmarmor wirkte kühl, fast feierlich. Emily rief laut, während ihr Schritt in dem großen Raum widerhallte, und machte sich auf die Suche.

Sie warf einen Blick in das cremefarbene Wohnzimmer. Braun-weiß gestreifte Sofas standen im rechten Winkel zum Kamin, weiße Ledersessel bildeten einen sauberen Kreis um elegante Möbel aus Pekannussholz. Afrikanische Masken und südamerikanische Artefakte schmückten Wände und Regale. Miriam war nirgends.

Also weiter. Im nächsten Raum spielte Rot in allen Schattierungen mit: karierte Stoffe, kräftige gelbe und rote abstrakte Kissen, überfüllte Sofas und Sessel, als hätte jemand versucht, Gemütlichkeit zu stapeln. Wieder keine Miriam. Emily schaute in der Bibliothek nach, im Frühstückszimmer, in der Küche. Erst als sie einen Blick in den Weinkeller warf, fand sie sie. Emily seufzte erleichtert auf. Wenigstens musste sie nicht auch noch durchs Obergeschoss und an geschlossenen Schlafzimmertüren vorbei.

„Dein Haus ist echt zu groß", meckerte Emily.

Miriam grinste über eine Schulter. „Hey, Schatz. Das gehört dazu. Wir müssen Leute einladen, damit er den Job behält, und der Mann mag seinen Job." Sie reichte Emily zwei Flaschen Chenin Blanc. „Hier. Nimm das. Das gibt's gleich mit den Canapés für die Damen."

„Oh, stimmt." Emily nahm die Flaschen. „Und? Hast du schon was gehört? Hat er die Stelle bekommen? Abteilungsleiter im Krankenhaus? Irgendwas Konkretes?"

Miriams Gesicht blieb kontrolliert, aber in den Augen blitzte es. „Er hat es bekommen", sagte sie und versuchte dabei, nicht zu strahlen. „Chefarzt der Notaufnahme im Mercy Hospital."

Emily quietschte nicht. Sie packte Miriam einfach, zog sie an sich und umarmte sie fest. „Wow. Dr. Harold Rose, Chefarzt der Notaufnahme." Sie trat einen Schritt zurück und betrachtete Miriam, als würde sie das Ergebnis erst jetzt richtig begreifen. „Du musst ihm irgendeine Plakette besorgen oder so was. Das muss gefeiert werden."

Miriam blieb nach außen hin gelassen, aber ihre Mundwinkel zuckten. „Und wo ist dein Auto? Warum fährst du Davids?"

„In der Werkstatt", sagte Emily sofort. „Zur Inspektion."

Miriam zog die Augenbrauen hoch. „Wie willst du vier kleine Körper in dieses winzige Auto quetschen und sie nachher heimfahren? Deine Mitfahrkinder sehen aus, als wären sie durch einen Rototiller gedreht worden, wenn die hier rausfallen." Sie wedelte mit der Hand, als wäre das schon entschieden. „Lass mich fahren. Nach unserem Mittagessen." Ihr Blick sagte deutlich: Das ist keine Bitte.

Emily nickte. „Apropos Schule: Ich habe die Liste mit den Vorstandsmitgliedern fürs nächste Jahr. Einige sind heute hier, ein paar schaffen es leider nicht."

Miriam nahm die Liste, überflog sie und wurde dabei immer stiller. Emily wartete ein paar Sekunden und sagte dann trocken: „Es ist nur eine Liste, Miriam. Nicht die Bibel."

Miriam sah auf. „Mensch, Mädchen. Diese Liste sieht aus wie die Vereinten Nationen."

„Was meinst du damit?"

„Lies dir die Namen vor und sag mir, dass das nicht nach UNO klingt." Miriam tippte mit dem Finger auf das Papier. „Akiko Watanabe. Partha Puri. Betty Chan. Rosalinda Rodriguez. Shamin Farhid."

Emily zuckte mit den Schultern. „Vielleicht. Aber da steht auch mein Name. Emily Kristich. Und deiner. Miriam Rose. Das sind ziemlich normale amerikanische Namen."

Miriam lachte. „Wen willst du verarschen? Dein Name klingt, als wärst du gestern aus Deutschland eingewandert. Und jeder, der mich oder meine Kinder kennt, weiß, dass ich nicht ganz das bin, was mein Name vermuten lässt." Wenn Miriam lachte, wurde sie noch lebendiger. Ihre langen Zöpfe schwangen mit jeder Bewegung. Heute trug sie ein leuchtendes Sarong-Kleid in Orange, Gelb und Braun. Dazu goldene Ohrringe, so groß wie kleine Dessertteller, und einen Arm voller schwerer Armreifen. Beim kleinsten Schritt klirrte es angenehm. Miriam war ein wandelndes Signal. Man konnte sie unmöglich verlieren. Man musste nur hören.

Sie beugte sich wieder über die Liste. „Aber sieht nach einem starken Vorstand aus. Die werden ihre Aufgaben schon ernst nehmen." Dann hob sie den Blick zu Emily. „Und als Sekretärin kannst du Akiko helfen, den Laden zusammenzuhalten."

Emily nahm ihr die Liste wieder ab. „Du hast eine vergessen. Rochelle Emory. Sie soll für die Freiwilligen zuständig sein." Emily runzelte die Stirn. „Ich glaube allerdings nicht, dass ich sie kenne."

„Oh doch, das tust du", rief Miriam. „Wenn du sie streichen kannst, mach das jetzt. Sie kommt vielleicht ein-, zweimal zu den Treffen, wenn du Glück hast, und du wirst nie Freiwillige haben." Miriam schnaubte. „Sie war in unserer Spielgruppe, als Eli und Scott noch klein waren. Sie ist nie gekommen. Das Baby kam mit der Nanny, aber sie kam nie. Ich wette, du hast diese Frau noch nie gesehen."

Emilys Gesicht bestätigte es.

„Komm schon, Em." Miriam tippte ihr gegen den Arm. „Sehr elegante, teuer gekleidete alte Punkrockerin. Platinblonde Stachelhaare. Mattes Make-up, so weiß wie ich schwarz bin. Und Lippen, die aussehen, als würden sie ständig bluten. Sie hat eine Tochter in der fünften Klasse. Und Scott ist bei Eli und Jojo in der Stufe."

Emily schüttelte den Kopf. „Ich glaube immer noch nicht, dass ich sie kenne." Dann blieb sie an einem Wort hängen. „Scott? Scott Emory?" Sie murmelte den Namen, als könnte er sich dadurch in die richtige Schublade schieben. „Scott…"

Und plötzlich war er da. „Moment", sagte Emily und hob den Kopf. „Doch. Ich erinnere mich an ihn. Das ist Rochelle Emorys Kind?" Sie sah Miriam an, als hätte sie jetzt erst verstanden, wie schräg das war. „Der Junge ist… ungewöhnlich. Er macht Mathe der siebten Klasse, inklusive Algebra, und er kann keinen einzigen Satz lesen. Das ist ihr Sohn? Und ich habe sie wirklich nie getroffen."

„Glaub mir", sagte Miriam. „Du würdest dich erinnern. Du hast sie nicht getroffen, weil sie nie in der Schule ist."

Emily strich mit dem Finger über den Namen. „Du glaubst also nicht, dass sie den Job gut macht."

Miriam sah sie an, schüttelte langsam den Kopf und sagte nur: „Tut mir leid. Du solltest die Stelle jemand anderem geben."

Emily verzog das Gesicht. „Miriam, du weißt doch, wie schwer es ist, Leute für den Elternbeirat zu finden. So viele Eltern arbeiten Vollzeit. Die sehen ihre Kinder ja kaum noch, wenn sie abends auch noch zu diesen Treffen rennen müssen."

Sie gab nicht auf. „Akiko Watanabe hat mir erzählt, Rochelle wollte unbedingt in den Vorstand. Sie meinte, sie würde jeden Job nehmen. Und weil niemand gern Freiwillige organisiert, hat Akiko ihr das gegeben." Emily hob die Schultern. „Akiko wird Präsidentin. Also muss sie wohl mit ihr klarkommen."

Miriam zuckte mit den Schultern. „Mach, was du willst. Ich habe dich nur gewarnt." Ihr Ton wurde schärfer. „Akiko kennt nicht die ganze Geschichte. Es ist Rochelle's Mann, der das will. Der muss sein Profil in der Gemeinde hochhalten. Deshalb sorgt er dafür, dass ihr Name auf jeder Liste steht, die er findet." Miriam schnippte mit den Fingern, als wären diese Listen Staub. „Ihr macht es nichts aus, auf den Listen zu stehen. Aber arbeiten? Das ist was anderes."

Emily hielt inne. Ein Gedanke schob sich nach vorn. „Weißt du was?"

„Nein", sagte Miriam trocken. „Gib mir einen Hinweis."

Emily starrte kurz ins Leere. „Ich glaube, sie ist auch im Vorstand von Sustain and Shelter. Beim letzten Treffen sind sie die Liste durchgegangen, und ich meine, ihr Name stand da. Ich habe heute Abend wieder ein Treffen. Ich muss schauen, ob ich mich richtig erinnere."

Miriam verzog den Mund. „Ich wette, sie ist nicht mal erschienen."

Emily schüttelte den Kopf. „Ich glaube nicht. Es war mein erstes Treffen, und es war chaotisch. Vielleicht habe ich sie übersehen. Aber ich kann mich an niemanden erinnern, der auch nur annähernd so aussieht." Sie seufzte. „Vielleicht hat David recht. Vielleicht sitze ich in zu vielen Gremien. Irgendwann verschwimmen die Gesichter."

„Die wird sich mit niemandem zusammentun", sagte Miriam. „Du hast jetzt eine doppelte Chance, sie kennenzulernen." Sie schob Emily leicht an der Schulter. „Falls sie überhaupt auftaucht."

Da klingelte es. Die Ankunft der Elternvertretung beendete jedes weitere Wort. Die Frauen kamen rein, die Sitzung lief, die Punkte wurden abgearbeitet. Und zur Freude aller war alles schnell vorbei. Hände schütteln, lächeln, verabschieden, Türen schließen.

„Mittagspause!", rief Miriam, als die letzte Frau weg war. „Los, bevor es voll wird."

Bei ihren wöchentlichen Mittagessen ohne Kinder zogen sie durch überdekorierte Charcuterien, die winzige Portionen servierten. Nicht sehr gehaltvoll, aber hübsch genug, um Fotos davon zu machen. Nachdem sie sich ihre Dosis Raffinesse abgeholt hatten, landeten sie wie immer in der örtlichen Eisdiele. Ein riesiger Eisbecher, weil es irgendwo ja auch mal wirklich satt machen musste.

Schönes Essen. Gute Gesellschaft. Ein Nachmittag, der so tat, als wäre alles normal.

KAPITEL 5

Als der späte Nachmittag kam, war Emily so gereizt wegen Sustain and Shelter, weil sie deshalb ein Date mit David verpasste, dass sie es an den Kindern ausließ. Altruismus war eine schöne Idee, solange er in der Zukunft lag. Es war leicht, „ja" zu sagen, wenn der Kalender noch Platz hatte und die Wochen vor einem lagen wie leere Seiten. Jetzt spürte sie, wie ihre angeblich so reinen Motive einen Kratzer bekamen. Nicht, weil sie plötzlich weniger helfen wollte, sondern weil sie statt David in die Arme zu fallen, am Abend mit Fremden in einem zugigen Raum sitzen würde, irgendwo zwischen Unordnung und Pflichtgefühl.

Sogar Byte ging ihr aus dem Weg. Die Hündin verbrachte den Nachmittag lieber draußen, zwischen Nelken und Gardenien, die Emily mit viel Geduld gepflegt hatte. Vielleicht war es besser so. Wenn Emily Byte gesehen hätte, wie zufrieden sie dort lag, hätte es sie vermutlich nur noch mehr aufgebracht.

„Mama?", fragte Lulie.

„Was?", fuhr Emily sie an.

Der Ton traf sofort. Lulie zog sich zurück, als hätte sie eine unsichtbare Tür vor der Nase bekommen, und ging aus dem Zimmer, ohne ihre Frage zu Ende zu stellen.

„Was", wiederholte Emily, diesmal leiser, und folgte ihr in den Flur. Sie versuchte, den Ärger aus ihrer Stimme zu nehmen. „Was habe ich gesagt?"

„Nichts."

Emily blieb stehen, atmete einmal durch und zwang sich zu einem ruhigeren Gesicht. „Lulie, ich war nicht sauer. Ich habe nur nachgedacht. Was möchtest du?"

Lulie betrachtete sie ein paar Sekunden lang, als würde sie prüfen, ob der Boden wieder sicher war. Dann fragte sie vorsichtig: „Ich wollte nur wissen, ob Jojo und ich fernsehen dürfen."

„Oh." Emily blinzelte. „Klar. Natürlich dürft ihr das."

Sie ging mit Lulie ins Wohnzimmer und stand daneben, während die beiden Mädchen ein Programm auswählten. Emily schaute auf den Bildschirm, ohne wirklich hinzusehen. In ihrem Kopf lief die erste Sitzung bei Sustain and Shelter noch einmal ab, als hätte jemand sie auf Dauerschleife gestellt.

Ein Reinfall, anders konnte man es nicht nennen. Um 23:30 Uhr war die Tagesordnung immer noch nicht durch, als Emily schließlich ging. Es hatte schon damit angefangen, dass niemand den Schlüssel für den Konferenzraum fand. Dann fehlte der Stecker für den Laptop, und der Laptop selbst war natürlich nicht aufgeladen. Die Sitzung startete 45 Minuten später als geplant. Der Geschäftsführer tauchte zwanzig Minuten nach dem verspäteten Beginn auf. Und die beiden anderen Leute, die man für Beschlussfähigkeit brauchte, ließen sich bis 20:45 Uhr Zeit.

Der Vorstandsvorsitzende, der die Tagesordnung erstellt hatte, wollte als Erstes die Ausschussberichte hören. Immerhin erschienen nur drei Ausschussvorsitzende. Dadurch blieb das Schlimmste aus, wobei

„schlimm" relativ war. Die Berichte waren lang, schwankten zwischen Jammern und Selbstlob und hatten diese zähe, schläfrige Konsistenz, die einem jede Minute doppelt vorkommen lässt.

Der spannendste Moment war ausgerechnet der Bericht der Schatzmeisterin. Frau McIvey verkündete ein monatliches Defizit von 5000 Dollar. Erst sahen alle aus, als hätte man ihnen den Boden weggezogen. Dann brach ein Stimmengewirr los, während ein paar wichtige Leute hektisch versuchten, den Fehler in den Zahlen zu finden. Nur gab es keine Zahlen. Keine schriftlichen Berichte, keine Tabellen, nichts, woran man sich festhalten konnte. Frau McIvey hatte lediglich gesagt, es gebe ein Defizit, und damit war es das.

Der Geschäftsführer wurde gerade erst in die Mangel genommen, als Emily innerlich ausstieg. Sie wusste, dass sie mit Schlaf besser dran war als mit langatmigen Ausreden. Wäre das Ganze vormittags gewesen, vielleicht sogar nachmittags, hätte sie womöglich über dieses erwachsene Slapstick-Theater gelächelt. Um diese Uhrzeit war es nur noch unerquicklich.

Sie kannte niemanden aus dem aktuellen Vorstand wirklich. Und sie hatte keine klare Vorstellung, was die Organisation mit ihrem Geld machte. Bevor sie den Posten angenommen hatte, hatte sie mehrmals um Bilanzen und Finanzberichte gebeten. Bis heute hatte sie nichts erhalten.

Nachdem Emily ihrer Familie nach dem Abendessen gute Nacht gesagt hatte, machte sie sich auf den Weg zur zweiten Vorstandssitzung, Sustain and Shelter. Im Auto wählte sie die Nummer ihrer Mutter, Louisa Daniels. Den ganzen Nachmittag hatte sie über die Sitzung nachgedacht, statt das zu tun, was sie David versprochen hatte: Louisa wegen des Babysittens anzurufen.

„Mama."

„Was ist los?"

Emily biss die Zähne kurz zusammen. Natürlich. Louisa merkte es immer. „Warum denkst du, dass etwas nicht stimmt, Louisa?"

„Ich bin deine Mutter. Es ist meine Aufgabe, zu wissen, wenn etwas nicht stimmt." Sie machte eine kurze Pause. „Man merkt das bei den eigenen Mädchen. Das ist was anderes."

„Hast du eine andere Erklärung als beim letzten Mal, als wir darüber gesprochen haben?"

„Nicht wirklich." Emily hielt das Lenkrad fester, als nötig. „Mama, sie sind erst sechs und acht. Ich bin in meinen Dreißigern. Das ist der Unterschied."

„Nein, Schatz. Das reicht nicht. Du bist mein Kind."

„Ich bin deine Tochter", sagte Emily, „aber ich bin kaum noch ein Kind."

„Tut mir leid", erwiderte Louisa ungerührt. „Daran hat sich nichts geändert. Also: Was ist los?"

Emily atmete aus, zwang sich zur Ruhe und sagte dann: „Ich bin auf dem Weg zu einer Vorstandssitzung."

„Du meinst diese Organisation, bei der du gerade angefangen hast? Wie heißt die noch mal? Food and Home oder so?"

„Sustain and Shelter", korrigierte Emily. „Genau. Aber deshalb habe ich nicht angerufen."

„Ich habe von einer anderen Vorstandsfrau von dir gehört. Sie sagt, die sind richtig gut darin, Obdachlose mit Essen und Hilfe zu versorgen."

„Ja, na ja", sagte Emily trocken. „Dann geht sie offenbar zu anderen Sitzungen als ich."

„Nicht gut, oder?"

„Sehr unorganisiert. Es ist ein Wunder, dass sie überhaupt irgendwas auf die Reihe bekommen." Emily schob den Blinker, ohne darüber nachzudenken. „Wer ist dieses Vorstandsmitglied?"

„Joan Chavez. Sie sitzt mit uns im Vorstand bei der Community Action Group."

Emily runzelte die Stirn. „Beschreib sie mir mal. Ich bin mir nicht sicher, ob ich weiß, wer das ist."

„Sehr zielstrebig", sagte Louisa sofort. „Und sie hängt sich richtig rein. Blond, zierlich. Im echten Leben ist sie Krankenschwester oder so."

„Ich glaube, ich kenne sie", murmelte Emily. „Aber deshalb habe ich nicht angerufen."

„Was ist denn los?"

Emily lachte kurz auf, mehr aus Überforderung als aus Humor. „Ich hab's dir doch gerade gesagt. Das Treffen heute Abend."

Louisa ließ nicht locker. „Du hast schon in schrecklichen Gremien gesessen, und es hat dich nie gestört. Du hast immer gesagt, es sei eine Möglichkeit, der Gemeinschaft zu helfen, weil du es kannst und ein gutes Leben hast. Das klingt für mich vernünftig."

„Ich weiß", sagte Emily. „Und das stimmt immer noch. Nur… heute Abend hätte ich mit meinem Mann ein echtes Date haben können, wenn da nicht dieses Treffen wäre."

Louisa klang plötzlich zufrieden, als hätte sie den Fall gelöst. „Und meine verantwortungsbewusste Tochter hat die Pflicht vor den Spaß gestellt. Du bist eine gute Frau, Charlene Brown. Dann gehst du eben morgen Abend ins Kino. Ich kümmere mich um die kleinen Puppen."

Emily verdrehte die Augen, schüttelte den Kopf und musste trotz allem lächeln. Woher weiß sie das immer? Sie trifft jedes Mal den Kern, als hätte sie heimlich in Emilys Kopf gelesen. „Oh, Mom", sagte sie, „deshalb habe ich dich angerufen. Um dich genau das zu fragen."

„Ich bin hellsichtig, Em."

„Nein, du bist eine Mutter." Emily lenkte in eine ruhigere Straße. „Wir sprechen morgen. Komm zum Abendessen, wenn du willst."

„Noch besser", sagte Louisa. „Warum geht ihr nicht erst essen und dann ins Kino?"

„Ja, Ma'am", antwortete Emily und ließ sich auf den Ton ein. „Sehen wir uns gegen 17 Uhr?"

„Ja, Ma'am." Louisa klang zufrieden. „Habt einen schönen Abend. Und macht weiter so mit euren guten Taten. Grüß Joan von mir."

KAPITEL 6

Das Haus, das Sustain and Shelter inzwischen als Büro nutzte, hatte der Vorstand damals zu einem Spottpreis bekommen. Es war kurz bevor die Nachbarschaft begriff, wie viel Geld Bauträger für ein paar Grundstücke zahlen würden, um dort eine Reihe von Hochhäusern hochzuziehen. Die Umgestaltung war geschmackvoll, aber sparsam gemacht worden. Trotzdem blieb es unverkennbar: Das hier war einmal ein Einfamilienhaus gewesen. Und zwischen den kantigen, monolithischen Nachbarbauten wirkte es wie ein Fremdkörper, der sich Mühe gab, nicht aufzufallen, aber es nicht schaffte.

Der Konferenzraum, in dem die Sitzung stattfand, war früher aus zwei Schlafzimmern zusammengesetzt worden. Küche und eines der Bäder hatte man gelassen, wie sie waren. Das ehemalige Wohnzimmer war bis an die Wände mit Aktenschränken vollgestellt und diente gleichzeitig als Wartebereich und Büro. Vor dem Kopierer stand ein Aquarium, so groß, dass darin ein kleiner Delfin hätte wenden können. Es trennte eine Reihe königsblauer Stapelstühle von cremefarbenen Schränken und einem Empfangstresen, der aussah, als hätte jemand ihn in einem Möbelhaus für „seriöse Büros" ausgesucht.

Das Hauptschlafzimmer samt Bad war jetzt das Reich des Geschäftsführers. Das vierte Schlafzimmer war als Büro eingerichtet, aber ungenutzt. Immerhin sah nichts nach zusammengewürfelten Spendenmöbeln aus, wie man es bei vielen kleinen Non-Profit-Organisationen kannte. Keine ausgeblichenen Sofas, keine fehlenden Schubladengriffe, keine Stühle, die man nur noch aus Höflichkeit nicht entsorgte.

Als 2000 der Börsencrash die Dotcom-Welt flutete, gingen nicht alle unter. Manche schwammen sogar nach oben und profitierten. Sustain and Shelter gehörte zu denen, die im richtigen Moment zugriffen. Für ein paar Cent pro Dollar hatten sie fast neuwertige Büroausstattung gekauft. Alles passte zusammen, sogar auf dem blau-cremefarbenen Teppich. Das Büro wirkte ordentlich, aufgeräumt, fast wie ein erfolgreiches Unternehmen. Und es lag eine stille Selbstzufriedenheit in diesem Anblick, als wäre Ordnung an sich schon ein Beweis für Kompetenz.

Ein paar der Gründer saßen noch im Vorstand und tauchten ab und zu bei den Sitzungen auf. An diesem Abend genoss der Mann mit dem dicksten Portemonnaie seine Rolle als Vorsitzender so sehr, dass er sie auskostete wie eine Bühne. Rudyard Millup redete endlos über seine letzte Spende und darüber, wofür sie bestimmt sei: einen Teil von Chad Woodleys Gehalt zu finanzieren.

Millups grauer Nadelstreifen saß makellos auf seinem massigen Körper. Sein silbernes Haar war ebenso sorgfältig frisiert wie sein Gesicht gepflegt war. Nur seine Nase verriet etwas anderes. Entweder hatte sie zu viele Winter oder zu viele Drinks gesehen. In die Haut hatten sich violette Falten gegraben, als wäre sie regelmäßig Wind und Alkohol ausgesetzt gewesen. Kälte als Ausrede passte allerdings schlecht zu Nordkalifornien.

„Dank meiner Unterstützung", sagte er mit gespielter Bescheidenheit und einem Lächeln, das sich selbstironisch geben sollte, „können wir Chads Gehalt an den Lebenshaltungskostenindex anpassen und für das am 1. Juli beginnende Geschäftsjahr zusätzlich fünfzehn Prozent drauflegen. Ich weiß genau, wie wichtig Chad für unsere Organisation ist. Ihr wisst das auch. Seine Reisen haben die Aufmerksamkeit auf die Obdachlosensituation in Pleasant Creek gelenkt. Und ich habe außerdem eine kleine Zuwendung für unsere neue Klinik für Menschen mit geringem Einkommen bereitgestellt."

Dann setzte er noch einen drauf. „Wir sollten Chad zeigen, wie sehr wir seine Arbeit schätzen. Ich schlage Applaus vor. Ich weiß, dass ihr mir zustimmt. Und ich weiß auch, dass Chad sehr dankbar ist für das, was ich und einige andere Wohltäter getan haben."

Er begann zu klatschen.

Neben ihm saß Ida McIvey, die Schatzmeisterin. Sobald sie „fünfzehn Prozent" gehört hatte, war sie bleich geworden. Sie wedelte verzweifelt mit der Hand, versuchte, ihn zu stoppen. Es war zwecklos. Er ignorierte sie, als wäre sie Teil der Dekoration.

Im Rhythmus des Applauses stammelte Ida, fast atemlos, als hätte sie plötzlich Rap-Tempo: „Mr. Millup, als Schatzmeisterin muss ich protestieren. Die Budgets lassen das nicht zu. Sie können unmöglich… fünfzehn Prozent…" Die Vergeblichkeit stand ihr ins Gesicht geschrieben. Sie drehte an ihrem Druckbleistift, als würde sie eine Injektionsnadel vorbereiten, und begann dann wütend zu schreiben.

Chad Woodley war ungefähr fünfundvierzig. Er hatte volles, grau meliertes braunes Haar, nach hinten geföhnt, weg von einem markanten Gesicht. Seine Lippen verschwanden fast, wenn er nicht gerade freundlich lächelte. Und selbst wenn er lächelte, blieb dieser verstohlene Blick in den leicht geschwollenen Augen, der seine Wärme dämpfte, als stünde immer noch ein Gedanke im Hintergrund, den er niemandem zeigen wollte.

Sein Outfit war eine Entscheidung. Das rosa-gelb-grün gestreifte Golfhemd tat nur so, als könne es den Bauch kaschieren, und passte trotzdem erschreckend gut zu der rosa Hose. Ende Mai, lauer Abend, und Chad wirkte, als hätte er sich auf einen Cocktail und eine Rede vorbereitet.

Er stand auf, dramatisch, wie bei einer Oscar-Dankesrede. „Mr. Millup", begann er, „ich kann Ihnen gar nicht sagen, wie sehr ich Ihre Anerkennung schätze. Sie alle wissen, wie viel Mühe ich mir gegeben habe, um unsere Obdachlosen zu versorgen." Er hob das Kinn, als würde er gleich eine Träne wegdrücken. „Ich werde die Zahlen in Kürze in meinem Bericht veröffentlichen. Sie werden erfreut sein zu hören, wie vielen Menschen ich Essen und Unterkunft ermöglichen konnte. Dieses Projekt ist für Pleasant Creek von unschätzbarem Wert."

Ein leises Summen zog Emilys Aufmerksamkeit weg von Chads Selbstbeweihräucherung. Sie ließ den Blick über den Tisch wandern und traf die Augen der älteren Dame ihr gegenüber. Die Frau schaute ertappt zur Seite und stieß ihren schlafenden Mann möglichst unauffällig in die Rippen. Der Stoß brachte ein Schnauben hervor.

Emily lächelte automatisch, ein Lächeln, das sie für mitfühlend hielt. Die kleine Frau mit ordentlich gelockten blaugrauen Haaren wurde rot und blickte weg. Der Mann, dessen braunes Toupet durch das Nickerchen schief saß, sah Emily an und lächelte zurück. Oder besser: Er grinste. Anzüglich, schmierig, als hätte sein Gehirn noch nicht ganz wieder hochgefahren. Gründer, dachte Emily. Das müssen welche von den Gründern sein.

Sie wandte sich ab und schaute zu dem Mann neben dem Ehepaar. So wie sie sich an die beiden auch nicht vom letzten Treffen erinnern konnte, war ihr dieser Mann ebenfalls nicht im Gedächtnis. Er starrte Chad an, entweder aus vorbildlicher Aufmerksamkeit oder weil er innerlich abgeschaltet hatte. Auf den ersten Blick wirkte er jung. Beim zweiten erkannte Emily, warum: Seine ganze Erscheinung war zwanghaft ordentlich. Dünnes braunes Haar, geschniegelt zu einem braven Bürstenschnitt. Runde Brille, die ihm etwas Kindliches gab. Eine Fliege, die ihn geschniegelt wirken ließ, als hätte ihn jemand für einen „ersten Tag bei den Großen" geschniegelt.

Nur war er nicht jung. Unter der Ordnung saß das Alter: schlaffe Haut an den Wangen, feine Fältchen an den Augen, und dieser feste, unglückliche Zug um den Mund, als hätte das Leben ihm selten einen Grund zum Lächeln gegeben. Er richtete sich ein wenig auf, als spürte er ihren Blick. Doch er sah nicht zu ihr. Nicht einmal diese kleine Genugtuung gönnte er sich, zu wissen, wer ihn musterte.

Emily wurde aus ihrer Beobachtung gerissen, als ihr jemand einen Stapel Papiere vor die Nase hielt. Sie erwartete Zahlen, Diagramme, Belege für Chads große Produktivität. Stattdessen waren es zwei Absätze, ein paar Skizzen: Grundrisse von zwei Suppenküchen und einer medizinischen Klinik, dazu die jeweiligen Adressen. Mehr nicht. Kein Bericht, der diesen Namen verdient hätte.

Als Chad sich wieder in seinen Stuhl sinken ließ, räusperte er sich noch einmal. „Oh, und unsere Freiwilligen", sagte er, als hätte er sie fast vergessen. „Es versteht sich von selbst, dass sie für meine Arbeit wichtig sind."

Dann fiel ihm etwas ein. Er hob wieder den Kopf. „Mr. Millup hat eine Ankündigung zu machen."

Rudyard wirkte plötzlich verärgert. „Herr Woodley, ich dachte, Sie sagen es ihnen."

„Nein", zischte Chad in einem genervten Bühnenflüstern, „wir hatten beschlossen, dass du es machst. Du bist der Präsident."

„Aber ich will das nicht", flüsterte Millup laut genug, dass es jeder hören konnte.

Chad presste die Zähne zusammen. „Wir haben es beschlossen."

Millup zog die Schultern hoch, als hätte man ihm ein lästiges Geschenk in die Hand gedrückt. „Na gut."

Er setzte seine ernsteste Miene auf. „Mit großem Bedauern geben wir bekannt, dass unser Vorstandskollege Ralph Watkins verstorben ist." Er ließ den Satz kurz hängen, wie ein Regisseur, der seine Wirkung abwartet. „Wie einige vielleicht schon gehört haben: Im Del Oro Plaza wurde eine Leiche gefunden. Die Leiche wurde heute als Ralph Watkins identifiziert."

Es wurde still. Eine dichte, unangenehme Stille, die sich nicht wie Trauer anfühlte, sondern wie Schock.

Emily setzte sich so abrupt aufrecht hin, dass ihr der Atem stockte. Sie schluckte schwer. „Du meinst… Moment. Del Oro Plaza. Eine Leiche?" Ihre Hände fuhren über ihr Gesicht, als könnte sie sich damit wachreiben. „Del Oro Plaza? Der Mann war im Vorstand? Hier?"

Joan Chavez drehte sich zu ihr. Ihr blasses Gesicht, der strenge, dünnlippige Mund, die Stirnrunzelung, alles wirkte wie aus einem Guss. „Kanntest du ihn, Emily? Geht es dir gut? War er ein Freund?"

„Nein." Emilys Stimme klang fremd, zu leise. „Das ist erst meine zweite Sitzung. Ich kann ihn nicht zuordnen. Ich glaube, er war beim letzten Mal nicht da." Sie zögerte. „Hatte er Familie?"

Joan dachte nach, ganz konzentriert, als würde sie eine Akte im Kopf öffnen. „Ich glaube, er hatte eine Frau. Vielleicht war er geschieden. Irgendwo gibt es bestimmt erwachsene Kinder. Er war in dem Alter." Sie hob den Blick. „Kräftiger Mann, dunkle Haare. Er sah aus, als würde er viel trinken. Große rote Nase. Und er roch ständig nach Knoblauch." Joan verzog den Mund, als würde sie den Geruch noch einmal riechen. „Vielleicht hat ihn das umgebracht."

Emily starrte sie an, unfähig zu entscheiden, ob Joan gerade ernst war oder einfach nur so redete, wie manche Menschen reden, wenn sie mit Tod konfrontiert sind und etwas sagen müssen.

Joan fuhr fort, als wäre das normal: „Er war einer unserer wichtigsten Geldgeber. Ich habe einmal mit ihm darüber gesprochen, wie wichtig unsere Arbeit ist. Er war zurückhaltend, aber er wollte helfen. Schade, dass er so gestorben ist." Dann musterte sie Emily. „Bist du sicher, dass es dir gut geht? Du bist sehr blass."

Emily nickte langsam, weil sie nichts anderes konnte. „Hast du irgendwas gehört, was passiert ist?"

„Nein. Das höre ich zum ersten Mal." Joan runzelte die Stirn. „Vielleicht Herzinfarkt oder Schlaganfall. Das ist doch meistens die Todesursache bei Leuten in seinem Alter. Vor allem bei denen, die an einem…" Sie brach ab, als würde sie nach dem richtigen Wort suchen, nach einem Begriff, der nicht zu hart klingt.

„Kanntest du ihn, Bo?" Joan wandte sich an den jungen Mann mit Pferdeschwanz auf der anderen Seite.

„Klar", sagte Bo. „Ich hab mit ihm in der Küche gearbeitet. Wir haben bedient und manchmal getauscht. Dann geht's schneller. Einer bringt die Tabletts rein, der andere macht Abwasch." Er zuckte mit den Schultern. „Er war ruhig. Aber er hat alles beobachtet. So ein Aufseher-Typ."

Bo saß lässig zurückgelehnt. Seine langen Beine ragten unter dem Tisch hervor, so dass jeder vorbeigehende Mensch entweder ausweichen oder drübersteigen musste. Bo störte das nicht. Und er zog sie auch nicht ein.

„Weißt du, wie er gestorben ist?", fragte Joan.

Bo schüttelte den Kopf. „Vielleicht Autounfall. Da draußen wird doch überall gebaut. Vielleicht ist was Verrücktes passiert." Er nickte in Richtung Millup. „Frag Rudyard. Er hat's ja angekündigt."

Emilys Beileidsworte gingen im Raum unter, als Millup die Gruppe aufforderte, zur Tagesordnung zurückzukehren. Um Ralph Watkins „abzuschließen", sagte er: „Irgendwann diese Woche wird es eine Gedenkfeier geben. Details stehen in der Todesanzeigenrubrik."

Joan hob die Hand. „Wissen wir, wie er gestorben ist?"

„Wer?", fragte Millup.

„Ralph", sagte Joan, spürbar ungeduldig.

„Nein. Keine Details. Nur, dass man ihn im Plaza gefunden hat." Millup bemerkte Chads Zeichen und fragte irritiert: „Was? Was?"

Chad formte stumm mit den Lippen: Sag es ihnen. Sag es ihnen.

Millup räusperte sich und setzte neu an. „Oh ja. Da ist noch etwas. Mr. Woodley erinnert mich daran." Er suchte nach Worten, und als er sie fand, wurde es unangenehm. „Wie ihr wisst, war Mr. Watkins ein Computergenie. Er hat Daten in unsere Computer eingegeben." Er stockte kurz. „Da er… nicht mehr verfügbar ist…" Das Wort hing im Raum, als hätte jemand einen schlechten Witz gemacht. „…wären wir dankbar, wenn sich ein Freiwilliger findet, der die Eingabe fertigstellt. Es eilt nicht, aber wir möchten es vor dem Herbst abgeschlossen haben. Möchte sich jemand melden?"

Als hätte jemand ein unsichtbares Signal gegeben, wanderten alle Blicke zu Emily.

Sie wusste nicht, ob das eine Art Initiationsritus war oder ob sie dachten, dass sie durch Davids Computerladen automatisch auf der Stufe eines „Computergenies" stand. Das stimmte nicht. Aber sie hatte genug Ahnung, um Daten einzugeben. Es klang nicht schwer. Und im Sommer hätte sie Zeit. Vielleicht wäre es sogar eine willkommene Abwechslung.

„Ich mache das", sagte Emily.

Chad deutete auf eine junge Frau am Laptop. „Danke. Melde dich bei Shannon da drüben. Sie zeigt dir alles. Du kannst an jedem beliebigen Tag herkommen."

Millup tat, als wolle er sich die Daumen in die Hosenträger haken, so zufrieden wirkte er. „Na, dann ist das geklärt."

Shannon hatte während der Sitzung ununterbrochen getippt. Als ihr Name fiel, hielt sie inne, die Finger schwebten über der Tastatur. Sie sah Chad an, als wäre er ein Popstar. Ihr strahlendes Lächeln konnte die Akne fast verschwinden lassen. Es half allerdings nicht gegen ihr honigblondes Haar, das schon vor drei Tagen hätte gewaschen werden müssen. Kaum setzte Chad sich wieder, flitzten ihre Finger wieder los, als hätte seine Rede sie inspiriert.

Dann blickte Shannon zufällig auf, und ihr Gesicht veränderte sich. Sie sah die Frau, die gerade gekommen war und sich neben Chad gesetzt hatte. Die Frau rückte so nah an ihn heran, als gehöre der Stuhl nur halb ihr. Sie klopfte ihm vertraulich auf den Arm, schenkte ihm ein Lächeln, das zu intim für einen Konferenztisch war. Shannon schoss ein Blick aus den Augen, der voller Hass war. Die ältere Frau antwortete mit einem selbstgefälligen Grinsen.

Miriam hatte recht gehabt. Wenn Emily jemals zuvor Rochelle Emory begegnet wäre, hätte sie sie nie vergessen.

Platinblondes Haar stand in einem rechten Winkel vom Kopf ab. Das Gesicht war so weiß geschminkt wie bei einer Kabuki-Tänzerin. Die Lippen wirkten, als hätte sie gerade einen Ketchup-Cocktail getrunken. An jedem Finger ein Ring, und das waren keine billigen Steinchen. Die Steine funkelten bei jedem Lichtstrahl, genau wie die aufwendige Nagelkunst auf ihren Stiletto-Nägeln. Sogar die „Diamanten", die wie Segmente eines Regenwurms aus Zirkonia am Ohrknorpel entlang krochen, waren offenbar echt. Sie trug eine rote, schulterfreie Strickbluse, die ein kleines Schlangentattoo am Rücken zeigte, dazu eine enge weiße Strickhose in geschnürten schwarzen Stiefeln.

Was sie allerdings wirklich unnahbar machte, war nicht der Schmuck. Es war diese gelangweilte Aura, dieser strenge, abweisende Blick, als sei jeder Mensch im Raum eine Zumutung. Vlad der Pfähler wäre zugänglicher gewesen.

Während Emily Rochelle beobachtete, wie sie in eine Ecke starrte, mit den Fingern unruhig auf den Tisch trommelte und die Sitzung ignorierte, nahm sie wieder den Streit zwischen Schatzmeisterin und Präsident wahr.

Millup stach mit dem Zeigefinger in die Luft, geschniegelt und gleichzeitig aggressiv. „Weil wir es so wollen."

Ida McIveys graumeliertes braunes Haar wurde durch ihr ständiges Streichen nur noch zerzauster. Ihre Angst leuchtete durch die dicken Brillengläser. „Aber du hast gar kein Geld dafür."

„Natürlich haben wir Geld. Ich habe gerade zehntausend Dollar gegeben."

„Wir haben Gläubiger bezahlt", sagte Ida, „und den Rest in die Rücklage für Notfälle gesteckt."

Millup winkte ab. „Dann nehmen Sie das doch."

„Das deckt nicht die fünfzehn Prozent und die Gehaltserhöhung", sagte Ida, und in ihrer Stimme lag blanke Verzweiflung.

Emily fühlte sich, als würde sie einer kaputten Acht-Spur-Kassette zuhören. Immer dieselbe Schleife, immer wieder derselbe Anfang, bis man wahnsinnig wird.

Sie schaltete sich ein. „Entschuldigen Sie", sagte sie ruhig. „Könnten wir Kopien der Finanzdaten bekommen? Vielleicht finden wir einen Kompromiss, der beide Probleme löst. Aber dafür bräuchten wir konkrete Informationen, mit denen wir arbeiten können."

Das stoppte die Diskussion, allerdings nur, um sie in die nächste Sitzung zu verschieben. Millup schenkte Emily ein schmierig freundliches Lächeln. „Herr Woodley, Frau McIvey und ich treffen uns und machen einen Plan. Tolle Idee, Frau Kristich." Er blinzelte. „So heißen Sie doch, oder?"

Emily hielt seinen Blick fest. „Ja. Das ist mein Name. Der gleiche, den ich letzten Monat hatte. Und ich nehme gern an der Diskussion teil."

„Nein, das ist nicht nötig." Millup lächelte, als würde er ein Kind beruhigen. „Wir wollen Ihren hübschen kleinen Kopf doch nicht mit diesem unangenehmen Thema des alten Geldes belasten."

Emily gab ihm für einen Sekundenbruchteil den Vorteil des Zweifels, schob es auf seine Generation. Dann fragte sie, die Zähne zusammen: „Ich möchte hier gute Arbeit leisten. Es wäre sehr hilfreich, wenn ich die monatlichen Finanzberichte und die jährlichen Gewinn- und

Verlustrechnungen sehen könnte. Kann ich bitte Kopien bekommen? Ich habe Shannon schon gefragt, aber sie konnte sie wohl nicht finden."

Jetzt war Emily an der Reihe, Shannons finsteren Blick zu bekommen. Nicht so giftig wie der, den Shannon Rochelle zugeworfen hatte. Aber deutlich genug.

Millup räusperte sich, einmal, zweimal, noch einmal. „Ja, ähm…" Er sah zu Ida. „Ms. McIvey wird versuchen, sie Ihnen nächsten Monat zur Verfügung zu stellen, nicht wahr, Ida?"

Ida nickte verwirrt.

Millup legte nach, als müsse er sich selbst beweisen: „Frau Kristich, Sie würden das wirklich nicht verstehen. Für Frauen ist das furchtbar kompliziert, wissen Sie. Selbst die arme Frau McIvey hat Schwierigkeiten mit ihren Abrechnungen, nicht wahr, meine Liebe?"

Ida protestierte sofort. „Nein, das stimmt nicht. Ich bin gut in diesem Job. Ich kenne mich mit Zahlen aus."

„Ja, ja, Schatz", beschwichtigte Millup.

In dem Moment landete er auf Emilys Liste der männlichen Chauvinisten. Sie sprach mit dieser leisen, ruhigen Stimme, die ihre Kinder sofort dazu brachte, still zu werden und zu handeln.

„Sie wissen doch, Herr Millup, dass mein Mann ein eigenes Unternehmen hat", sagte sie. „Und Sie wissen auch, dass ich dort eine extrem aktive Rolle spiele. Ich mache Kreditoren- und Debitorenbuchhaltung, Bankgeschäfte und die übrigen Geldangelegenheiten. Das ist Ihnen klar, oder?"

Millup schüttelte langsam den Kopf.

„Dann merken Sie sich das", fuhr Emily fort. „Und beleidigen Sie mich oder irgendeine der Frauen hier nicht noch einmal, indem Sie behaupten, Frauen würden etwas nicht verstehen. Diese Frauen sitzen aus einem Grund in diesem Gremium. Nicht als Alibi."

Sie bemühte sich, freundlich zu bleiben. Das Wort hatte die Freundlichkeit allerdings bereits halb zerlegt.

Millup kicherte nervös. Chad stand auf, kam zu Emilys Stuhl und legte ihr tröstend eine Hand auf die Schulter, als wäre sie diejenige, die sich gerade im Ton vergriffen hätte. „Wir verstehen das", sagte er.

Zum Glück wurde die Sitzung um 10:00 Uhr beendet. Emily packte Mappe und Handtasche zusammen. Sie sah, wie der Mann in der braunen Kleidung, der so aufmerksam zugehört hatte, aus dem Raum stürmte. Er sprach mit niemandem. Er war einfach weg.

Emily wandte sich an Joan Chavez. „Glaubst du, er war beleidigt?"

„Wer?" Joan folgte Emilys Blick. „Thomas? Nein. Der ist einfach so. Er ist schüchtern, fühlt sich in Gesellschaft unwohl. Er geht immer sofort. Er arbeitet hart, redet aber kaum. Irgendeine Art Forscher. Der liest wohl mehr, als er spricht." Joan nickte kurz, als wäre die Sache damit erledigt. „Tschüss."

„Tschüss", sagte Emily und schob ihren Stuhl zurück.

Neben ihr stand die schick gekleidete Frau, die links von ihr gesessen hatte. Sie gingen fast im Gleichschritt Richtung Parkplatz. Als sie durch die Hintertür hinaus traten, sahen sie, wie Bo in seinen Volkswagen-Van stieg. Das Auto war leuchtend orange und über und über mit Aufklebern bedeckt: Stoppt diesen Krieg, rettet jene Tiere, wählt diesen Kandidaten. Viele Namen, die längst wieder verschwunden waren. Auf den Scheiben klebten Sticker aus mindestens fünfundvierzig der fünfzig Bundesstaaten. Dazwischen sah man zerfetzte Fensterverkleidungen.

„Bos Auto erkennt man immer", sagte die Frau lächelnd. „Er fährt nicht oft damit. Normalerweise nimmt er das Fahrrad. Er spart Energie für die Welt. Heute musste er wohl woanders hin."

„Fährt er wirklich jeden Tag Fahrrad? Auch zur Arbeit?", fragte Emily.

„Ich glaube schon. Soweit ich weiß, hat er keinen Job. Er studiert und ist kurz vor dem Doktor in Soziologie." Die Frau sprach über Bo mit einer Mischung aus Respekt und Amüsement. „Wenn er nicht lernt, hilft er anderen. Ich sehe ihn oft in der Küche. Nachts trommelt er Leute zusammen, um Obdachlose in Notunterkünfte zu bringen. Er nimmt das Gebot ‚Liebe deinen Nächsten‘ wirklich ernst."

Dann wechselte sie das Thema. „Deine Rede an Rudyard war beeindruckend."

Jetzt sah Emily sie genauer. Rotgoldenes Haar, wahrscheinlich nicht natürlich. Helle Haut, durch leichtes Make-up schimmerten Sommersprossen. Eine orange-goldene Bluse mit Blumenmuster, dazu ein goldener, kragenloser Blazer und passende Hose. Goldene Lederpumps. Mehrere Goldketten. Das Outfit war eine Entscheidung, genau wie bei Chad, nur eleganter.

Emily lächelte. „Zu viel?"

„Nein", sagte die Frau. „Rudyard braucht so was. Rochelle interessiert sich nicht dafür, was im Vorstand passiert, wenn sie überhaupt mal auftaucht. Joan ist ab und zu hier und redet mit ihm, aber sie kommt nicht oft genug. Mrs. Gridley ist damit beschäftigt, Mr. Gridley wach zu halten. Und die meisten Gründer tauchen so selten auf, dass sie gar nicht merken, was hier läuft. Das ist das erste Mal seit Monaten, dass ich sie sehe."

Emily streckte die Hand aus. „Emily Kristich. Wie heißen Sie?"

„Blythe Oberstein." Blythe schüttelte ihre Hand fest. „Stimmt das mit deinem Mann? Arbeitest du mit ihm zusammen?"

„Und wie", sagte Emily. „Als er das Unternehmen gegründet hat, habe ich ihm gesagt, ich helfe, wo ich kann. Wir leben und atmen dieses Geschäft seit Jahren. Sogar unsere Töchter reden schon so, als wären sie Teil davon."

„Töchter?" Blythe sah interessiert aus. „Wie viele?"

„Zwei. Sechs und acht."

„Keine Söhne?"

„Keine.“

„Wie sind sie?“

Emily musste kurz lachen. „Wie alle Kinder. Und weil es meine sind, hat Gott nach ihnen die Form weggeworfen.“

Blythe nahm es mit einem Lächeln. „Das ist gut für sie, dass du vor ihnen über Geschäfte redest. So verstehen sie früh, wie Dinge funktionieren. Und sie lernen, sich auf sich selbst zu verlassen.“

„Ich hoffe es“, sagte Emily. „Haben Sie Kinder?“

Blythes Lächeln hielt noch, bekam aber Risse. „Nein. Mein Mann hatte Angst, Kinder in diese Welt zu setzen. Er fand das falsch, weil ständig so viel Schlimmes passiert.“ Sie sagte es ruhig, aber es klang, als hätte sie den Satz schon oft erzählt. „Ich habe ihm immer gesagt, dass jede Generation dieses Risiko eingeht und dass es fast immer irgendwie gut geht. Ich habe sogar vorgeschlagen, zu adoptieren. Er wollte nicht.“ Sie zuckte mit den Schultern. „Er mochte keine Kinder. Und am Ende stellte sich heraus, er mochte nicht viele Menschen.“

Emily blieb einen Moment still.

„Ich wollte Kinder“, fuhr Blythe fort, und jetzt klang es weicher, verletzter. „Ich glaube, ich hätte alles dafür getan.“

„Sie sind es wert“, sagte Emily leise. „Und sie zwingen einen, über die eigenen Werte nachzudenken. Weil sie so viele Fragen stellen.“

Als sie Blythes blauem, bestimmt zwanzig Jahre altem Oldsmobile näherkamen, fragte Emily: „Wohnen Sie in Pleasant Creek?“

„Nein“, sagte Blythe. „Ich wohne hier.“ Sie deutete auf das Auto.

Emily blieb stehen. „In Oakland?“

„Nein.“ Blythe zögerte, als würde sie den Moment abwägen. Dann sagte sie: „In diesem Auto. Ich habe kein Zuhause. Ich gehöre zu denen, die man Obdachlose nennt.“

Emily erstarrte. Sie suchte nach etwas Passendem und fand nichts. Also sagte sie ehrlich: „Ich weiß nicht, was ich sagen soll. Mir fehlen die Worte."

Blythe wirkte nicht defensiv, eher verunsichert. „Schon okay. Die meisten sind überrascht. Ich sehe nicht so aus, wie viele sich eine Obdachlose vorstellen. Genau deshalb sitze ich in diesem Vorstand. Ich soll für Obdachlose sprechen." Sie atmete aus. „Aber sie hören mir nicht zu. Ich bin für sie kaum glaubwürdig, weil sie Obdachlosigkeit mit Unfähigkeit gleichsetzen."

Ihr Blick ging an Emily vorbei, irgendwo ins Dunkel. „Sie sehen mich an und merken, dass sie selbst auch in meiner Lage sein könnten. Das mögen die Leute nicht. Daran erinnert zu werden, macht Angst." Sie hob die Schultern. „Ich sage in den Sitzungen kaum noch etwas. Früher schon. Jetzt nicht mehr. Deshalb war ich beeindruckt, wie du mit Rudyard gesprochen hast." Blythe lächelte kurz, bitter. „Alibifunktion war ein gutes Wort. Das bin ich. Eine Alibi-Frau. Eine Alibi-Obdachlose."

Sie griff nach dem Schlüssel, und Emily konnte nicht anders, als die Frage zu stellen, die sich aufdrängte. „Ich will nicht neugierig sein", sagte sie, „aber ich bin es. Wie sind Sie dahin gekommen, wo Sie jetzt sind? Sie sind so… geschniegelt. Sie wirken nicht, als würden Sie einfach ziellos herumfahren. Was machen Sie den ganzen Tag?"

Blythe hielt inne. Dann kam es, sachlich, ohne Drama, als würde sie eine Rechnung erklären.

„Mein Mann hat sich scheiden lassen, als er beschlossen hat, dass er mich nicht mehr mag. Ich mochte ihn wahrscheinlich auch nicht wirklich, aber ich hatte nie einen Beruf gelernt. Ich war abhängig." Sie blickte kurz zu Emily. „Meine Eltern sind lange tot. Sie haben mir nie beigebracht, wie man mit Geld umgeht. Ich habe die Abfindung ausgegeben, bevor ich verstanden habe, wie schlecht ich damit umgehe. Und dann wusste ich nicht mehr, wohin."

Sie setzte den Schlüssel ins Schloss. „Familie habe ich nicht. Freunde verschwinden schnell, wenn jemand nach hoffnungsloser Situation aussieht." Ein kurzes Schulterzucken. „Kleidung habe ich. Make-up und Parfüm nehme ich aus Proben in Kaufhäusern. Duschen kann man an vielen Orten. Fitnessstudios, öffentliche Parks. Ich trainiere alle paar Tage."

Sie sah auf, als hätte sie sich selbst dabei beobachtet. „Und wir sind hier in der Bay Area. Wohnungen, für die ich mich qualifizieren würde, sind entweder nicht anständig oder sie gehen an Familien. Ich könnte einen Job machen, ein paar Dollar die Stunde. Davon kann man nicht leben." Sie lächelte unsicher. „So habe ich wenigstens Anspruch auf MediCal. Alle paar Wochen miete ich mir ein Motelzimmer. Manchmal passe ich auf Häuser auf, wenn Leute weg sind. Und dank Handys bleibe ich mit der Welt in Kontakt. Ich komme zurecht."

Blythe öffnete die Tür, setzte sich hinein und sah Emily noch einmal an. „Wie auch immer. Viel Glück mit diesem Forum. Du wirst es wahrscheinlich brauchen."

„Aber was ist mit Programmen, die berufliche Fähigkeiten vermitteln?", fragte Emily. „Das könnten Sie doch machen."

Blythe nickte, als hätte sie die Frage erwartet. „Habe ich. Ich habe sogar Kurse am Junior College besucht." Sie sah Emily an, ruhig, ohne jede Bitterkeit. „Aber weißt du was?"

Emily schüttelte den Kopf.

„Diese Jobs sind nur so stabil wie die Finanzierung. Wenn die weg ist, ist der Job weg. Oder er geht an jemanden mit Erfahrung." Blythe startete den Motor. „Manchmal klappt es. Meistens nicht. Sozialhilfe statt Arbeit klingt nach einer sauberen Lösung, als müsste es funktionieren. Nur… man weiß es eben nie."

Sie hob kurz die Hand, fast wie ein Abschiedsgruß. „Tschüss."

Emily stand noch einen Moment an ihrem eigenen Auto und sah zu, wie der alte Oldsmobile vom Parkplatz rollte. Es war ein merkwürdiger Schluss für diesen Abend. Und ein entmutigender.

KAPITEL 7

Am nächsten Morgen tauschte Emily ihren Tag in der Fahrgemeinschaft mit Miriam. Außerdem fuhr sie nicht ins Büro, um für David die Rechnungen zu machen. Damit war das Problem mit dem fehlenden Auto fürs Erste vom Tisch. Als Detective Washburn anrief und sagte, ihr Wagen könne freigegeben werden, war sie tatsächlich zu Hause und nahm den Anruf selbst entgegen.

„Ich hole Sie später am Vormittag ab, wenn das für Sie passt", bot er an. „Dann fahren wir zum Abschlepphof, Sie erledigen den Papierkram und bekommen Ihr Auto zurück."

„Ist das das übliche Verfahren?"

„Nur für unsere besten Kunden." Man hörte das Lächeln in seiner Stimme. „Wie ich Ihnen schon gesagt habe: Wir möchten Ihnen helfen. Und ohne Auto ist es hart. Es tut mir leid, dass Sie es die letzten Tage nicht hatten."

„Ja, gut, Herr Service-mit-einem-Lächeln", sagte Emily. „Ich habe eine Frage."

„Kann das warten, bis ich da bin? Ich muss jetzt gleich jemanden treffen."

Bevor Emily überhaupt erklären konnte, dass es ihr ernst war, kündigte er an, dass er los müsse, und legte auf.

Als sie später die Tür öffnete und Washburn vor sich stehen sah, lächelte sie nicht. Er wirkte wie immer übertrieben höflich, geschniegelt, fast ein bisschen zu freundlich für den Anlass. Emily ließ ihn nicht einmal richtig ankommen.

„Warum hast du mir nichts gesagt?"

Er blinzelte. „Warum hast du mir nichts gesagt? Was soll ich dir denn sagen?"

„Du hast mir eingeschärft, ich soll es niemandem erzählen." Emilys Stimme war ruhig, aber scharf. „Und ich habe es auch niemandem erzählt. Na ja, außer David. Ihm musste ich es sagen. Aber sonst niemand. Ich habe das Geheimnis bewahrt, so wie du es wolltest. Niemand hat von Ralph Watkins erfahren. Außer David."

Bob nickte automatisch und setzte schon ein dankbares Lächeln auf. „Danke. Die Abteilung weiß das zu schätzen…" Dann stoppte er. „Moment. Woher kennst du seinen Namen?"

Emily schnaubte. „Das frage ich dich doch gerade. Warum hast du mich gebeten, niemandem von der Leiche zu erzählen, während es offenbar jeder schon weiß?"

Bob blieb auf dem Weg zu seinem Wagen stehen. Er legte ihr eine Hand auf den Arm, als wollte er sie bremsen. „Was meinst du damit?"

„Ich war gestern Abend bei meinem Sustain-and-Shelter-Treffen." Emily starrte ihn an, als müsste er es jetzt endlich verstehen. „Und dort haben sie bekannt gegeben, dass die Leiche Ralph Watkins war. Es hieß, es würde eine Gedenkfeier geben, und wir sollten die Details in der Zeitung nachschauen."

Bob sah ihr direkt in die Augen und schüttelte langsam den Kopf. „Warte. Wer hat das gesagt?"

„Rudyard Millup. Der Vorstandsvorsitzende." Emilys Hände wanderten in die Hüften. „Keine Details, nur die Nachricht. Und dann haben ein paar Leute sofort gemutmaßt: Herzinfarkt, Schlaganfall, so was. Du hast mir gesagt, niemand sonst würde davon erfahren. Du hast gesagt, du gibst das zur richtigen Zeit an die Zeitung, und dann könnte ich es Louisa und meinen Freunden erzählen, wenn ich will. Ich habe meinen Teil eingehalten. Was ist mit deinem Teil?"

Bob zog ein kleines Notizbuch und einen Stift aus der Tasche, als hätte er Angst, dass ihm gleich etwas Wichtiges entgleitet. „Hör zu, es tut mir leid. Diese Information sollte morgen veröffentlicht werden. Meines Wissens hat sie noch niemand weitergegeben." Er hob den Blick. „Wer hat sie deiner Meinung nach rausgegeben?"

„Rudyard Millup."

Bob machte eine kurze Pause, als hätte er den Namen erst einordnen müssen. „Welches Treffen war das?"

Emily atmete hart aus. „Hör zu. Es ist Folgendes passiert." Und sie erzählte ihm den Ablauf vom Vorabend bei Sustain and Shelter. Wer gesprochen hatte, wie das Thema aufkam, wie die Leute reagiert hatten.

„Und wer war alles da?", fragte Bob, und seine Stimme klang jetzt nur noch nach Arbeit.

Emily ging die Namen durch, so gut sie konnte. Gerade als sie fertig war, bog ein Wagen in die Einfahrt. Louisa.

Sie stieg aus, als wäre sie eingeladen gewesen. Bob bekam einen schüchternen, kichernden Kuss auf die Wange. Emily drückte sie fest, zu fest, wie jemand, der die Ruhe eines vertrauten Körpers braucht.

„Was machst du denn hier?", fragte Louisa Bob, und in ihrer Stimme lag dieses Mischung aus Neugier und Besitzanspruch, die nur Mütter so hinbekommen.

„Ein bisschen gemeinnützige Arbeit", sagte Bob trocken. „Ich bringe Emily, damit sie ihr Auto zurückbekommt."

Louisa trat einen Schritt zurück und musterte ihre Tochter. „Immer noch nicht gut drauf, hm? Ist dein Treffen gestern Abend nicht gut gelaufen?"

Emily sah zu Bob. Er hob nur die Schultern.

Louisa ließ das nicht stehen. „Warst du auch bei dem Treffen, Bob? Ihr zwei habt ein Geheimnis vor mir, stimmt's?" Sie legte den Kopf schief, als hätte sie den Fall längst gelöst. „Wessen Auto hast du gesagt? Deins, Emily? Siehst du: Geheimnisse. Raus damit, ihr beiden."

Emily starrte Bob an, als wolle sie ihn mit Blicken ausziehen. „Siehst du, was ich meine? Du kannst es vor ihr nicht geheim halten. Sie merkt es sowieso."

Bob wechselte in einen Ton, der keine Widerrede zuließ. „Emily hat vor ein paar Tagen eine Leiche gesehen. Eine ermordete Leiche. In einem Auto." Er machte eine kleine Pause, als wäre ihm selbst klar, wie absurd das klang. „Das sollte eigentlich geheim bleiben. Aber anscheinend klappt das nicht."

Louisas Blick traf Emily wie ein Tadel. „Ich habe dir gesagt, dass etwas nicht stimmt. Warum glaubst du eigentlich, ich merke so was nicht? Also. Erzähl. Und zwar alles."

Sie zog ihre professionelle Haltung an wie einen Mantel. Ruhig, aufmerksam, bereit. Emily erzählte, von Anfang bis Ende, diesmal ohne Ausweichmanöver. Louisa hörte zu, ohne zu unterbrechen. Als Emily fertig war, legte sie den Arm um sie, fest und selbstverständlich.

„Warum denkst du, du musst solche Situationen alleine durchstehen?", sagte sie leise. „Weißt du nicht, dass ich da bin? Wenn auch nur zum Zuhören. Das ist keine normale Sache." Sie seufzte. „Gott sei Dank hast du David. Wenigstens hast du es einer Person gesagt."

Dann wandte sie sich zu Bob, und der Ton wechselte sofort von Mutter zu Fachfrau. „Wie lange war er schon tot?"

Bob verzog den Mund. „Vielleicht einen Tag oder so. Wir haben noch nicht alle Infos."

„Wurde er in dem Auto umgebracht, in dem Emily ihn gesehen hat?"

Bob zuckte mit den Schultern. „Keine Ahnung. Die Beweise deuten eher darauf hin, dass wahrscheinlich nicht."

Louisa hielt kurz inne. „Heißt das, im Auto wurden nicht viele Leichenteile gefunden?"

Bob zuckte noch einmal mit den Schultern.

Louisa hob die Augenbrauen. „Meine Güte. Wir sind heute aber ein bisschen vage, oder?"

Bob lächelte schwach. „Die Ermittlungen laufen. Es wäre unangebracht, Details zu verbreiten, die ich nicht sicher habe. Und wenn die Person mit Ihnen verwandt wäre, würden Sie auch nicht wollen, dass die halbe Stadt darüber tratscht."

„Stimmt", sagte Louisa. Emily nickte.

Louisa klatschte in die Hände, als wäre damit alles geregelt. „Also. Gehen wir?"

„Wohin?", fragte Emily.

„Dein Auto holen." Louisa schaute zwischen beiden hin und her, als wäre das die offensichtlichste Sache der Welt. „Dein Auto ist weg, wir holen es ab. Wo fahren wir hin?"

Emily seufzte. „Komm schon, Mama. Wenn du schon so ein perfektes Timing hast, kannst du genauso gut mitkommen." Sie sah Bob an. „Und dann lade ich euch beide zum Mittagessen ein. Wenn ihr wollt."

Louisa stellte sich demonstrativ zwischen Emily und Bob, hakte sich bei beiden ein und zog sie Richtung Wagen. „Los geht's."

KAPITEL 8

Emily rief vorher an, um zu bestätigen, dass sie ins Büro von Sustain and Shelter kommen würde, um Daten in den Computer einzupflegen.

„Um wie viel Uhr?", fragte die Stimme am anderen Ende. Vermutlich Shannon.

„Nachdem ich die Kinder abgegeben habe. So gegen 8:30."

„Zu früh. Machen wir 10:00."

Emily runzelte die Stirn, obwohl niemand es sehen konnte. „Habt ihr um 8:30 nicht geöffnet? Ich dachte, jemand hätte mir gesagt, dass das Büro um 8:30 aufmacht."

„Ja. Aber nicht für dich. Ich brauche die Zeit", sagte Shannon knapp.

„Mir macht es nichts aus, früher zu kommen", hielt Emily dagegen. „Ich werde euch nicht im Weg sein."

„Wirst du auch nicht." Shannons Ton war plötzlich schneidend. „Ich muss dir zeigen, was du machen sollst, und dafür habe ich keine Zeit."

„Okay", sagte Emily, obwohl sich Widerstand in ihr regte. „Dann bin ich um zehn da."

Shannon hatte bereits aufgelegt.

Joan Chavez hatte nicht angerufen. Sie tauchte einfach auf.

Sie stieß die Tür auf, marschierte ins Büro und glitt an Shannon vorbei, die am Empfang saß. Shannon kratzte gerade mit der Spitze eines Brieföffners den Dreck unter ihren Fingernägeln hervor und blickte erst auf, als Joan schon halb im Flur war.

„Warte. Du kannst da nicht rein." Shannon sprang auf, warf den Brieföffner hastig hinter sich und stolperte Joan nach. „Du kannst da nicht rein!"

Joan ging weiter, zielsicher, den Flur entlang, direkt auf das Büro des Geschäftsführers zu. Shannon holte sie ein, griff nach ihren Schultern, als könne sie sie körperlich zurückhalten.

Joan riss sich los. „Fass mich nicht an, du Trottel." Ihre Stimme schnitt durch den Flur. „Ich kann hier rein. Und er sollte besser da sein. Ich habe es satt, jedes Mal von dir aufgehalten zu werden, wenn ich versuche, diesen Idioten zu erreichen."

Sie packte die Klinke und wollte die Tür aufreißen. Sie gab nicht nach. Abgeschlossen.

Joan drehte sich langsam um. Shannon stand vor ihr, größer, blasser, mit diesem entschlossenen Gesicht, das sofort wieder bröckelte, sobald Joan sie ansah.

„Ich weiß, dass er hier ist", sagte Joan, und jedes Wort klang wie eine Drohung. „Ich habe ihn reingehen sehen. Ich rede jetzt mit ihm. Jetzt. Hast du mich verstanden?"

Shannon schluckte. „Das geht nicht. Mr. Woodley hat angeordnet, ihn niemals zu stören. Du kannst nicht rein. Er ist… er ist zu beschäftigt."

Joan lachte kurz, ohne Humor. „Zu beschäftigt? Der sitzt drin und schaut zu, wie sein Bauch zur eigenen Postleitzahl wird. Mach auf."

In dem Moment öffnete sich die Tür von innen. Chad Woodley stand im Rahmen, als wäre er gerade zufällig vorbeigekommen. Sein Gesicht trug diese harmlose, freundliche Maske.

„Gibt's ein Problem?", fragte er.

Joan drängte sich an ihm vorbei, ohne ihn auch nur anzusehen, und ging in sein Büro, als gehörte es ihr.

Hinter ihr stand Shannon wie angewurzelt. Tränen schossen ihr in die Augen, die Stimme kippte ins Flehentliche. „Es tut mir leid, Mr. Woodley. Ich habe es versucht. Sie ist einfach reingegangen. Ich habe ihr gesagt, wie beschäftigt Sie sind und wie wichtig Ihre Arbeit ist. Ich habe ihr gesagt, dass Sie nicht gestört werden dürfen. Es tut mir leid."

Chad blieb ruhig. Zu ruhig. „Schon gut, Shannon. Ich weiß, dass du dein Bestes gibst." Seine Stimme war weich wie Watte. „Ich kümmere mich darum. Frau Chavez ist nur ein bisschen… aufgebracht."

Er schob Shannon praktisch aus dem Raum, ohne sie zu berühren, und ließ ihr dabei das Gefühl, sie sei trotzdem gehalten worden. „Geh wieder nach vorn. Es ist wirklich wichtig, dass du alles für mich am Laufen hältst. Du bist ein Schatz."

Shannon ging. Nicht einfach, sie schwebte fast zurück zum Empfang, wie jemand, der froh ist, wieder eine klare Aufgabe zu haben.

Chad schloss die Tür.

Joan stand mitten im Raum, die Arme eng am Körper, und blickte ihn an, als wäre ihm gerade erst ein Gesicht gewachsen. „Meine Güte", sagte sie leise. „Du hast sie richtig eingeschüchtert. Es macht mich krank, wie du dieses junge Mädchen an der Nase herumführst."

Chads Freundlichkeit fiel ab wie ein Mantel. Sein Blick wurde kalt. „Bist du eifersüchtig?" Er legte den Kopf leicht schief. „Du bist über vierzig, weißt du. Über vierzig und hast niemanden, bei dem du nachts liegst." Ein dünnes Lächeln. „Bist du eifersüchtig auf dieses süße junge Ding? Niemand will eine alte Frau wie dich."

Joans Kiefer spannte sich. „Halt die Klappe. Ich bin nicht hier, um mir deine Sprüche anzuhören. Ich will reden."

Chad ließ sich in seinen Stuhl sinken, als wäre das alles ein Termin wie jeder andere. „Hast du die Medikamente besorgt? Bei der nächsten Vorstandssitzung gibst du sie ab."

Joan trat einen Schritt zurück, als hätte er sie geschlagen. „Hältst du das ernsthaft für klug? Irgendjemand wird es merken. Dann hängen wir alle mit drin." Sie sprach schneller, dringlicher, weil sie spürte, wie ihr die Kontrolle entglitt. „Du hast gesagt: einmal. Einmal, und ich habe es verstanden. Um die Klinik überhaupt ans Laufen zu kriegen. Das erste Mal… okay. Beim zweiten Mal habe ich mir schon eingeredet, dass es nötig ist. Aber jetzt? Jetzt wird das zur Gewohnheit. Das gerät außer Kontrolle."

Sie presste die Lippen zusammen, als würde sie sich zwingen, sachlich zu bleiben. „Diese Menschen brauchen Medikamente. Der Staat wird sie nicht für…" Sie brach ab, schluckte, setzte neu an. „Die Hälfte hat keine Papiere. Wie sollen die versorgt werden? Wir müssen eine Lösung finden, wie wir Medikamente bekommen, ohne…" Sie machte eine hilflose Geste. „Was ist mit deinem Lieferanten? Du hast gesagt, das ist nur eine Übergangslösung, bis er uns mehr besorgen kann. Es muss doch irgendein Pharmaunternehmen geben, das uns das Zeug vergünstigt gibt. Du musst das prüfen. Wir haben alle zu viel zu verlieren, wenn wir das nicht legal hinkriegen."

Chad lächelte. Fröhlich. Fast zärtlich. „Nein, Schatz. Du hast viel zu verlieren."

Joan starrte ihn an.

„Du bist diejenige, die klaut", sagte er, als würde er einen banalen Fakt wiederholen. „Ich habe damit nichts zu tun. Du leitest die Klinik. Ich weiß nicht, wie du deine Sachen machst." Er zuckte mit den Schultern. „Wenn du illegal arbeitest, bekommst du Probleme. Große."

Er beugte sich vor. „Wenn ich du wäre, würde ich keinem erzählen, woher die Medikamente kommen." Sein Ton blieb leicht. „Aber jetzt, wo die Klinik so gut läuft, musst du sie füllen. Sonst fragt irgendwann jemand, wie du überhaupt an all das Zeug kommst."

Joan wich vom Schreibtisch zurück, als hätte der Raum plötzlich keine Luft mehr. „Du hinterhältiger Kerl." Ihre Stimme brach. „Das war Absicht. Du hast mich da reingezogen, damit ich am Ende diejenige bin, die fällt."

Sie schüttelte den Kopf, als könne sie das Gesagte wegschütteln. „Was ist mit deinem Lieferanten passiert? Mit dem, von dem du gesagt hast, er würde uns helfen? Du hast mich belogen. Du hast mich dazu gebracht, meinen Lebensunterhalt zu riskieren." Ihre Augen brannten. „Jetzt kann ich nicht mal mehr aufhören."

Sie trat noch einen Schritt zurück, die Hände zu Fäusten geballt. „Ich habe mein ganzes Leben hart gearbeitet. Und jetzt wirst du alles ruinieren."

Chad lachte. Nicht laut, aber deutlich. Ein kurzes, zufriedenes Geräusch.

Joan wurde kreidebleich. Ohne ein weiteres Wort drehte sie sich um und ging.

KAPITEL 9

Um 9:45 Uhr saß Emily schon auf dem Parkplatz von Sustain and Shelter und starrte auf ihre Uhr. Der Sekundenzeiger kroch quälend langsam Richtung Zehn. Zwei Minuten später flog die Tür auf, und Joan Chavez schoss hinaus, als wäre sie auf der Flucht. Emily rief ihr zu, doch Joan war so aufgewühlt, dass sie die Begrüßung nicht einmal registrierte.

Wenn Joan früher kommen kann, kann ich das auch, dachte Emily. Und sofort schämte sie sich ein wenig, dass sie sich von einer Zwanzigjährigen hatte einschüchtern lassen. Das war lächerlich.

Sie stieg aus, ging entschlossen zur Tür und drückte sie auf. Das Holz stieß gegen einen Karton, der direkt dahinter stand. Der Eingang war vollgestellt. Überall lagen große Kisten auf dem Boden, als hätte jemand das Büro als Lager missverstanden. Emily stieg darüber hinweg, balancierte zwischen den Kartons hindurch und steuerte auf Shannons Empfangstisch zu.

„Ich habe dir gesagt, du sollst erst um zehn kommen!" Shannon fuhr herum. Beim Sprechen spritzten Krümel aus ihrem Mund in Emilys Richtung. Emily zuckte instinktiv zurück.

„Stimmt", sagte Emily und hielt ihre Stimme so ruhig wie möglich. „Aber wenn Joan hier einfach reinspazieren kann, dachte ich… warum dann nicht ich? Ich wollte anfangen. Heute ist es bei mir noch ruhig, aber die Woche wird voll. In ein paar Wochen sind Schulferien, und ich räume meinen Kalender gerade frei, damit ich im Sommer wirklich Zeit mit meinen Töchtern habe. Abgesehen von dieser Eingabe soll der Sommer der Familie gehören. Deshalb bin ich jetzt hier."

Shannon würgte etwas herunter, drehte sich wortlos zu einer offenen Kiste neben sich, klappte den Deckel zu und schob sie vom Tisch. Die Kiste plumpste auf den Boden.

Emily starrte sie an. „Was hast du da gerade gemacht?"

Shannon richtete sich auf, als müsste sie Haltung wahren, und drehte sich würdevoll um. „Ich habe einen Snack gegessen."

„Aus der Kiste?" Emily zeigte auf den Karton. „Es sah eher so aus, als würdest du das Verpackungsmaterial essen. Ist das Zeug in all diesen Kisten?"

Shannon wich ihrem Blick aus.

„Weißt du", sagte Emily vorsichtig, „Styropor ist nicht biologisch abbaubar. Und wenn man so was isst, kann das richtig gefährlich werden."

Shannon zog die Augenbrauen hoch. „Das war kein Styropor. Das waren Wasser- und Stärkegranulate. Umweltfreundlich. Die lösen sich leicht auf, damit die Deponien nicht mit Styropor voll sind." Sie sagte das in einem Ton, als hätte Emily gerade bewiesen, dass sie rückständig war. „Offensichtlich wusstest du das nicht. Die Dinger schmecken wie Reiskuchen. Und sie sind fettarm."

„Oh." Emily ließ den Blick über den Boden wandern, über Kisten, Kisten, Kisten.

Nach einer Pause, in der Emily versuchte, das Bild im Kopf zu sortieren und Shannon ihren „Snack" offensichtlich verdauen musste, fragte Emily: „Wo kommen die Kartons her? Sind die alle leer? Ich meine… abgesehen von deinem Reiskuchen-Verpackungszeug."

Shannon zuckte nur mit den Schultern. „Na und?"

Emily ließ nicht locker. „Isst du das wirklich aus allen Kisten? Das ist eine Menge, selbst wenn es fettarm ist. Und ich wette, davon kriegt man einen ordentlichen Blähbauch."

Shannons Gesicht verhärtete sich. „Diese Kisten gehen dich nichts an. Chad hat sie hier gelassen. Ich soll sie auspacken und entsorgen. Gestern Abend kam eine Lieferung."

„Eine Lieferung wovon?"

„Das habe ich dir doch gerade gesagt." Sie klang genervt, als wäre Emily schwer von Begriff. „Das geht dich nichts an. Du bist hier zum Tippen."

Emily atmete einmal durch. „Wie wäre es, wenn ich dir helfe, die Kartons kleinzumachen und zum Container zu tragen? Ich habe keinen Hunger, ich werde deinen Snack nicht anrühren, aber ich kann helfen, das hier aufzuräumen."

„Nein. Ich brauche deine Hilfe nicht." Shannon begann, Kartons zuzuschlagen und zwei davon übereinander zu stapeln.

Emily sagte nichts mehr. Sie stand da und sah zu, wie Shannon das Chaos ordnete und sie dabei behandelte, als wäre sie Luft. Als der Stapel fertig war, blieb Shannon daneben stehen, steckte einen Finger in den Mund und starrte ins Leere, als überlege sie, wie sie Emily am schnellsten aus ihrem Blickfeld bekommt.

Emily brach schließlich das Schweigen. „Kannst du mir den Computer zeigen, den ich benutzen soll? Und die Unterlagen? Ich fange dann sofort an."

Shannon zog sich kerzengerade. Hinter ihrem Schreibtisch öffnete sie einen Aktenschrank, zog langsam eine Schublade heraus und holte eine dicke Mappe hervor, bestimmt fünf Zentimeter.

„Liste der Spender." Sie legte sie hin und zeigte auf den zweiten Schreibtisch im Raum. Dort standen Monitor, Laufwerk und eine Tastatur, alles unter einer Staubhülle. „Benutz den."

Emily trat näher. „Gibt es irgendwas, das ich über den Rechner wissen sollte?"

Shannon verzog den Mund. „Ich dachte, du wärst ein Ass in so was."

Emily lächelte. „Mein Mann ist der Experte. Ehepartner teilen sich nur begrenzt eine Geisteshaltung, und ich habe nicht festgestellt, dass sich das ausgerechnet auf Computer erstreckt."

Shannon reagierte nicht. Kein Lächeln, kein Zucken. „Das kann ich nicht beurteilen. Ich bin nicht verheiratet."

„Und?" Emily hob die Schultern. „Du bist jung, du bist Single. Frauen in deinem Alter können heute alles Mögliche machen. Du musst nicht verheiratet sein."

„Das denkst du." Shannon drehte sich demonstrativ weg und setzte sich an ihren Schreibtisch, als wäre das Gespräch beendet.

Emily wartete ein paar Minuten, dann ging sie zum zweiten Tisch und zog die Hülle vom Computer. Eine Staubwolke stieg auf, so deutlich, dass Emily automatisch blinzelte. Ralph Watkins hatte das Gerät wohl schon lange nicht mehr benutzt. Die Bemerkung von Mr. Millup, es habe keine Eile, bekam plötzlich Gewicht.

Emily schlug die Mappe auf. Auch hier: keine Hast. Ralph hatte eine Büroklammer etwa in der Mitte gesetzt, irgendwo im Abschnitt „D".

„Wie lange hat Mr. Watkins daran gearbeitet, Shannon?", fragte Emily, ohne den Blick von der Liste zu lösen.

„Warum willst du das wissen?"

„Es sieht nicht so aus, als wäre er besonders weit gekommen."

„Natürlich ist er weit gekommen", fauchte Shannon. „Er hat das ganze letzte Jahr daran gearbeitet. Und du solltest nichts Schlechtes über Verstorbene sagen."

„Das mache ich nicht", sagte Emily ruhig. „Es wirkt nur so, als wäre er nicht schnell vorangekommen."

„Er war pingelig", erklärte Shannon, und in ihrer Stimme lag eine Warnung. „Bei ihm musste alles exakt sein. Er hat ständig kontrolliert, dass es richtig gemacht wird." Es klang, als wäre Emily garantiert nicht gut genug dafür.

Emily hob den Kopf. „Kanntest du Ralph Watkins gut?"

Shannon sah sie scharf an. „Was soll das heißen?"

„Er war ja öfter hier, während du gearbeitet hast. Also musst du ihn doch gekannt haben."

„Ich rede nicht mit Freiwilligen, wenn sie hier sind. Das kostet mich Zeit."

Emily nickte langsam. „Verstehe. Hat er denn gar nichts gesagt?"

„Er kam nicht, wenn ich da war. Nicht oft. Er hatte eigene Schlüssel, er konnte hier sein, wann er wollte." Shannon schnaubte. „Und ich habe dir doch gerade gesagt, dass ich mich im Büro nicht mit Leuten unterhalte. Das ist… eine Verletzung meiner Privatsphäre. Verstehst du?"

Emily sah sie an, als hätte sie einen Satz in einer fremden Sprache gehört. „Ehrlich gesagt habe ich das noch nie so betrachtet. Für mich war helfen einfach helfen."

Shannon gab ihr keine Antwort. Sie drehte ihr den Rücken zu und bückte sich, um wieder Kartons zu schließen.

Emily wandte sich wieder dem Rechner zu. „Gibt es für die Datei eine Bezeichnung oder fange ich einfach neu an?"

„Steht in der Mappe", sagte Shannon, ohne aufzusehen.

Emily blätterte. „Wo genau?"

Ein unzufriedenes Grunzen. Dann stapfte Shannon in ihren abgewetzten Slippern mit kaputter Ferse herüber, riss Emily die Mappe aus der Hand, suchte die Stelle und tippte mit übertriebener Geste auf den Aktennamen. „Da."

„Oh. Entschuldige, dass ich dich gestört habe", sagte Emily.

Shannon verstand den Unterton nicht oder ignorierte ihn. „Dieses eine Mal ist okay."

Emily begann zu tippen. Bald flogen ihre Finger über die Tastatur. Währenddessen beobachtete sie aus dem Augenwinkel Shannon, die wieder auf die Kartons starrte, als würden sie zurückstarren.

„Wie hast du erfahren, dass Ralph tot ist?", fragte Emily.

Shannon zuckte so heftig zusammen, als wäre Emilys Stimme ein Schlag. „Was? Was hast du gesagt?"

„Wie hast du davon erfahren?"

„Wie du. Gestern Abend. Durch die Durchsage." Shannon klang plötzlich vorsichtig.

Emily hielt kurz inne. „Und wie ist er gestorben?"

„So wie sie es gestern gesagt haben." Shannon senkte die Stimme, als wäre das Wort selbst gefährlich. „Er wurde erschossen."

Emily hob die Augenbrauen. „Erschossen?" Sie spielte die Überraschte. „Oh. Daran kann ich mich gar nicht erinnern. Das ist ja furchtbar."

Shannon starrte sie an. „Du erinnerst dich nicht? Wie kannst du…" Sie brach ab, als ihr etwas einfiel. „Ach so. Ja. Du…"

Emily ließ sich nicht provozieren. „Ich dachte, es wäre ein Herzinfarkt oder so gewesen. Joan meinte doch, er sei ein Mann gewesen, der gern gegessen und getrunken hat. Ich bin einfach davon ausgegangen, es sei… na ja, natürlich." Sie sah kurz ins Leere. Vor ihrem inneren Auge: Ralph

Watkins, zusammengesackt über dem Lenkrad. Dann fragte sie: „Wer hat dir das erzählt?"

„Was erzählt?"

„Dass er erschossen wurde."

Shannon machte eine wegwerfende Handbewegung. Als könne sie Emily damit ausradieren. „Keine Ahnung."

„Irgendjemand muss es dir gesagt haben. Bei der Sitzung habe ich das nicht gehört. Hat die Polizei angerufen?"

Shannon verzog das Gesicht. „Ja, genau. Die Polizei hat angerufen. Ich habe den Anruf angenommen."

Emily tippte weiter, als wäre es nur ein Nebensatz. „Weißt du noch, wer es war? Wer angerufen hat?"

Shannon kniff die Augen zusammen. „Woher soll ich das wissen? Nein, ich weiß es nicht mehr. Hör auf, mich zu nerven."

Sie stapfte ins Badezimmer, knallte die Tür zu und schloss ab.

Emily arbeitete weiter. Abschnitt „E" war fast fertig, als Thomas mit einer übergroßen Aktentasche ins Büro kam. Emily blickte auf und lächelte.

„Hallo, Thomas. Wie geht's dir?"

Er blieb stehen, als hätte man ihn ertappt. „Oh. Hey. Hallo. Ich meine… wie geht's dir? Ja, ich muss los." Er stammelte und schoss den Flur entlang, direkt zu Chads Büro.

Bis zum Nachmittag schaffte Emily es bis zum Buchstaben „F".

Als sie schließlich ging, war Shannon immer noch nicht aus dem Badezimmer gekommen.

KAPITEL 10

Es wurde Zeit, Ralph Watkins, die neue Vorstandsaufgabe und diesen ganzen Endspurt vor den Sommerferien für einen Moment beiseitezuschieben. Wenigstens für eine Stunde. Emily wusste: Wenn sie jetzt nicht ins Fitnessstudio ging, würde ihr Hintern bald nicht mehr das einzige Körperteil sein, über das sie sich ärgern konnte.

Pilates war diese merkwürdige Sorte Training, bei der man anfangs denkt, es sei harmlos. Kein echtes Brennen, kein lautes Keuchen. Erst ein leises Abziehen von Energie, wie ein Flüstern. Dann kommt das Stöhnen, das man sich selbst nicht zugetraut hätte, und irgendwann ist man bei einem Punkt, an dem der Körper alles verflucht, was ihn in diese Lage gebracht hat. Eine Stunde, und in dieser Stunde kann man den Kopf voll laufen lassen oder ihn absichtlich leer machen. Je nachdem, worauf man sich rettet: Geist oder Muskeln.

Emily holte ihre Matte und das Zeug aus dem Regal und stellte sich in die Ecke, so weit weg wie möglich von den Spiegeln. Diese Spiegel waren nicht nur gnadenlos ehrlich, sie waren auch noch verzerrt. Sie zeigten Schweiß und Wackeln in HD und machten aus jedem Blick eine kleine Demütigung, wie in einem Zerrspiegelkabinett.

Dass sie sich vorgenommen hatte, moderat zu trainieren, war klug gewesen. Trotzdem wollte ihr Körper nach einer halben Stunde aussteigen, während ihr Verstand sie weitertrieb. Die Ausreden, mit denen sie die letzten Wochen überbrückt hatte, verloren an Kraft, genau wie ihr Körper in den Einheiten, die sie wegen des Alltags verpasst hatte. Die Adduktoren brannten, der Po zitterte, Schultern und Rücken standen unter Spannung. Ihr Herz pumpte wie verrückt.

Und wenigstens dachte sie dabei nicht an Ralph, nicht an Sitzungen, nicht an die Liste der Dinge, die sie angeblich „mal eben" erledigen konnte. Sie war so beschäftigt damit, nicht aufzugeben, dass im Kopf kein Platz mehr für den Rest blieb. Das Training schaffte sie fertig und machte sie gleichzeitig wach genug, um danach noch eine halbe Stunde an die Geräte zu gehen.

Als Emily den zweiten Teil hinter sich hatte, kamen gerade die Frauen aus dem Pilates-Kurs aus dem Umkleideraum. Vorher verschwitzte, zerzauste Gestalten, jetzt geschniegelt, parfümiert, als hätte man sie ausgetauscht. Emily war allein, zog sich gerade an, da kam Rochelle Emory herein.

Emily war kurz überrascht und lächelte automatisch. „Hi, Rochelle."

Rochelle trug eng anliegende Fahrradshorts und einen Sport-BH in Rot, Schwarz und Gold, dazu knallrote Turnschuhe. Ihr Blick glitt langsam von Emilys Schuhen hoch bis zu ihrem Gesicht. Dann sagte sie gleichgültig: „Kenne ich dich?"

Das war nicht die Begrüßung, die Emily erwartet hatte. Sie hielt ihr Lächeln trotzdem fest. „Natürlich kennst du mich. Wir saßen bei der Vorstandssitzung von Sustain and Shelter nebeneinander. Und ich glaube, unsere Kinder sind in derselben Klasse. Wir haben uns bestimmt schon bei Klassenveranstaltungen gesehen."

„Nein", sagte Rochelle. „Bis vor Kurzem konnte ich Schulveranstaltungen vermeiden. Deshalb habe ich dich noch nie gesehen. Bis letzte Woche jedenfalls." Sie musterte Emily kurz, als würde sie sie einordnen. „Du bist die, die Rudyard zurechtgewiesen hat, oder?" Rochelle kicherte. „Das hat er gebraucht."

Dann legte sie den Kopf schief. „Welches Kind?"

Emily blinzelte. „Wie bitte?"

„Welches Kind ist in derselben Klasse wie dein Kind?"

„Scott", sagte Emily, „glaube ich."

„Ach, der." Rochelle verzog den Mund. „Der ist irgendwie dumm, weißt du. Man sagt, er hat eine Lernschwäche. Ich glaube eher, man versucht nur, ihn zu entschuldigen." Sie sagte das so beiläufig, als würde sie über schlechtes Wetter reden. „Es macht keinen Sinn, dass er nicht lesen kann. Das sagt mein Mann. Und ich stimme ihm zu."

Rochelles Stimme wurde härter, als hätte sie die Wut schon oft wiedergekaut. „Mein Mann ist stinksauer deswegen. Er will ihn von dieser Schule nehmen. Ich will das nicht. Dann müsste ich die Kinder an eine andere Schule fahren, und dafür habe ich keine Zeit." Sie zog sich den Reißverschluss ihrer Tasche auf. „Ich habe schon über Internat nachgedacht, aber seine Schwester scheint es zu mögen, ihn um sich zu haben. Jetzt können sie zu Fuß zur Schule gehen. Das will ich nicht kaputt machen." Sie zuckte mit den Schultern. „Ich glaube, der Bengel ist einfach faul."

Emilys Lächeln rutschte ihr aus dem Gesicht. Nicht dramatisch, eher wie etwas, das man fallen lässt, weil man plötzlich beide Hände braucht. Sie war ehrlich bestürzt. Ein paar Sekunden lang war es still, jede von ihnen musste mit dem umgehen, was gerade gesagt worden war.

Rochelle schnaubte, als wäre die Pause lästig. „Ich weiß nicht mal, was ich über ihn sagen soll. Also rede ich nicht darüber. Warum Zeit mit so einem Mist verschwenden?"

Emily zwang sich, sachlich zu bleiben. „Ich habe mit ihm gearbeitet, als ich im Klassenzimmer ehrenamtlich geholfen habe. Er wirkt, als könnte er gut denken."

„Aber er kann nicht lesen.“

„Dafür kann er Mathe über seinem Niveau.“

„Aber er kann nicht lesen.“

Emily atmete langsam aus. „Bekommt er keine besondere Unterstützung?“

„Bestimmt.“ Rochelle winkte ab. „Ich unterschreibe jedes Jahr irgendwas. Die Schule sagt, er kriegt Hilfe. Und trotzdem kann er immer noch nicht lesen.“ Sie sagte das, als wäre damit alles erklärt. „Er ist einfach dumm.“

Emily schob das Thema weg, bevor sie etwas sagte, das sie später bereuen würde. „Nächstes Jahr sitzen wir ja auch zusammen im Elternbeirat.“

„Ja, wahrscheinlich.“ Rochelle zog sich an, als würde sie sich für die Bühne rüsten. „Du bist wohl so eine engagierte Mutter. Du gehst zu allen Treffen, machst bei jedem halbherzigen Karneval und Kuchenverkauf mit, oder?“ Sie lächelte schief. „Die Familie meines Mannes hält sich für eine der sieben Hügel von San Francisco. Er besteht darauf, dass wir den Namen hochhalten, indem wir uns in der Gemeinde zeigen. Darum hängen wir in Stiftungen und Gremien drin. Du hast doch schon von uns gehört, oder?“

Emily zuckte mit den Schultern. Es konnte als Ja durchgehen, auch wenn es keines war.

„Jeder kennt unseren Namen“, fuhr Rochelle fort. „Und diese Treffen sind so langweilig. Vor allem hier draußen in den Vororten. Wen interessiert das? Wir verfolgen alle nur unsere eigenen Ziele, diese Möchtegern-Philanthropen. Wir machen eigentlich nichts. Wir sitzen nur bei dummen Treffen mit dummen Leuten.“

Ohne Emily eine wirkliche Antwort zu lassen, wechselte Rochelle das Thema mit einem halben Lächeln. „Aber na ja. Man tut, was man tun muss, stimmt’s? Irgendjemand muss diesen armen Organisationen helfen. Da können es genauso gut die sein, die das Geld haben." Sie griff nach ihrer Tasche. „Kommst du oft hierher?"

Emily brauchte einen Moment, um hinterherzukommen. „Was? Oh. Ja. Ich versuche, ungefähr dreimal pro Woche zu kommen. In den letzten Wochen war ich nicht so regelmäßig, weil am Ende des Schuljahres extrem viel ansteht." Sie blickte Rochelle an. „Und du? Kommst du oft?"

„Normalerweise spät abends", sagte Rochelle, als wäre das die einzig vernünftige Zeit. „Wenn die Gören schlafen. Dann merken sie nicht, dass ich weg bin, und können sich nicht beschweren." Sie verzog den Mund. „Ich hasse es, mir das Gejammer anzuhören."

Dann war sie weg. Angezogen, geschniegelt, bereit, sich durch den Tag zu schleichen, wie Emily es später in Gedanken nannte.

Emily fuhr danach zur Küche, die Sustain and Shelter für die Obdachlosen von Pleasant Creek betrieb. Louisa hatte zugesagt, sie dort zu treffen und selbst mit anzupacken. Die Küche lag in einem ruhigen Industriegebiet. Drinnen: gebrauchte Restaurantgeräte, lange Tische, ein Sammelsurium aus Klappstühlen. Nichts Schickes, aber alles funktionierte.

Emily hatte sich vorab eingelesen. Ein großer Teil der Lebensmittel kam aus den täglichen Überschüssen von Restaurants. Statt ungeöffnete Ware wegzuwerfen, stellten die Restaurants sie bereit. Die Küche holte sie ab und verteilte sie an Menschen, die sich eine tägliche Mahlzeit nicht leisten konnten. Eine einfache Logik, die sich gut anfühlte: weniger Müll, weniger Kosten, mehr Essen.

In einer Suppenküche zu helfen war wahrscheinlich eine der niedrigschwelligsten Formen von Ehrenamt. Man musste nicht lange eingearbeitet werden. Man kam rein, jemand zeigte einem eine Aufgabe, und dann machte man. Es wurde leichter, weil viele Hände da waren. Und die Freiwilligen gingen nach Hause mit dem Gefühl, wenigstens an einer Stelle nicht weggeschaut zu haben.

Emily und Louisa kamen gegen 10:30 Uhr. Emily verteilte Servietten, Louisa Besteck. Beide lächelten Gäste und andere Helfer an. Um sie herum klang es wie ein kleines Turm-zu-Babel-Experiment. Am leichtesten erkennbar war Spanisch, schon weil es viele sprachen und weil es eine der wenigen Sprachen war, die die beiden überhaupt verstanden. Daneben hörten sie andere Sprachen, die sie nur anhand von Klang und Kontext einsortieren konnten. Farsi, Tonganisch, Russisch, Arabisch, Hmong, Chinesisch. Wahrscheinlich noch mehr. Es spielte keine Rolle. Die Leute waren nicht gekommen, um Smalltalk zu machen. Sie waren gekommen, um zu essen.

Louisa beugte sich zu Emily. „Em, weißt du, wer der Typ ist, der da das Essen verteilt? Der mit dem Pferdeschwanz?"

„Ja. Das ist Bo. Er sitzt im Vorstand." Emily deutete in seine Richtung. „Komm, ich stell dich vor."

Bo begrüßte sie, während er einem Kind Essen auf den Teller löffelte. Er nannte das Kind beim Namen und redete mit der Mutter auf Spanisch, so flüssig, als wäre es seine Alltagssprache. Keine steifen Sätze, kein Schul-Spanisch. Einfach locker. Kurz darauf wandte er sich einer anderen Familie zu und sprach in einer asiatischen Sprache, möglicherweise Chinesisch. Emily hatte keine Ahnung, ob das wirklich Chinesisch war, aber Bo klang, als wüsste er genau, was er tat. Dann ein paar Worte zu einer arabischen Familie, und Emily starrte ihn an.

„Wie viele Sprachen sprichst du eigentlich?"

Bo zuckte die Schultern, ohne aufzuhören, Teller zu füllen. „Spanisch, Französisch und Italienisch fließend. Chinesisch ganz gut. Arabisch lerne ich gerade. Und ein bisschen Deutsch."

Louisa schüttelte anerkennend den Kopf. „Damit kannst du ja fast überall hin."

Bo grinste. „Wenn man fast jeden Tag über Essen redet, schnappt man die Wörter schnell auf. Hunger versteht jeder. Die Vokabeln hier sind nicht schwer."

„Wie kommt man trotzdem zu so vielen Sprachen?", fragte Emily.

Bo erzählte, dass seine Familie den Großteil seiner Kindheit in Europa verbracht hatte. Sein Vater sei ein wichtiger Mann in einem Pharmaunternehmen, seine Mutter habe Reisen und Sprachen durchgesetzt. Sie habe ihm Nannys engagiert, die die jeweilige Sprache gesprochen hätten. So habe er lernen müssen, ob er wollte oder nicht. Den Rest habe er später in der Schule ergänzt. Spanisch benutze er heute am meisten, hier in der Küche.

„Du bist doch auch an der Uni, oder?", fragte Emily. „Kommst du wirklich jeden Tag her?"

„Ja. Beides." Bo nickte. „Uni und jeden Tag hier."

„Und was machst du an der Uni?"

„Doktor in Soziologie." Er deutete auf den Raum. „Das hier ist mein Praxisteil. Sozialprogramme sollen helfen, oder?"

„Sollen sie", sagte Louisa trocken. „Und manchmal tun sie's sogar. Manchmal sitzt du aber auch da und fragst dich, wofür du lesen und schreiben gelernt hast. Du machst am Ende nur Berichte. Und dann fragst du dich, wem das eigentlich hilft. Der Umwelt sicher nicht, das Papier muss ja auch irgendwo herkommen."

Emily lächelte schief. „Meine Mutter ist Sozialarbeiterin. Hättest du das gedacht?"

Bo lachte leise, als hätte er diese Art Kommentar schon öfter gehört. Louisa fragte zurück: „Gefällt dir der Job?"

„Ich muss ihn mögen." Louisa hob das Kinn. „Ich mache ihn seit fast vierzig Jahren."

Bo nickte respektvoll. „Hast du noch einen anderen Job neben all dem?"

„Nein. Nur Uni. Eigentlich sollte ich an meiner Dissertation sitzen. Ich arbeite hier auch, um die Sprachen nicht zu verlieren."

Emily wartete einen Moment, dann fragte sie: „Bo… ist das die Küche, in der Ralph gearbeitet hat? Kanntest du ihn gut?"

„Ja, das war seine Küche", sagte Bo. „Nicht so, dass wir beste Freunde waren, aber… ich kannte ihn. Er war oft hier. Wirkte wie ein netter Typ. Einer, der regelmäßig kommt, weil er wirklich helfen will."

„Weißt du, wie er gestorben ist?"

Bo wich Emilys Blick aus. Er nahm ein leeres Tablett und ging in die Küche, um Nachschub zu holen. Er murmelte etwas, aber im Klappern von Geschirr und Stimmen ging es unter. Emily sah Louisa fragend an. Louisa hob nur die Schultern.

Der Mittagsansturm ebbte ab. Emily und Louisa warteten noch, gaben ihre Bestecktabletts zurück und gingen schließlich nach draußen.

Auf dem Parkplatz sagte Louisa plötzlich: „Weißt du, dein Freund nimmt Drogen."

Emily blieb stehen. „Wie bitte?"

„Bo ist süchtig", sagte Louisa ruhig. „Wahrscheinlich Kokain. Und ich wette, hier holt er sich seinen Stoff."

Emily starrte sie an. „In drei Stunden hast du das alles raus? Du musst dich ja blendend mit ihm verstanden haben. Kennst du jetzt auch noch den Rest seiner Lebensgeschichte?"

Louisa schüttelte den Kopf. „Nein. Nur das, was er uns erzählt hat. Aber schau dir seine Augen an. Seine Bewegungen. Erweiterte Pupillen, ruckartig, unruhig."

Emily schnaubte. „Und wenn du nicht mit ihm gesprochen hast, woher willst du wissen, dass das hier sein… ‚Laden' ist?"

„Weil ich ihn beobachtet habe." Louisa blieb stehen und zeigte vage in Richtung der Halle. „Nach unserem Gespräch habe ich gesehen, wie er etwas von einem Tablett genommen hat, das er serviert hat. Er tat, als hätte er etwas verschüttet, wischte drüber, und als er fertig war, lag da Geld. Schnell, so schnell, dass es kaum jemand mitbekommt. Ein paar

Minuten später ist er nach hinten verschwunden." Sie nickte zu einem Gangbereich. „Sind da die Toiletten?"

„Keine Ahnung. Ich bin auch zum ersten Mal hier." Emily verzog das Gesicht. „Sollen wir nachsehen?"

Louisa winkte ab. „Wenn du willst. Ich glaube nicht, dass es nötig ist. Vielleicht liege ich komplett daneben."

„Oder genau richtig." Emily schüttelte den Kopf und musste trotz allem grinsen. „Du hast wirklich Augen im Hinterkopf. Zusammen mit deinen übersinnlichen Fähigkeiten. Kein Wunder, dass wir als Kinder nie mit irgendwas durchkamen."

Louisa lachte. „Menschliche Natur ist menschliche Natur. Wenn man sie lang genug beobachtet, kann man manchmal den nächsten Schritt vorhersagen." Sie legte den Arm um Emily, drückte sie kurz an sich, gab ihr einen Kuss und winkte zum Abschied.

KAPITEL 11

Emily saß vor der Schule und wartete auf das letzte Klingeln. Sie dachte noch immer an den Tag, genauer an die Teile, die mit Bo und Rochelle zu tun hatten. Die Mission von Sustain and Shelter war glasklar. Die Menschen im Vorstand dagegen waren es ganz und gar nicht.

Die Schule von Jojo und Lulie hatte einen Kreisverkehr, der eigentlich als Buswende gedacht war. In einer vernünftigen Welt hätte das auch funktioniert. In Pleasant Creek nutzten die Eltern das Ding als Parkplatz. Sie holten ihre Kinder mit dem Auto ab, stellten sich kreuz und quer, und am Ende war aus dem Wendeplatz eine Blechschlange geworden, in der jede Minute nach warmem Motor, Sonnencreme und Ungeduld roch.

Emily manövrierte ihren Minivan zwischen die anderen Fahrzeuge und stellte sich dazu. Byte saß vorn auf dem Beifahrersitz, wachsam wie immer, als hätte er die Aufsicht über den ganzen Betrieb. Emily wühlte halbherzig in der Post, die sie aus dem Briefkasten gefischt hatte, und wartete darauf, dass ihre Töchter auftauchten.

Ein paar Familien versuchten, den jahrelangen Verschleiß zu umgehen, den Kinder mit sich bringen. Sie standen mit Jaguar, Mercedes oder Cadillac zwischen Minivans und SUVs, als könne Leder die Kratzer abwehren. Die meisten entschieden sich fürs Praktische. Ein Auto, das Fahrräder, Rucksäcke und Einkaufstaschen schluckte, ohne zu jammern. Emilys Minivan war genau so ein Arbeitstier.

Seit er aus dem Abschlepphof zurück war, lief er wieder, als wäre nie etwas gewesen. Und wie ein altes Arbeitspferd trug er seine Spuren mit stoischer Würde. Der Riss im Rücklicht stammte vom letzten Jojo-Geburtstag, als ein anderer Elternteil rückwärts in sie hineingerollt war. Die Beule an der Beifahrerseite war ihr eigener Supermarkt-Moment gewesen, zu dicht am Einkaufswagen, zu wenig Platz, zu viel Eile. Der Kratzer im Lack kam von einer von Lulies Freundinnen, die ihr Fahrrad zu nah am Auto entlanggeschrammt hatte.

Innen sah es aus wie eine Chronik in Flecken. Rote und violette Saftspuren im Teppich, Erinnerungen an Snacks, die unterwegs „nur kurz" gegessen worden waren. Ein Schnitt im Sitz, verursacht durch einen Spielzeug-Lkw, irgendwie mit Plastikkleber wieder zusammengeflickt. Und das ausziehbare Getränkehalterfach hing schief wie ein gebrochener Arm, unbrauchbar, aber immer noch da, als könne man so etwas nicht einfach abschreiben.

Dann läutete es. Die Schultür spuckte Kinder aus, als würden Kälber aus einer Rodeobox losgelassen. Lulie hüpfte unter der Aufsicht des Schülerlotsen über den Zebrastreifen, der bunte Rucksack hing ihr schwer auf dem Rücken, wie eine Mini-Quasimodo-Version in Turnschuhen. Sie strahlte Emily an, mit dieser unverschämten Unschuld, die Erstklässler haben, wenn sie glauben, die Welt sei grundsätzlich auf ihrer Seite.

„Hattest du einen schönen Tag, Lulie?"

„Frau Ohura hat gesagt, ich kann genauso gut lesen wie Jojo, als sie in der ersten Klasse war."

„Dann bist du wohl eine richtig gute Leserin."

„Ja", sagte Lulie, und in dem einen Wort steckte pures Selbstbewusstsein.

Jojo und Lulie erzählten sofort los, irgendwas von einer Schulversammlung, irgendwas Wichtiges, aber Emily stoppte sie mitten im Satz. Ihr Blick war nach draußen gerutscht, zu zwei Kindern am Rand des Stroms.

„Schaut mal", sagte sie. „Ich glaube, das sind die Emory-Kinder. Der da sieht aus wie Scott, also muss das seine Schwester sein. Wie heißt sie? Vielleicht können sie mitfahren."

„Nein, Mama", stöhnte Jojo, als hätte Emily gerade angekündigt, sie würde sie nackt zur Schule bringen. „Du kannst sie nicht mitnehmen. Samantha ist eines von den großen Mädchen. Die lacht mich aus. Das wäre so peinlich."

„Und außerdem ist es heiß", sagte Emily und nickte Richtung Sonne, als wäre das ein Argument, das alles erschlägt. „Willst du heute zu Fuß nach Hause gehen?"

„Nein."

Lulie schob sich sofort dazwischen, treu wie ein kleiner Leibwächter. „Mama, er ist ein Junge. Wir wollen keinen Jungen im Auto."

Emily sah sie an. „Lulie, willst du heute zu Fuß nach Hause gehen?"

„Nein, ich glaube nicht."

„Dann sind wir uns ja ausnahmsweise mal einig." Emily grinste, startete und fuhr an den Rand des Gehwegs, wo die Kinder entlangliefen. „Keiner von uns läuft heute nach Hause."

Sie ließ das Fenster runter. „Hey, ihr zwei. Wollt ihr mitgenommen werden?"

Samantha blieb stehen, wischte sich eine Strähne aus der Stirn und sah Emily offen an. Emily wandte sich direkt an sie. „Du kennst mich wahrscheinlich nicht, aber ich kenne deinen Bruder. Ich helfe manchmal im Klassenzimmer. Ich bin Mrs. Kristich. Es ist so heiß, ich würde euch gern nach Hause fahren."

Samanthas Gesicht entspannte sich sofort. Erleichterung, ein kleines, ehrliches Lächeln. „Ich weiß, wer Sie sind. Ich sehe Sie oft an der Schule. Und ich kenne Jojo." Sie nickte kurz zu Jojo, die am liebsten im Sitz verschwunden wäre. „Das ist nett von Ihnen. Scott ist total durchgeschwitzt, und ich habe heute Abend zu viele Hausaufgaben, um auch noch seine Bücher den ganzen Weg zu schleppen. Danke."

Sie nahm Scott bei der Hand und half ihm durch die Seitentür in den Minivan. Dann setzte sie die beiden Rucksäcke so ab, dass sie niemanden störten, und ließ sich auf den Platz fallen, den Lulie ihr widerwillig freigemacht hatte.

„Ist das nicht schön, Scott?", sagte Samantha, als müsste sie es für ihn noch einmal übersetzen.

Scott hob den Blick nur so weit, wie es seine gesenkten Augen zuließen, und schüttelte kaum merklich den Kopf.

„Scott", drängte Samantha leise. „Was sagst du?"

Ein dünnes „Danke" kam von dem gutaussehenden Jungen im übergroßen schwarzen T-Shirt mit Zauberern darauf.

„Gern geschehen", sagte Emily. „Und jetzt sag mir, wie ich zu euch komme, Samantha."

„Wir wohnen oben auf dem Bluebird Hill", erklärte Samantha. „Einfach dem Haupteingang folgen bis ganz nach oben, dann kommt unsere Einfahrt. Kennen Sie den Weg?"

„Ja, klar." Emily fuhr los. „Kannst du mich durchs Tor lassen?"

„Ja. Ich hab den Code."

Jojo war plötzlich wieder wach. „Wir haben Freunde auf Bluebird. Kennst du die Roses? Dr. und Mrs. Rose, die haben Eli und Tenandra. Kennst du die?"

„Scott hat früher mit Eli gespielt“, sagte Samantha. „Er mochte ihn sehr.“

Emily spitzte die Ohren. „Spielst du nicht mehr mit Eli, Scott?“

Im Rückspiegel sah sie, wie Scott den Kopf schüttelte.

„Mama hat gesagt, er darf nicht mehr zu ihm gehen“, ergänzte Samantha, als wäre das ein Satz, den sie schon oft gesagt hatte.

„Oh“, sagte Emily, und sie hörte selbst, wie sehr sie nach mehr klang. „Das ist schade.“

„Ja.“ Mehr kam nicht.

Dann waren sie da.

Das Haus war riesig. Emily kannte es, obwohl sie nie drinnen gewesen war. Miriam und sie hatten viele Mittagspausen damit verbracht, von Miriams Veranda aus zuzusehen, wie dieser Koloss wuchs, und dabei mit einer Mischung aus Faszination und Entsetzen die architektonischen Entscheidungen zu zerlegen. Man hatte sich nie auf einen Stil festlegen können. Es war, als hätte jemand alle Traumhaus-Ordner übereinander gekippt und gesagt: Machen wir alles. Tudor-Fassade, mediterrane Balkone, ein Dach wie ein Schweizer Chalet, dazu eine Eingangshalle aus schwarzem Marmor und römische Säulen, als müsse man beim Heimkommen jedes Mal einen Triumphzug abhalten.

Samantha stieg aus, holte die Rucksäcke und half Scott hinterher. Sie nahm seine Hand, als wäre er viel jünger, als er aussah.

„Ich warte, bis deine Mutter euch reinlässt“, sagte Emily, mehr aus Reflex als aus Überlegung.

Samantha schüttelte den Kopf. „Müssen Sie nicht. Mutter ist nicht da. Ich hab einen Schlüssel.“

Emily zog die Stirn kraus. „Willst du zu uns kommen, bis sie zurück ist? Ich kann dich später wieder herbringen. Oder sie kann dich bei uns abholen.“

„Nein", sagte Samantha, ruhig, ohne Drama. „Sie ist eigentlich nie da, wenn wir aus der Schule kommen. Wir sind das gewohnt. Wir machen nachmittags unsere Hausaufgaben."

Lulie warf ein: „Vielleicht ist dein Papa da?"

Emily hielt unwillkürlich den Atem an. Sie wollte die Antwort hören, und sie wusste nicht mal, warum.

Samantha schüttelte den Kopf. „Heute nicht. Er ist oft unterwegs. Wir sehen ihn nicht so oft." Dann wurde sie schneller. „Tschüss, wir müssen los."

Sie gingen die Auffahrt hoch, öffneten die schwere Walnussholztür und verschwanden im Haus, als würde es sie einsaugen.

„Nette Kinder", sagte Emily, als sie wieder anfuhr. „Jetzt fahren wir kurz zu Miriam. Und dann… lass uns mal bei Mrs. Rose vorbeischauen."

Es ließ sie nicht los, wie lange die Emorys schon in der Nähe gewesen waren, ohne dass sie es gemerkt hatte. Zwei Leben konnten jahrelang parallel laufen, ohne sich zu berühren. Man musste nur eine kleine Bewegung machen, ein Wort sagen, und plötzlich schob sich das eine in das andere hinein. Rochelle hatte das getan, mit ihrer Art, über ihren Sohn zu reden, und damit etwas in Emily angezündet, das über bloße Neugier hinausging.

Sie merkte, wie sie anfing, sich festzubeißen. Als würde ein paar Hintergrundinfo das Bild schärfer machen. Als würde es plötzlich Sinn ergeben, wenn sie nur genug hörte. Und sie wusste genau, wie das funktionierte: andere Mütter, halbe Sätze, kleine Spitzen, beiläufiges Wissen, das man nur im richtigen Ton bekam. Miriam war Rochelle' Nachbarin. Miriam war der Anfang.

Rochelle führte eines dieser Leben, die für viele Frauen wie ein Traum aussahen, so lange man nicht zu genau hinsah. Genau deshalb konnte man darüber so gut reden. Mit dieser klatschsüchtigen Begeisterung, die aus einem fremden Leben sofort etwas Größeres machte, als es wahrscheinlich war.

Emily, Jojo und Lulie gingen Hand in Hand zu Miriams Haus. Miriam und Tenandra standen schon in der Tür und warteten.

Kaum waren die Kinder außer Hörweite, beugte Emily sich zu Miriam. „Sag mal. Als wir über Rochelle Emory gesprochen haben, warum hast du mir nicht gesagt, dass sie deine Nachbarin ist? Und dass sie die ist, die dieses… schreckliche Haus gebaut hat?"

Miriam verzog das Gesicht, als hätte Emily etwas Unanständiges ausgesprochen. „Ich erzähle niemandem, dass ich weiß, dass sie da wohnt."

Emily blinzelte. „Warum nicht? Wir haben doch über sie geredet. Du hättest es einfach erwähnen können."

Miriam hob die Schultern. „Na ja. Du weißt doch, was man sagt."

„Nein", sagte Emily trocken. „Dann sag es mir."

Miriam kicherte, und es war dieses Kichern, das schon die Pointe ankündigte. „Da geht die Nachbarschaft dahin."

KAPITEL 12

„Du hast heute Abend nicht schon wieder eines dieser Obdachlosen-Treffen, oder?", fragte David und hielt seine Kaffeetasse wie einen kleinen Schutzschild vor sich. Über den Rand hinweg beobachtete er Emily, wie sie in der Küche hin und her ging. Seine runden, warmen braunen Augen folgten jeder Bewegung, als würde er sich daran festhalten. Emilys rotbraunes Haar umrahmte ihr kantiges Gesicht, das meistens so wirkte, als hätte es der Welt grundsätzlich nichts übel zu nehmen. Mit ihren breiten Schultern, der geraden Haltung und ihren 1,70 Metern hatte sie diese robuste Ausdauer, die nicht laut sein musste, um spürbar zu sein.

David musste lächeln. Er sah sie plötzlich wieder vor sich, kurz nach Jojos Geburt, wie sie auf ihn zugestürmt war, mit diesem entschlossenen Funkeln in den Augen, und ihm erklärte, dass sie nicht mehr an die Uni zurückgehen würde. Damals war es ihm wie ein Sprung ohne Netz vorgekommen. Von seinen unregelmäßigen Verkäufen im Computerbereich zu leben, klang nicht nach Plan, eher nach Hoffnung. Er hatte sich nichts anmerken lassen, hatte genickt, hatte gesagt, sie würden das schaffen. Und sie hatten es geschafft. Mehr als das. Mit

Jojo im Arm, zwischen Haus und Büro, manchmal wie Nomaden mit Wickeltasche, manchmal wie Maschinen, die einfach weiterlaufen, hatten sie das Geschäft aufgebaut. Emilys Master war in einer Schublade verschwunden, aber nicht aus Niederlage, sondern weil das Leben gerade etwas anderes verlangte. Er lächelte bei der Erinnerung, weil sie trotz der Härte weich war.

Emily stand am Küchentresen und packte Lunchpakete. Nur noch sieben Stück bis zum Ende des Schuljahres.

„Warum grinst du so?", fragte sie, ohne aufzusehen.

„Ich hab an den Tag gedacht, an dem du mir gesagt hast, dass du deinen Job an der Uni kündigst."

Emily hob den Kopf und ihr Blick wurde kurz weich. „Ich hab seit Jojos Geburt darüber nachgedacht. Ich hatte solche Angst, dass du ausrastest. Während der Schwangerschaft hab ich mir ja geschworen, dass ich niemals zulasse, dass ein Baby meiner Karriere und dem zweiten Einkommen im Weg steht." Jetzt grinste sie selbst. „Und du hast es einfach… so großzügig genommen."

David nahm einen Schluck. „Hast du denn eins?"

Emily blinzelte, aus den Erinnerungen zurück in die Küche. „Hab ich was?"

„Ein Treffen."

„Nein." Sie schob ein Sandwichpapier glatt, als ließe sich damit der Kalender ordnen. „Diese Woche ist nichts. Morgen ist Tag der offenen Tür in der Schule. Da können wir sehen, was die Kinder das ganze Jahr gemacht haben."

David verzog das Gesicht. „Als ob wir das nicht längst wüssten. Die schleppen so viele Hausaufgaben nach Hause, wir könnten alle nebenbei einen Teilzeitjob anmelden. Man sollte meinen, die wären in der Highschool und nicht in der Grundschule. Als ich klein war, gab's das nicht. Warum müssen die so viel machen?"

„Damit sie das vertiefen, was sie am Tag gelernt haben", sagte Emily. „Und so schlimm ist es nicht. Wir sehen wenigstens, wie sie lernen."

„Okay." David setzte nach. „Warum müssen wir dann noch zum Tag der offenen Tür?"

In dem Moment kamen Jojo und Lulie hereingestürmt, schnappten sich ihre Brotdosen und redeten gleichzeitig los, wie immer, wenn etwas Wichtiges anstand.

„Papa", sagte Jojo und hielt ihm ein Blatt Papier hin, als wäre es ein amtlicher Bescheid, „du musst dir meine Geschichte anschauen. Und wir haben unsere Zimmer dekoriert, und Herr Oberg hat neue Haustiere. Er hat eine Schlange mitgebracht. Wir durften zugucken, wie sie eine Ratte gefressen hat. Vielleicht macht die Schlange das auch für dich."

David starrte sie an. „Das... ist eine Drohung, oder?"

Emily schob die Brotdosen in die kleinen Hände. „Da hast du deine Antwort. Die Lehrer und die Reptilien warten auf dich."

„Wahrscheinlich", murmelte David und drängte die Mädchen mit einer Flut aus Abschiedsküssen, Papiergewedel und „Beeilt euch!" Richtung Tür.

Der Abend der offenen Tür, der für Grundschüler ungefähr die Bedeutung eines Debütantenballs hatte, war endlich da.

„Beeil dich!", drängte Lulie und zog an Emilys Hand, als könne man durch bloßen Willen Zeit verschieben. „Wir müssen pünktlich sein. Ich hab dir so viel zu zeigen."

„Lulie", sagte Emily zum dritten Mal, „es ist halb sechs. Es geht erst in zwei Stunden los."

„Aber wir müssen pünktlich sein."

Sie waren pünktlich.

Als die Kristichs die Lobby betraten, sahen sie die Roses und gingen quer durch den Raum auf sie zu. Überall standen kleine Grüppchen zusammen, Menschen, die sich kannten, die ihre Sätze nicht erklären mussten. Der Weg in die Flure war gesäumt von diesem gemütlichen, vertrauten Gemurmel, das Schulen an solchen Abenden wie eine eigene kleine Welt wirken ließ.

Bei Tenandras Klasse trennten sie sich von den Roses. Dann gingen Emily, David, Jojo und Lulie weiter zu Jojos Raum. Der war so vollgehängt mit buntem Papier, Karton, Zeichnungen, Bastelarbeiten und Projekten, dass er eher nach Kunstmesse als nach Klassenzimmer aussah. Es wirkte so überladen, dass Emily unwillkürlich an Brandgefahr dachte, auch wenn sie es niemandem sagte.

Eltern drängten sich um die Lehrer, wie Ameisen um einen Fund, bereit, Erfolge und Misserfolge ihrer Kinder vorzuzeigen, zu erklären, zu verteidigen. Emily musste sich da nicht dazustellen. Sie hatte in den Klassen mitgeholfen, sie kannte die Lehrer, sie hatte die Gespräche schon geführt. Sie nahm sich die Arbeiten ihrer Mädchen vor, blieb stehen, las, schaute, nickte, lobte. Aus vollem Herzen, aber ohne Theater.

Und sie konnte dabei beobachten.

Rochelle kam tatsächlich. Nicht nur mit ihren beiden Kindern, sondern auch mit ihrem Mann, von dem Emily bisher nur als vage Figur gehört hatte, wie von jemandem, der selten im Bild ist. Emily bemerkte sie erst, als Rochelle schon mitten im Raum stand. Die enge fuchsiafarbene Hose, das Neckholder-Top, dazu die kobaltblaue lange Jacke, offen getragen, als hätte Rochelle beschlossen, Licht zu sein. Geoffrey Emory dagegen, ohnehin blass, wirkte neben ihr fast farblos. Als wäre er nicht nur neben ihr, sondern hinter ihr.

„Hallo, Mrs. Kristich." Samantha begrüßte Emily mit dieser erstaunlich erwachsenen Ruhe, die sie schon im Minivan gehabt hatte.

Emily nickte ihr freundlich zu und merkte, wie sie automatisch nach Scott suchte. Der Junge war da, dicht bei seiner Schwester, wie jemand, der sich an einem vertrauten Rand entlang bewegt.

Weil Emily die sattgefressene Schlange in Jojos Klassenzimmer bereits gesehen hatte, verspürte sie keinerlei Lust, das Spektakel in Lulies Raum zu wiederholen. Sie blieb bei Jojos Tisch sitzen, während David und die Mädchen weitergingen. Von ihrem Platz aus hatte sie einen klaren Blick auf die Emorys, als sie zu Scotts Arbeiten hinüberwechselten.

Das Merkwürdige war nicht, dass sie zusammen waren. Es war, wie wenig sie es wirkten.

Rochelle wollte Geoffrey etwas sagen, leise, dicht an ihm, aber er war schon weitergegangen, bevor sie fertig war. Rochelle zuckte kaum sichtbar mit den Schultern, als würde sie die Kränkung wegwischen, bevor sie sich festbeißen konnte, und stellte sich einen Schritt weiter weg von ihm. Scott nahm Samanthas Hand und zog sie zu seinem Tisch, als brauche er den Kontakt, um überhaupt zu wissen, wohin. Mutter und Vater folgten, still. Scott zeigte auf etwas, Samantha beugte sich darüber. Geoffrey fragte etwas. Scott nickte, ohne den Blick zu heben, und starrte auf die Schuhe seines Vaters, als wären sie das Sicherste im Raum.

Geoffrey legte ihm eine Hand auf die Schulter. Es sah ungeschickt aus, fast fremd. Scott zuckte zusammen. Geoffrey blieb stehen, als hätte er nicht verstanden, was er falsch gemacht hatte.

Dann bewegten sie sich weiter, wie auf ein unsichtbares Kommando hin. Hintereinander Richtung Tür, ohne Worte, ohne Blickwechsel, ohne diesen kleinen Rest an Chaos, der Familien normalerweise menschlich macht.

Emily sah ihnen durchs Fenster nach. Draußen wartete ihr Auto, ein dunkler Rolls Royce. Die Farbe verlor sich im schwachen Licht der Straßenlaterne. Geoffrey stand daneben und sah zu, wie Rochelle und die Kinder einstiegen. Ungeduldig. Nicht wütend, eher so, als koste ihn jeder Handgriff zu viel Zeit.

Als Davids und Emilys eigene Familie wieder zurückkam, saß Emily noch immer da, still, und dachte an das, was sie gerade gesehen hatte.

Familiendynamik. Eines dieser offenen Geheimnisse, über das jeder eine Meinung hat, als wäre es ein Fachgebiet.

Die Wahrheit war: Niemand versteht sie wirklich.

Aber fast alle tun so, als könnten sie sie lesen wie eine Landkarte.

KAPITEL 13

Es fühlte sich nicht im Entferntesten an wie das Krankenhaus, in dem Joan Chavez sonst arbeitete. Dort war alles Licht, Weiß, klare Linien. Hier dagegen lag ein rauchiges Beige über den Wänden, als hätte sich selbst die Farbe mit der Müdigkeit der Menschen vollgesogen. Nichts wirkte fertig, nichts endgültig. Anstelle sauber beschrifteter Schränke standen Kisten, Dosen, Unterlagen und irgendwas dazwischen auf Regalen und Tischen, gestapelt, abgestellt, vergessen, wiedergefunden.

Und statt dieser gedämpften, fast lautlosen Effizienz herrschte etwas, das eher an ein Straßenfest erinnerte. Im Wartebereich lachten Kinder, jagten einander um einen Tisch, schoben Spielzeugautos über den Boden. Ihre Eltern saßen eng beieinander, sprachen durcheinander, tauschten Tipps aus, als wären sie seit Jahren Nachbarn. Wo gibt es heute Abend Essen. Wo ist noch ein Platz frei. Wer kennt jemanden, der ein Sofa übrig hat.

So chaotisch es war, es störte Joan weniger, als es im Krankenhaus je möglich gewesen wäre. Das Stimmengewirr beruhigte sie sogar. Es war Leben. Es war Gemeinschaft. Und es war das, wofür sie hier war.

Was ihr den Magen zuschnürte, war etwas anderes.

Sie wusste, woher die Medikamente kamen.

Das war der wunde Punkt dieses ganzen Plans. Und sie hing mitten drin, fest mit beiden Händen. Eine Grenze war überschritten worden, so leise und so endgültig, dass sie erst im Nachhinein begriff, dass es kein Zurück mehr gab. Joan saß in dem kleinen Raum, der offiziell als Büro des Klinikdirektors durchging, in Wahrheit aber ein umfunktionierter Abstellschrank war. Sie rieb sich die Schläfen, erst mit einer Hand, dann mit beiden, als könnte sie die Gedanken wegdrücken, die sich immer wieder neu formierten.

Je länger sie darüber nachdachte, desto enger wurde es.

Die Wahrheit zu sagen, auszusteigen, alles zu stoppen, das klang in der Theorie nach Rettung. In Wirklichkeit würde es das Gegenteil sein. Sie konnte ihre Stelle verlieren, ihre Lizenz, dieses mühsam zusammengesetzte Leben, das sie sich aufgebaut hatte. Ihre Routine. Ihr Halt. Ihr Anker. Wenn der wegbräche, bliebe nichts. Nicht viel jedenfalls.

Und Chad würde dafür sorgen, dass sie in dieser Falle blieb.

Wie eine Ratte im Labyrinth, dachte sie. Man rennt, findet eine Abbiegung, glaubt kurz, man sei fast draußen, und dann steht man wieder vor einer Wand. Und irgendwo außerhalb sitzt jemand, der das Labyrinth gebaut hat und genau weiß, wie man die Ausgänge verschließt.

Wie konnte etwas, das so vielen Menschen half, so falsch sein?

Joan atmete aus. Lange. Dann zwang sie sich aufzustehen. Am Schreibtisch zu sitzen und sich selbst langsam zu zerlegen, brachte niemandem etwas. Sie war hier, um zu arbeiten. Um Leben besser zu machen, wenn sie es schon nicht gerade machen konnte.

Sie ging zum Medikamentenschrank und zog Schachteln heraus, eine nach der anderen. Sie ordnete sie, stapelte sie sauber, schob die Packungen mit dem früheren Verfallsdatum nach vorne. Das, was sich kontrollieren ließ, kontrollierte sie. Wenigstens das. Dann sortierte sie die Etiketten so, dass spanische und englische Beschriftungen nebeneinander lagen. Nicht, weil es Ordnung schön machte, sondern weil Fehler hier zu viel kosten würden. Wer Anweisungen geben musste, sollte sie in der Sprache lesen können, in der er sicher war.

Das Telefon klingelte.

Joan zuckte zusammen, als hätte jemand ihr ins Ohr geschrien. Ein kurzer, peinlicher Laut entkam ihr, bevor sie überhaupt nach dem Hörer greifen konnte.

„Hallo... hallo? Frau Chavez?" Die Stimme am anderen Ende klang nervös, fast panisch. „Bin ich mit Frau Chavez verbunden? Sind Sie da?"

„Ja", sagte Joan scharf. „Ich bin da."

„Ähm... ja... also... ich sollte Sie anrufen. Mr. Woodley. Er hat gesagt, ich soll... wir sollen uns treffen und die Übergabe organisieren."

Joan schloss kurz die Augen. „Wer sind Sie?"

„Oh. Ja. Klar. Entschuldigung." Er räusperte sich. „Mein Name ist Thomas. Thomas Oakhurst. Ich glaube nicht, dass Sie mich kennen."

„Natürlich kenne ich Sie, Thomas." Joan hörte, wie kalt ihre eigene Stimme war. „Sie sitzen im Vorstand von Sustain and Shelter. Und Sie sollen jetzt mein Kurier sein."

Am anderen Ende herrschte einen Moment lang Stille, als wüsste Thomas nicht, ob er sich freuen oder schämen sollte.

„Ich... Ma'am... ich glaube, Chad will sich nicht nur auf Sie verlassen", sagte er dann vorsichtig. „Wenn Sie mal nicht können, kann ich übernehmen."

Und je mehr Menschen beteiligt sind, desto mehr Menschen gehen unter, dachte Joan. Sie spürte, wie sich ihre Nackenhaare sträubten. „Richtig", sagte sie. „Sie sind also die Versicherung."

„Wie bitte?" Thomas klang verwirrt. „Sie haben... Versicherung gesagt?"

„Vergessen Sie's, Thomas." Joan drückte die Hand um den Hörer fester. „Wissen Sie überhaupt, worauf Sie sich da einlassen?"

„Ja, Ma'am. Ich weiß es." Er klang plötzlich entschlossener, fast stolz. „Und ich will mithelfen. Was Sie tun, hilft diesen Menschen. Ich weiß, dass wir die Medikamente für die Klinik irgendwie ranschaffen müssen."

Joan schluckte. „Und hat Chad Ihnen gesagt, woher wir sie bekommen?"

„Ja." Thomas sagte es, als wäre es die normalste Sache der Welt. „Er meinte, Sie hätten über Ihre Kontakte im Krankenhaus einen Sonderrabatt organisiert. Und dass Sie die Sachen beim Händler abholen, damit wir Versandkosten sparen." Er machte eine kleine Pause, als wollte er das sacken lassen. „Was Sie da machen, ist wirklich großartig."

Und illegal, dachte Joan.

Sie sagte nichts mehr. Thomas verabschiedete sich höflich und legte auf, als hätte er gerade einen Termin für einen Routinebesuch vereinbart.

Joan stand mit dem Hörer in der Hand da, starrte auf den Schrank, auf die geordneten Reihen, auf ihre eigene sorgfältige Handschrift.

Chad wollte nicht, dass sie jemals herauskam.

Es reichte ihm nicht, dass sie stahl. Er musste den Kreis größer machen. Eine weitere Person, eine weitere Spur, ein weiterer Hebel. Auf diese Weise hatte er zwei Menschen, auf die er zeigen konnte, wenn es knallte. Und er selbst konnte sauber bleiben, geschniegelt, unberührt, wie immer.

Indem er Thomas in diese Sache zog, schuf er einen Zeugen. Einen Beleg. Einen zweiten Namen, der neben ihrem stehen würde, wenn jemand die Akten öffnete.

Jetzt war es praktisch unmöglich geworden, den Mund aufzumachen. Denn wenn sie es tat, riss sie nicht nur sich selbst mit. Sie würde Thomas gleich mit zerstören.

Joan ging zurück zum Tisch, als wäre der Boden plötzlich weich. Sie legte den Kopf auf die Tischplatte.

Und dann weinte sie.

KAPITEL 14

Bei ihrem nächsten Besuch sparte Emily sich den Anruf. Sie stand einfach um Punkt zehn vor dem Büro von Sustain and Shelter und ging hinein, als würde sie hier längst dazugehören.

Shannon tat, als sähe sie sie nicht. Sie hatte den Kopf so tief in einen Stapel Papiere gesteckt, dass es schon Theater war. Emily ging trotzdem direkt zum Aktenschrank, aus dem Shannon ihr in der letzten Woche die Spenderliste gezogen hatte.

Keine zwei Schritte, da schoss Shannon hoch wie ein gehetztes Tier. „Ich hole sie", stieß sie hervor, viel zu laut für einen normalen Satz.

Dann kam es in einem hastigen Schwall: „Ich hätte sie dir eigentlich schon bereitlegen sollen, damit du gleich tippen kannst. Das mache ich nächste Woche. Ich war mir nicht sicher, ob du überhaupt wiederkommst, deshalb hab ich nicht dran gedacht. Nächstes Mal passe ich besser auf."

„Danke, Shannon. Ich will dir wirklich keine Umstände machen", sagte Emily, freundlich, sogar warm.

„Dafür bin ich ja da." Mehr bekam Emily an diesem Morgen von ihr nicht.

Etwa eine Viertelstunde später erschien Chad Woodley, und plötzlich war aus derselben Shannon jemand anderes geworden. Als hätte jemand im Inneren einen Schalter umgelegt: eben noch frostig, jetzt süß und strahlend.

„Hallo, Mr. Woodley", säuselte sie.

„Hallo, Shannon", erwiderte er, nett, mit einem Lächeln, das ihre Augen nicht suchte.

„Ich hab Sie gestern vermisst", sagte sie und zeigte dieses kleine, ordentliche Eichhörnchenlächeln, das sie vermutlich für unwiderstehlich hielt.

Chad spielte den Teil, den er immer spielte. „Es ist einfach schön, von dir so begrüßt zu werden, Shannon, nachdem ich mich in der Küche so abgerackert habe. Aber du weißt ja, Mr. Millup und ich mussten sicherstellen, dass alles läuft. Wir machen eine wichtige Arbeit. Wir wollen so vielen Menschen wie möglich helfen."

„Oh ja", kicherte Shannon. „Sie sind wirklich toll. So ein guter Mensch."

Dann war die Szene vorbei. Ihre Stimme wurde härter, sachlicher. „Da ist ein Anruf für dich. Irgendwie wichtig."

Sie merkte, dass Emily zuhörte, während sie tippte, und schob noch hinterher, kaum hörbar: „Es ist… du weißt schon wer."

Chad kniff die Augen zusammen. Er hatte sie nicht verstanden. Shannon wiederholte es etwas lauter. Da nickte er knapp. „Wähl mir die Nummer. Ich nehme das in meinem Büro."

Er ging den Flur entlang, blieb aber an Emilys Platz stehen, als hätte er sie erst jetzt entdeckt, und setzte sein herzlichstes Gesicht auf. „Na, na, schau mal, wen wir da haben. Wie geht es Ihnen, Mrs. Kristich? Kommen Sie zurecht? Shannon ist Ihnen bestimmt eine große Hilfe." Es fehlte nicht viel, und er hätte ihr kumpelhaft auf die Schulter geklopft. Dann verschwand er in seinem Büro und zog die Tür hinter sich zu.

Shannon hielt den Anrufer in der Leitung, bis Chad drüben den Hörer abnahm.

Emily arbeitete sich durch die Liste, doch etwas störte sie: In der letzten Woche hatte sie hier kein einziges Telefon klingeln hören. Heute auch nicht. Und sie war inzwischen fast eine Dreiviertelstunde im Büro. Kein Ton, kein Summen, nichts. In einem Büro, das angeblich ständig läuft.

Sie tippte weiter und fragte, so beiläufig wie möglich: „Shannon, warum musst du eigentlich keine Anrufe annehmen?"

Keine Antwort.

Shannon duckte sich hinter ihre Papiere, als könnte sie sich darin auflösen.

Emily setzte gerade an, die Frage zu wiederholen, da ging die Tür auf. Ida McIvey kam herein, ohne Emily überhaupt wahrzunehmen. Sie trat direkt an Shannons Schreibtisch. „Gib mir bitte den Schlüssel. Ich muss etwas ablegen."

Shannon warf ihr einen Blick zu, der mehr befahl als bat, und nickte minimal in Emilys Richtung. Ida hob den Kopf, sah Emily, wurde prompt rot und setzte dieses gequälte, höfliche Gesicht auf. „Oh… ich wusste nicht, dass noch jemand da ist. Vielleicht legen Sie das erst ab, dann könnte ich zu Chad."

„Er telefoniert", sagte Shannon trocken.

„Ich muss ihn sprechen. Ich warte."

„Wie du willst", murmelte Shannon. Sie schob die Papiere zur Seite, griff in die unterste Schublade und holte ihre Handtasche hervor. Emily starrte nicht, jedenfalls versuchte sie es nicht. Sie hielt den Kopf leicht zur Tastatur geneigt und beobachtete aus dem Augenwinkel, welchen Schlüssel Shannon herausfischte.

Shannon ging zur Aktenwand und öffnete einen Schrank, der genau mittig saß, als wäre er absichtlich dort platziert worden. Sie zog die zweite Schublade von unten auf und legte Idas Unterlagen hinein.

Das Geräusch war auffällig. Keine Schublade, die schwer über volle Schienen schabt. Es klang leicht. Schnell. Hohl.

Als Shannon die Schublade wieder schloss und sich umdrehte, blickte Ida direkt zu Emily herüber. Emily hob den Kopf und schenkte ihr ein freundliches Lächeln. „Hast du inzwischen irgendwelche Finanzberichte für mich? Ich wollte sie mir gern in Ruhe ansehen."

Ida blinzelte. „Was? Äh… nein. Also, ich hatte noch keine Gelegenheit, alles zusammenzustellen. Du weißt ja… Quartalsende. Da kommt viel zusammen. Wir besorgen dir was. Wir brauchen nur ein bisschen Zeit. Zahlen sind… na ja." Sie redete und redete und fuchtelte dabei nervös mit den Händen, als könnte sie sich aus dem Gespräch herauswinden.

Emily blieb ruhig. „Aber das, was du gerade gebracht hast… waren das nicht die Finanzunterlagen?"

„Was? Diese Papiere? Nein, nein." Ida schüttelte den Kopf fast zu schnell. „Das waren nur Arbeitsblätter. Keine Finanzberichte. Wir arbeiten daran, bereiten das auf, und dann bekommst du das. Bald."

„Bis zur Besprechung nächste Woche wäre großartig", sagte Emily. „Dann könnten wir uns schon mal Gedanken fürs Budget machen."

„Ich weiß nicht", stammelte Ida. „Aber bald. Wirklich bald. Wir kriegen das hin."

Emily tippte weiter und schaffte es an diesem Morgen bis zum Buchstaben „K". Ob Ida Chad am Ende noch zu Gesicht bekam, wusste sie nicht. Als Emily ging, saß Ida jedenfalls immer noch da und wartete.

KAPITEL 15

Noch zwei Pausenbrote, dann gehörte der Sommer Emily wieder. Sie sah Jojo und Lulie schon vor sich: Zoo, Museum, Picknick im Gras, vielleicht sogar Disneyland ganz unten im Süden. Vor allem aber: Zeit. Zeit, in der sie die Mädchen nicht ständig an Stundenpläne, andere Eltern und Schulalltag abgeben musste.

Es ging ihr nicht darum, sie von der Welt fernzuhalten. Sie mochte nur den Gedanken, wieder näher dran zu sein. Mit ihnen zu spielen, ihnen zuzuhören, wirklich mit ihnen zu reden. Und wenn sie ehrlich war, würde sie in diesen Wochen wahrscheinlich mehr von Jojo und Lulie lernen als umgekehrt.

David kam in die Küche, zupfte seine sonnengelb-rote Krawatte zurecht und grinste. Das rot gestreifte Hemd darunter war genauso wenig zurückhaltend wie er. „Was steht heute an?"

Er war an der Uni Wettkampfschwimmer gewesen und hatte sich diese Angewohnheit behalten. Drei Mal die Woche zog es ihn ins Wasser, ganz egal, ob der Kalender Frühling oder Herbst sagte. Die Sonne hatte sein Gesicht schon leicht gebräunt, sein blondes Haar wirkte an den

Schläfen heller, fast ausgebleicht. Auf dem kräftigen Teint sah das Hemd aus wie eine Bühne.

„PTA-Mittagessen", sagte Emily. „Letzte Sitzung vor den Ferien."

„Danke", murmelte er, trat hinter sie, küsste sie auf die Wange.

Emily blinzelte. „Wofür?"

Er zuckte nur mit den Schultern, als wäre es selbstverständlich.

Später saßen Emily und Miriam in dem neuesten angesagten Café von Pleasant Creek, umgeben von tropischem Grün, das so sorgfältig arrangiert war, dass es fast nach Kulisse aussah. Das Restaurant lag im Atrium eines neuen Bürohochhauses. Von oben, hinter Glas, konnten die Angestellten beim Mittagessen zuschauen. Perfekt für eine Runde Frauen, die sich mehr oder weniger zufällig trafen und dann doch sehr gezielt redeten.

„Wie gut kennst du Rochelle?", fragte Emily, kaum dass sie saßen.

Miriam lehnte sich zurück. „Gut genug, um ihr am Wachhäuschen zuzuwinken. Nicht gut genug, um sie zu fragen, wo sie dieses Outfit herhat. Aber das hindert uns ja nicht daran, über sie zu reden."

„Was kursiert?"

„Ramona", sagte Miriam, „die am Ende unseres Grundstücks. Sie behauptet, Rochelle hätte ihr erzählt, dass sie sich operieren lässt."

Emily hob die Augenbrauen. „Was denn?"

Miriam schnaubte. „Keine Ahnung. Bauchstraffung vielleicht. Irgendwas, damit sie weiter in diesen Klamotten rumlaufen kann und trotzdem aussieht, als wäre sie frisch aus einer Werbung gefallen. Ich verstehe nicht mal, wie man in so… eigenwilligen Teilen überhaupt gut aussehen kann."

Emily grinste. „Hör dich an. Du trägst Kaftane und Sarongs und siehst umwerfend aus."

„Ja, danke", sagte Miriam trocken. „Aber sie trägt Sachen, die sonst niemand über zwanzig anziehen würde. Und trotzdem funktioniert's."

„Du trägst Sachen, die sonst nur in einem Modemuseum hängen", gab Emily zurück, „und bei dir funktioniert's auch."

Miriam lachte, und ihre Zöpfe schwangen mit. „Du verstehst schon, was ich meine."

„Ich verstehe genau, was du meinst."

Als der Wein kam, ließ Emily das Lachen fallen. „Zurück zu den Emorys. Hast du je gehört, dass die mit den Kindern... schlecht umgehen? Redet man darüber?"

Miriams Blick wurde ernst. „Als Scott noch klein war, in der Spielgruppe, war er ein offenes, fröhliches Kind. Dann wurde er immer stiller. Immer vorsichtiger. Einmal war er bei uns, die Kinder wollten schwimmen. Er kam in einer Badehose raus, die ihm viel zu groß war, fast wie die von einem Erwachsenen. Dazu ein T-Shirt. Und er hat es nicht ausgezogen."

Emily wartete.

„Im Wasser hat ihn das Zeug runtergezogen. Er paddelte, spritzte, als würde er gleich untergehen. Er hat sich so erschrocken, dass wir bei ihm zu Hause angerufen haben. Rochelle sollte ihn abholen. Sie ist nicht gekommen." Miriam nahm einen Schluck, als müsste sie kurz Luft holen. „Am Ende hat Ramona ihn nach Hause gefahren. Sie hat Rochelle erzählt, wie panisch er gewesen war. Rochelle hat nur gesagt, er könne auf sich selbst aufpassen."

Emily spürte, wie ihr Magen fest wurde. „Hast du das jemandem erzählt?"

Miriam zögerte. „Die Mütter haben darüber geredet. Harold hab ich's auch gesagt. Aber was soll man machen? Nichts ist beweisbar. Wir haben irgendwann einfach beschlossen, ein Auge auf ihn zu haben. Und ihm was zu essen anzubieten, weil er oft wirkt, als hätte er nie genug."

Sie schüttelte den Kopf. „Danach ist er nie wieder zu uns gekommen. Als wir Samantha mal gefragt haben, meinte sie, ihr Vater erlaube das nicht."

Sie ließ den Satz hängen, als wäre das Ende ohnehin klar.

Dann stoppte Miriam mitten in der Bewegung. Ihr Blick ging über Emilys Schulter. „Na toll. Schau mal, wer da ist."

Emily drehte sich um.

Rochelle zog sich einen Stuhl heran und setzte sich neben Miriam, als gehöre sie hierher.

Emily zwang sich zu einem leichten, unbeschwerten Ton. „Wir haben gerade über unsere Sommerpläne gesprochen. Was ist bei dir los?"

Rochelle lächelte, als wäre das Gespräch ein Geschenk für sie. „Ihr wisst doch, im Sommer lasse ich immer was machen. Ich habe keine Lust, alt zu werden. Ich will gut aussehen, und ich habe viel Geld in meinen Körper und mein Gesicht gesteckt." Sie nahm den Weinkühler in Augenschein, als würde sie inventarisieren. „Der Sommer ist dafür perfekt. Die Kinder schicke ich ins Camp, dann habe ich Zeit für mich. Niemand, den ich rumfahren oder füttern muss. Keine albernen Kinderausflüge. Nur ich und mein Plastikmann. Beste Zeit des Jahres. Keine Kinder."

Miriam setzte an. „Also, Rochelle… warum bist du heute überhaupt gekommen?"

Rochelle verzog den Mund. „Geoffrey hat davon Wind bekommen. Er hat gesagt, ich soll meinen Hintern herbewegen und mich wie eine gute Mutter benehmen."

Miriam verschluckte sich an einem Stück Brot.

Emily lehnte sich zurück, nickte langsam und sagte trocken: „Klar. So ein Grund ist mindestens so gut wie jeder andere."

KAPITEL 16

Noch ein Tag, dann waren die Kinder endlich raus aus der Schule. Und Emily fragte sich ernsthaft, wer nervöser war: das Kind, weil ein Sommer voller Spiel und Freiheit vor ihm lag, oder die Mutter, weil sie plötzlich ohne Stundenplan und klare Abläufe dastehen würde. Rochelle zählte nicht. Rochelle hatte keinen Sommer ohne Routine, sie hatte einen Sommer mit OP und ohne „nervige Kinder". So nannte sie es ja selbst.

In dem Chaos aus Schreibtischaufräumen, Fundsachen checken und diesen obligatorischen Dankesgeschenken für die Lehrer schoss Emily mit einem Mal ein Gedanke durch den Kopf: Heute Abend war das monatliche Treffen von Sustain and Shelter. Sie hätte sich am liebsten noch schneller bewegt, vielleicht wäre es ihr dann einfach durchgerutscht. Aber Rochelle saß ihr seit Tagen im Nacken. Und damit auch dieses verdammte S-and-S-Treffen.

Merkwürdigerweise war sie diesmal beim Anziehen nicht halb so genervt wie beim letzten Mal. Eher im Gegenteil. Shannons seltsames Verhalten, Idas Ausflüchte wegen der Finanzen, der verschlossene Aktenschrank, Ralph Watkins, der sich im Schneckentempo durch die Spenderliste gearbeitet hatte, all das machte Sustain and Shelter plötzlich… interessant. Zu interessant.

Was müsste man tun, um an den Inhalt dieser Schublade zu kommen?

Wenn Ida als Schatzmeisterin Unterlagen bringt, dann sind das Finanzberichte. Und wenn Shannon diese Unterlagen wegsperrt, dann wird dort etwas versteckt. Die Frage war nur: vor wem? Vor Emily? Vor dem Vorstand? Vor Chad?

Und wer hatte außer Shannon noch einen Schlüssel? Gab es irgendwo einen Schlüsselkasten? Einen Ersatzschlüssel, den man sich „kurz" holen konnte, wenn man den richtigen Moment erwischte? Emily merkte, wie ihr Kopf anfing, Pläne zu sortieren. Nicht sauber, eher wie Karten, die man zu schnell mischt. Aber es waren Pläne.

Um 19:15 Uhr bog sie auf den Parkplatz von Sustain and Shelter ein. Ein paar Autos standen schon da. Sie lenkte ihren Wagen nach hinten und sah Thomas in seinem Auto sitzen, als würde er warten. Emily hob die Hand und winkte ihm zu, als sie Richtung Gebäude ging. Thomas musste sie gesehen haben. Trotzdem lehnte er sich nur zurück und starrte in seinen Rückspiegel.

In dem Moment rollte Joan Chavez auf den Parkplatz. Das Geräusch ihrer Autotür ließ Emily herumfahren, weil Joan unmöglich schon geparkt und ausgestiegen sein konnte. Emily griff gerade nach der Hintertür, da stieg Thomas aus und stellte sich hin, als hätte er schon die ganze Zeit dort gestanden.

Emily schlüpfte in den Flur und blieb dicht an der fast geschlossenen Tür. Durch das Fenster beobachtete sie, wie Joan ihren Wagen sauber in die Parklücke neben Thomas setzte. Thomas öffnete den Kofferraum.

Joan stieg hastig aus, ging an ihren Kofferraum, zog eine Kiste heraus und legte sie in Thomas' offenen Kofferraum. Keine Blicke nach links, keine Blicke nach rechts. Kein einziger Reflex, sich umzusehen, ob jemand sie beobachtete. Thomas stand dabei steif und korrekt, als wäre er aus Pappe, und „schwebte" fast über Joan, als er sie anschließend ins Gebäude begleitete.

Durch die halb geöffnete Tür hörte Emily Thomas' Stimme. Unsicher, stockend, viel zu leise für einen Mann, der sonst immer geschniegelt wirkte. „Ich… äh… also… ich wollte nur sagen… du… ähm… du siehst gut aus. Heute Abend. Wirklich… gut."

Und er hatte recht, dachte Emily. Joan hatte ihren üblichen strengen Dutt gelöst. Die Haare fielen weicher, nahmen dem Gesicht diese harte Kante. Als sie schüchtern auf das Kompliment reagierte, wirkten selbst ihre blonden Locken wie eine Entscheidung: heute nicht unsichtbar sein.

Emily beeilte sich, in den Konferenzraum zu kommen, bevor sie beim Beobachten erwischt wurde. Sie schlüpfte hinein, setzte sich neben Bo und tat so, als wäre sie längst da gewesen.

Blythe Oberstein lächelte ihr zu. Sie trug ein schwarz-weißes Kurzarmkleid und passende Pumps, geschniegelt bis in die Fingerspitzen. Ida dagegen schaute sofort weg, als hätte Emily sie in etwas erwischt. Diese Hundeaugen, dieses schuldbewusste Ausweichen. Emily wusste ohne ein Wort: Die Finanzberichte waren nicht plötzlich doch aufgetaucht.

Das ältere Ehepaar vom letzten Treffen war nicht da. Rochelle nickte Emily kurz zu, gelangweilt wie immer. Sie trug einen engen weißen Leinenanzug mit Herzausschnitt und musterte Emily von oben bis unten. „Warst du in letzter Zeit trainieren?"

„Ja", sagte Emily. „Gestern. Und du?"

„Keine Zeit. Geoffrey ist viel unterwegs. Und wenn er da ist, bleibe ich bei ihm."

Emily fragte, vorsichtig wie man an einer scharfen Kante entlangfährt: „Vermisst du ihn, wenn er weg ist?"

Rochelle antwortete mit einem sarkastischen Fluch. Genau in dem Moment knallte Rudyard Millup seine Stimme in den Raum und eröffnete die Sitzung.

„Die letzte Sitzung des Geschäftsjahres des Sustain and Shelter Board beginnt pünktlich um 19:38 Uhr am Donnerstag, dem Juni. Merk dir das Datum gut, Shannon."

Shannon nickte an der Tastatur, als wäre sie ein kleiner Automat.

Ein Bericht des Schatzmeisters kam nicht. Stattdessen sagte Millup mit dieser selbstzufriedenen Ruhe: „Es reicht zu sagen, dass das Defizit durch einen anonymen Spender gedeckt wurde. Mr. Woodley wird seine Gehaltserhöhung trotzdem bekommen."

Emily spürte, wie ihre Gedanken sofort sprangen. Anonymer Spender. Stand der Name auf der Liste, die sie tippte? Oder war das genau der Punkt: dass niemand ihn sehen sollte? Vielleicht konnte sie Shannon dazu bringen, etwas rauszurücken. Wahrscheinlich nicht. Aber vielleicht.

„… und Herr Woodley wollte, dass ich mich ausdrücklich bei ihr bedanke", holte Millup sie aus ihrem Kopf zurück, „dafür, dass sie unsere Spender- und Freiwilligenliste in, wie hast du es genannt, Chad?"

Chad lächelte, als würde es ihm wehtun. „Datenbank."

„Datenbank", wiederholte Millup, als hätte er das Wort gerade erst kennengelernt. „Vielen Dank von uns allen im Büro."

Alle Köpfe drehten sich zu Emily.

Sie hatte keine Ahnung, warum man sie so erwartungsvoll ansah, aber sie lächelte, nickte höflich und tat so, als wäre sie die ganze Zeit dabei gewesen. Es reichte. Niemand wollte wirklich eine Rede hören. Alle wollten nur raus.

„Damit ist die Besprechung beendet…"

„Einen Moment", fiel Rochelle ihm ins Wort. „Ich muss mich für die nächsten zwei Meetings entschuldigen. Ich werde operiert."

„Okay, Shannon, ins Protokoll", sagte Millup. Kein Mitgefühl, keine Frage, kein Zögern. Als wäre das ein wiederkehrender Termin wie Zahnarzt.

Emily nahm nur noch halb wahr, wie das Meeting zerfiel, weil etwas anderes ihre Aufmerksamkeit packte: Chad schob Bo unauffällig einen Zettel zu. Wie in der Mittelstufe, nur dass es hier niemanden gab, der den Zettel einkassierte. Bo las, sah Chad an und nickte.

Rochelle stand auf und schnitt Emily damit die Sicht ab. Emily betrachtete sie automatisch, stellte fest, wie glatt und frisch Rochelle wirkte, und dachte für einen Sekundenbruchteil: Sie sieht wirklich jünger aus als ich. Wie alt ist sie eigentlich? Vielleicht sollte ich mich mal… Nein. Unsinn.

Als Rochelle sich zum Gehen wandte, rückte Emily ihren Stuhl zurück, fing ihren Blick ab und sagte: „Ich hoffe, die Operation läuft gut. Wird alles in Ordnung sein?"

Rochelle zog eine Augenbraue hoch. „Klar. Ich hab dir doch gesagt, ich mache das jeden Sommer. Ich kann's nicht ausstehen, Zeit mit meinen Kindern zu verbringen. Das ist meine Ausrede, sie den ganzen Sommer loszuwerden."

Emily musste sich zwingen, nicht die Augen zu verdrehen. „Viel Glück."

Draußen trennten sie sich, weil ihre Autos an verschiedenen Enden des Parkplatzes standen. Emily blieb noch einen Moment stehen, weil sie sah, wie Bo nicht direkt Richtung Ausgang ging, sondern sich leise an Chads Büro heranschob und dort wartete.

Handtaschen konnten unglaublich praktisch sein. Vor allem, wenn sie „aus Versehen" aus der Hand rutschen.

Emilys Tasche glitt ihr plötzlich aus den Fingern. Der Inhalt verteilte sich unter dem Konferenztisch, Schlüssel, Papiere, Kleinkram. Sie ging langsam in die Hocke, sammelte ein, was sie greifen konnte, und ließ dabei auch ein paar Blätter aus der anderen Hand fallen.

Unter dem Tisch sah sie nur Beine. Zwei Paar. Chad und Bo.

Sie gingen nicht ins Büro, blieben einfach stehen. Die Tischplatte schluckte viel, aber nicht alles. Emily bekam die letzten Sätze mit.

Chad: „Also machst du es?"

Bo: „Sobald ich die Pläne gemacht habe. Das kann ein bisschen dauern, aber ich sag dir Bescheid."

Chad: „Die Situation muss bald geklärt werden."

Bo: „Ja, Mann. Verstanden. Keine Sorge. Ich kümmere mich darum."

Mit dem letzten Papier in der Hand stand Emily auf, als wäre nichts gewesen, und ging zu ihrem Auto. Blythes Wagen stand neben ihrem. Emily zögerte, bis Blythe auftauchte.

„Ich wollte fragen, wie es dir geht", sagte Emily.

Blythe lächelte, und zum ersten Mal wirkte es, als hätte sie etwas, das sie wirklich tragen konnte. „Gut. Vielleicht habe ich sogar einen Job in Aussicht. Einen richtigen. Mit Kindern."

„Was für einen?"

„Ich kenne noch nicht alle Details", sagte Blythe schnell. „Beim nächsten Mal weiß ich mehr." Dann wurde sie plötzlich ernst. „Pass gut auf deine Mädchen auf. Bring ihnen bei, auf sich selbst aufzupassen. Damit sie nicht in so eine Lage geraten wie ich."

Emily schluckte. „Danke. Gute Nacht."

Und das war das letzte Mal, dass Emily die obdachlose Blythe Oberstein sah.

KAPITEL 17

David, Emily, Jojo und Lulie ließen das Schulgelände hinter sich und gingen in einen Sommer hinein, der nach heißem Asphalt roch und nachts nach lauer Luft. Sie spielten Touristen in der Bay Area, klapperten Attraktionen ab, die sie sonst links liegen ließen, und schafften es sogar, Byte bei Ausflügen an die kühle kalifornische Küste mitzuschleppen. Sie sammelten Erinnerungen, die später einmal wie kleine Markierungen in ihrem Leben stehen würden.

Trotzdem lag über allem ein leiser Trotz gegen die Zeit. Diese langen Sommertage fühlten sich im Moment endlos an und waren doch viel zu schnell vorbei. Kaum hatte man sie richtig in der Hand, waren sie schon wieder weg, zusammengedrückt zu einem Geruch, einem Bild, einem Geschmack, der irgendwann plötzlich aus dem Nichts zurückkehrt.

Emilys Freitage bei Sustain and Shelter konnten diese Ferienblase nicht zerstechen. Sie tippte ihre Daten, ließ sich von Shannons wachsender Schroffheit nicht vertreiben und kam danach wieder nach Hause, zurück in das, was sich im Sommer so sicher anfühlte: Familie, Louisa, der Hund, Abende, die nicht geplant werden mussten.

Am 4. Juli machte Contra Costa County das, was es jedes Jahr machte: Es feierte sich selbst. Vielleicht nicht wirklich jeder einzelne Mensch, aber es wirkte so, als wäre der halbe Landkreis im Pleasant Creek Park zusammengeflossen. Rot-weiß-blaue Plastikgirlanden hingen überall, so viel, dass man einem Umweltschützer damit vermutlich die Luft hätte abdrücken können. Aus dem Lebkuchenpavillon dröhnte eine Blaskapelle Sousa-Märsche in die Hitze, so laut und sauber gespielt, dass einem die Melodien noch Tage später im Kopf saßen. Militärkapellen reihten sich dazu, Einheiten marschierten in präzisen Bewegungen vorbei, Uniformen und Haltung wie aus einem Katalog. Und über allem schnitten Präzisionsflugzeuge mit kreischendem Heulen durch den Himmel, als müsste man auch von oben noch beweisen, wie stark und genau man war.

Die Leute schlenderten, aßen, tranken, schwitzten. Stolz auf Rot, Weiß und Blau, vollgestopft mit allem, was hier verkauft wurde und selten gesund war. Die Handelskammer ließ die lokalen Händler glänzen, gemeinnützige Gruppen standen Schulter an Schulter, alle mit Dosen, Listen und diesem freundlichen „Spenden Sie?". An einem dieser Stände trafen die Kristichs Louisa und Bob. Louisa hatte gerade den Stand der Community Action Group betreut, für die sie arbeitete.

„Hat's Spaß gemacht?", fragte David.

Louisa verzog den Mund. „Es war okay. Genevieve war mit mir da. Sie liebt solche Veranstaltungen. Da trifft sie jeden und sammelt Klatsch wie andere Leute Prospekte." Dann lachte sie kurz. „Sie hat versucht, ihre Haare rot, weiß und blau zu färben. Hat nicht funktioniert. Die Farben sind ständig ineinander gefallen. Am Ende sah es aus, als hätte sie sich Stromkabel auf den Kopf geklebt."

Nachdem die Veteranenparade durch war, zog die Familie weiter, weg vom Pavillon, hin zu den Ständen. Ganz hinten, fast hinter dem Stand des örtlichen Cadillac-Händlers, stand ein Tisch, den Emily ohne Lulie garantiert übersehen hätte.

„Guck mal, Mama", sagte Lulie und zeigte. „Ist das nicht der Ort, wo du freitags hingehst?"

Emily folgte ihrem Finger, suchte kurz zwischen den Autos und den Menschen, bis sie das kleine Banner entdeckte. „Du hast recht. Sustain and Shelter." Sie runzelte die Stirn. „Davon hat keiner was gesagt."

„Das kann nicht spontan sein", meinte Louisa. „Anmeldeschluss ist der 15. Mai. Sonst können die das doch gar nicht planen."

Emily spürte, wie ihr das wieder einfiel: zwei Meetings seitdem, kein Wort darüber. „Dann schauen wir mal, wer da sitzt. Man sollte denken, die hätten nach Freiwilligen gefragt. So ein Stand ist die Hölle bei der Hitze."

In dem Moment tauchte Rudyard Millup hinter dem Tisch auf.

„Rudyard!" rief Emily.

Er reagierte erst, als sie ihn ein zweites Mal ansprach. Nicht, als wolle er fliehen, eher als wäre sein Kopf weit weg. Er trug einen beigen Leinenanzug und eine patriotisch gestreifte Krawatte. Schweiß glänzte auf Stirn und Hals, und er wischte sich mit der Hand darüber, während er auf sie zukam.

„Hallo, Mrs. Kristich. Wie geht es Ihnen?"

Emily hätte am liebsten gesagt: Uns gut. Du siehst aus, als würdest du gleich umkippen. Stattdessen lächelte sie. „Gut. Ist Ihre Frau auch hier?"

„Meine Frau? Nein. Sie ist viel zu empfindlich für dieses Wetter. Das würde ich nicht zulassen. Es ist zu warm."

„Wie rücksichtsvoll", murmelte Louisa, und der Ton machte klar, was sie davon hielt. Emily warf ihr einen kurzen Blick zu, suchte in den Gesichtern der anderen nach Reaktionen. David blieb neutral, Bob schaute nur aufmerksam.

„Ich möchte Ihnen meine Familie vorstellen", sagte Emily schnell und stellte David vor, dann die Mädchen, dann Louisa. Am Ende sagte sie: „Und das ist Detective Bob Washburn."

Millup schluckte sichtbar. „Detective Washburn?", wiederholte er, als hätte er sich verhört. „Sind Sie... verwandt, Mrs. Kristich?"

Louisa lächelte breit. „Nein. Bob ist ein guter Freund."

Emily nutzte den Moment. „Ich wusste gar nicht, dass ihr hier einen Stand habt. Und ich wusste auch nicht, dass ihr jemanden dafür braucht. Shannon oder Chad haben kein Wort gesagt."

Millup fuchtelte mit einer Hand, als wolle er das Thema wegwischen. „Ach, na ja. Sie wissen doch. Wir wollen unsere Freiwilligen nicht für alles und jedes heranziehen. Wir wollen sie nicht vertreiben."

„Aber dafür sind Freiwillige doch da", sagte Louisa ruhig. „Bei uns in der Community Action Group setzen wir sie überall ein. Je mehr man verteilt, desto leichter wird's für alle. Wer sich meldet, will helfen."

„Du hättest sogar Leute von der Liste anrufen können, die ich getippt habe", ergänzte Emily. „Da sind so viele Namen drauf. Die Daten sind doch praktisch schon im Computer."

Millup nickte abwesend. „Möglich. Ich... ich muss los. Zu meiner Frau." Und bevor man noch etwas sagen konnte, war er schon weg, als hätte jemand einen Startschuss gegeben.

„Interessant", sagte David nur.

Bob hingegen blieb stehen und sah Emily an. „Sag mir noch mal, wer das war."

Emily erklärte es ihm und fügte leise hinzu: „Vorsitzender des Vorstands, in dem Ralph Watkins saß."

„Wer ist Ralph Watkins?", fragte Jojo.

David schob sich sofort dazwischen, nahm Jojo an die Hand, griff nach Lulies Hand. „Kommt, wir suchen Eis." Und damit zog er die

Mädchen weg, bevor Bob oder Emily in einem falschen Moment zu viel sagten.

Als die Kinder außer Hörweite waren, sagte Emily: „Der gleiche Ralph Watkins, der im Auto am Del Oro Plaza gefunden wurde. Der gleiche, von dem du meintest, ich soll nicht drüber reden, bis er identifiziert ist. Nur dass ich die Identifizierung in einer Vorstandssitzung mitbekommen habe." Sie atmete einmal durch. „Und noch was, Bob: Da läuft eine seltsame finanzielle Geschichte."

„Zum Beispiel?"

Emily schüttelte den Kopf. „Ich weiß es noch nicht. Aber ich werde es rausfinden. Ich hab in genug Vorständen gesessen, um zu merken, wenn Unterlagen nicht sauber geführt werden."

„Hast du irgendwas Konkretes?"

„Noch nicht. Aber ich werde was finden."

Louisa sah sie an, plötzlich ernst. „Wie? Emily, wenn du vorhast, dich da in irgendwas reinzubohren, steig sofort aus. Ich mein das ernst."

„Louisa", warnte Emily.

„Mama", korrigierte Emily noch einmal, diesmal leiser, härter.

Louisa hob beide Hände. „Okay. Ich weiß. Aber du musst vorsichtig sein. Und du sagst Bob Bescheid, wenn du wirklich etwas findest." Dann wechselte sie in ihren beruhigenden Ton, den sie immer nahm, wenn sie selbst nicht sicher war, ob sie gerade sich oder andere beruhigte. „Viele neue Organisationen sind einfach schlecht geschult. Buchführung, Abläufe, das ganze Zeug. Das heißt nicht gleich Betrug. Vielleicht brauchen sie nur Training. Ich kann dir Kontakte geben."

„Stimmt", sagte Emily glatt. „Kein Grund zur Sorge."

Bob sah sie fest an. „Wenn du was findest, sag es mir sofort. Okay?"

Emily zog die Augenbrauen hoch. „So wie du mir von Ralph erzählt hast? Weißt du inzwischen mehr?"

Bob nickte langsam. „Ich weiß ein paar Dinge. Aber nicht hier. Nicht, wenn die Kinder dabei sind." Er hielt kurz inne. „Ich sag dir was, wenn du mir versprichst, mir alles zu geben, was du hast. Ohne Lücken."

Emily zögerte keine Sekunde. „Versprochen."

Sie gingen zurück zu dem Stand. Er war fast nackt, kein Schmuck, keine Deko, nur ein kleines handbeschriftetes Banner: „Sustain and Shelter (Unterstützung und Unterkunft)". Auf dem Tisch stand eine Plastikröhre mit ein paar Dollarscheinen und Münzen. Ein Mann saß auf dem einzigen Stuhl, den Emily noch nie gesehen hatte. Broschüren lagen einfach da, niemand drückte sie Leuten in die Hand.

Louisa lächelte ihn an. „Arbeiten Sie für Sustain and Shelter?"

„Nein, Ma'am", sagte er. „Ich esse dort."

„Freut mich. Ich bin Louisa… und das ist Emily." Emily nickte. „Und Sie sind?"

„George", sagte er. „Nennen Sie mich einfach George."

„Es ist nett von Ihnen, dass Sie sich hier hinsetzen", meinte Emily.

George zuckte mit den Schultern, aber seine Brust hob sich dabei ein bisschen. „Ich helfe jedem, der mir was zu essen gibt. Die helfen Obdachlosen. Und ich bin obdachlos."

„Das sind sie", sagte Emily leise.

Als sie weitergingen, sagte David: „Du hast dich da in eine interessante Truppe reingesetzt." Er sah Louisa an. „Was denkst du?"

Louisa zog die Mundwinkel schief. „Ich bin mir nicht sicher. Sagen wir mal so: Es gibt Agenturen, und es gibt Agenturen." Sie schnaubte. „Ich sehe, dass sie Gutes tun. Aber wenn dieser Stand ein Hinweis auf ihre Organisation ist, dann frage ich mich, wie viel da wirklich zusammenläuft."

Auf dem Weg zu den Autos wurde es still. Die Kinder waren müde vom Tag, die Erwachsenen beschäftigte etwas anderes. Sustain and Shelter hing ihnen nach, wie ein falsch gesetzter Ton in einem Lied.

Louisa brach die Stille. „Bob hat eine Idee."

Emily sah den Glanz in den Augen ihrer Mutter und stöhnte innerlich schon. „Oh oh. Wer hatte diese Idee wirklich?"

Louisa tippte ihr auf den Arm. „Hör auf. Du weißt doch gar nicht, was ich sagen will."

„Meine Erfahrung sagt mir, es wird ein Erlebnis."

Louisa grinste. „Ein Familienerlebnis. Bob hat Tickets für eine Show. Für uns alle. Willst du mitkommen?"

Emily zog das Gesicht. „Mama, wir mögen doch keine Jahrmärkte. Mir wird auf jedem Fahrgeschäft schlecht."

„Das ist kein Jahrmarkt, wie du ihn kennst", sagte Louisa schnell. „Das ist ‚Der Osten der Sonne und der Westen des Mondes'. Keine Fahrgeschäfte."

„Dann sind die Spiele manipuliert", warf Emily zurück. „David hat beim letzten Mal 46 Dollar für einen Plüschhund ausgegeben. Der hat von der Autotür bis zu Jojos Bett eine Spur Sägemehl hinterlassen."

„Es gibt auch keine Spiele", sagte Bob.

Emily starrte ihn an. „Wie kann es dann ein Jahrmarkt sein?"

„Ist es nicht", sagte Louisa triumphierend. „Es gibt Akrobaten. In der Zeitung steht, es soll großartig sein."

„So was wie Bandtanz?" fragte Jojo, die plötzlich neben ihnen stand und offenbar alles Wichtige mitbekommen hatte. „Ich liebe Bandtanz."

Louisa lachte. „So ähnlich. Nur viel cooler. Farben, Akrobatik, Gymnastik, gute Musik."

Bob sah Emily an. „Ich würde gern, dass wir als Familie hingehen. Vielleicht macht das ein bisschen wieder gut, dass ich dir nicht gesagt habe… du weißt schon."

David legte den Arm um Emily. „Wir gehen doch, oder, Mädels?"

Die Mädchen nickten so ernst, als würden sie gleich Mr. Rogers persönlich begegnen.

„Gut", sagte Emily schließlich. „Dann ist das entschieden." Sie atmete aus. „Noch eine Sache: Können wir mit meinem Van fahren? Dann fahren wir alle zusammen nach San Francisco."

„Gute Idee", sagte Louisa sofort. „Ich sag dir die Details."

Emily hob einen Finger. „Und Mom…"

Louisa winkte ab. „Ich weiß. Ich komme nicht zu spät. Versprochen."

David beugte sich zu den Mädchen. „Und wir benehmen uns vorbildlich, okay?"

Beide nickten, geschniegelt ernst, als hätten sie gerade einen Eid abgelegt.

KAPITEL 18

Die Vorstandssitzung von Sustain and Shelter im Juli verlief erstaunlich ruhig. Vielleicht lag es schlicht daran, dass nur fünf Leute erschienen waren. Ganz ohne dieses diffuse Durcheinander ging es trotzdem nicht, denn Rudyard Millup schaffte es auch im kleinen Kreis, eine Grundverwirrung zu erzeugen, die scheinbar zu seinem Führungsstil gehörte. Er begann wie immer damit, aufzuzählen, wer fehlte und warum. Die ersten Punkte hakte er in Windeseile ab.

Dann blickte er in die Runde. „Wie ihr alle wisst, hat Blythe Oberserve gekündigt."

„Oberstein", korrigierte Shannon.

Millup fuhr herum, sichtlich genervt. „Was? Was sagst du da?"

„Oberstein. Ihr Nachname ist Oberstein."

Er presste die Lippen zusammen, als hätte man ihm eine Freude genommen. „Richtig. Ja. Oberstein. Wie ihr alle wisst, hat sie gekündigt. Sie hat irgendwo anders einen neuen Job angenommen." Einen Moment später, als fiele ihm das erst jetzt ein, setzte er nach: „Wir sollten ihr natürlich alles Gute wünschen."

Er blätterte in seinen Unterlagen, als würde er dort Antworten finden. „Und Bo. Weiß jemand, wo er ist?"

Leere Gesichter. Schulterzucken. Kopfschütteln.

„Na ja", sagte Millup, „vielleicht kommt er ja zurück."

„Er kommt bestimmt zurück", warf Chad ein, zu schnell, zu sicher.

Millup musterte ihn. „Wieso bist du dir da so sicher?"

Chad hob nur leicht die Schultern. „Keine Sorge. Ich weiß es einfach."

Der Blick, den Millup ihm gab, wirkte für einen Sekundenbruchteil, als hätte er plötzlich verstanden, was Chad meinte. Er ließ das Thema fallen, als wäre es nie wichtig gewesen. „Dann Rochelle. Sie ist wegen einer Operation weg. Nächsten Monat ist sie wieder da."

„Nächsten Monat haben wir kein Treffen", fiel Shannon ihm ins Wort.

Sie sagte es nicht nebenbei, sondern mit dieser ruhigen Genauigkeit, die Millup jedes Mal aus dem Tritt brachte. Und sie schien es zu genießen.

Millup stutzte. „Hm? Kein Treffen nächsten Monat?" Er sah zu Chad, der erneut die Schultern zuckte.

„Nächsten Monat ist August", erklärte Shannon langsam, fast silbenweise, als spräche sie mit jemandem, der schwer hört. „Im August haben wir keine Meetings. Und das Büro ist in den letzten drei Augustwochen wegen Urlaub geschlossen."

„Richtig", murmelte Millup. „Ja. Natürlich. August." Er blätterte wieder. „Mal sehen. Ralph Watkins … hast du ihn schon ersetzt, Chad?"

Chad räusperte sich. „Ich habe ein paar Namen aus der Gemeinde gesammelt. Ich wollte bis Ende des Sommers warten, bevor ich jemanden anspreche. Es gibt einige vielversprechende Kandidaten. Bis September werden wir jemanden haben, nicht wahr, Shannon?"

Shannon strahlte, als hätte man ihr einen Preis überreicht. Dass Chad sie direkt einbezogen hatte, machte ihren Abend. „Oh ja, Mr. Woodley", hauchte sie.

Millup fuhr fort, als sei das Ganze ein kleines Theaterstück, das er gleichzeitig spielt und kommentiert. „Also. Wer fehlt noch? Oh. Ida. Wo ist Ida?"

Bevor Shannon überhaupt Luft holen konnte, fixierte Millup sie und fragte: „Ich nehme an, du weißt auch das?"

Shannon schüttelte stumm den Kopf. Für einen Moment sah sie genauso ratlos aus wie alle anderen, die sich nun am Tisch entlang ansahen.

Joan beugte sich nach vorn. „Sie kommt nie zu spät. Und sie verpasst keine Besprechung. Sie hätte angerufen. Hast du den Anrufbeantworter geprüft?"

Shannon verzog das Gesicht. „Wir haben keinen Anrufbeantworter."

Joan blinzelte, als hätte sie sich verhört. „Warum denn nicht?"

„Niemand hielt das für nötig."

Joans Mund wurde zu einer dünnen, harten Linie. „Natürlich braucht ihr einen. Jeder hat einen. Das ist wie ein Fernseher. Jeder hat einen Fernseher. Manche sogar zwei oder drei."

Emily hätte nicht gedacht, dass Thomas überhaupt etwas sagen würde. Bisher war er in den Sitzungen kaum mehr gewesen als ein korrekt gekleideter Platzhalter. Jetzt räusperte er sich. Einmal. Dann noch einmal. „Sie hat recht", sagte er schließlich, vorsichtig, als taste er sich an jedes Wort heran.

Joan schenkte ihm ein knappes, dankbares Lächeln. Thomas brauchte einen Moment, um zu begreifen, dass es ihm galt. Dann lächelte er zurück. Dieses Lächeln veränderte ihn sofort, als hätte jemand einen strengen Filter von seinem Gesicht genommen. Plötzlich wirkte er weniger kantig, weniger abweisend.

Chad klang defensiv, als müsste er ein Versäumnis verteidigen, das längst offensichtlich war. „Wir sind immer davon ausgegangen, dass Anrufe in der Küche eingehen. Deshalb steht das Telefon dort und nicht hier."

Joan drehte sich zu Thomas. „Findest du das sinnvoll?"

Er zuckte leicht mit den Schultern, räusperte sich wieder und sagte dann, nun etwas fester: „Nein. Nein, das glaube ich nicht."

Joan nickte, zufrieden, und Thomas lächelte erneut, als hätte er eben eine Prüfung bestanden.

Millup holte alle zurück auf sein Hauptthema, das ihm aus den Händen glitt. „Also hat niemand eine Ahnung, wo Ida ist?"

Wieder Kopfschütteln.

„Dann können wir so nicht arbeiten", entschied er. „Wir können doch keine Geschäfte machen, wenn wir nicht komplett sind. Wir vertagen. Das machen wir alles im September."

Joan runzelte die Stirn. „Müssen wir heute irgendwas entscheiden?"

„Nein, nein", sagte Millup und winkte ab. Dann beugte er sich minimal vor, als wollte er charmant sein. „Mach dir keine Sorgen, meine Hübsche …" Er stockte mitten im Satz, offenbar weil er Emilys Körperhaltung bemerkte. Sie war schlagartig steif geworden. Millup lachte kurz, nervös, und rettete sich in einen anderen Ton. „Mach dir keine Sorgen. Chad und ich regeln das im Büro. Wenn was Wichtiges ist, machen wir eine Dringlichkeitssitzung."

„Aber Moment", setzte Emily an, weil sie diese Vertagung nicht einfach schlucken wollte. „Was ist mit der Spendenaktion …"

„Die Sitzung ist geschlossen, Mrs. Kristich", schnitt Millup ihr das Wort ab. Seine Stimme ließ keinen Spielraum. Er stand auf, Chad stand mit ihm auf, und beide verließen den Raum so schnell, als hätten sie einen Termin, den sie nicht verpassen durften.

Ein paar Minuten später, als der erste Ärger in Emily zu einer praktischen Frage geworden war, ging sie zu Shannon. „Wenn das Büro in den letzten drei Augustwochen geschlossen ist, heißt das, ich kann den Computer nicht benutzen?"

„Was?" Shannon klappte ihren Laptop zu, schaute auf und wirkte ehrlich verwirrt.

„Vorhin. Du hast gesagt, im August ist das Büro geschlossen. Heißt das, ich kann nicht vorbeikommen?"

„Ja. Niemand kann kommen."

Emily nickte langsam. „Dann muss ich das wohl bis nächste Woche fertig bekommen."

„Ich denke schon."

Emily ließ nicht locker. „Was machst du denn in diesen drei Wochen?"

Shannon runzelte die Stirn. „Was meinst du?"

„Arbeitest du im Büro?"

Shannon starrte sie an, als hätte Emily gefragt, ob sie im Urlaub freiwillig Fieber bekommen will. „Warum sollte ich? Es ist Urlaub. Warum sollte ich Zeit mit Arbeit verschwenden?"

„Manche nutzen die Zeit, um Projekte nachzuholen", sagte Emily ruhig. „Oder um Dinge zu sortieren. Für Notfälle zum Beispiel. Braucht man einen Vorstandsbeschluss, um an die Schlüssel zu kommen?"

Shannon wurde misstrauisch. „Wieso?"

„Falls etwas ist", sagte Emily, so beiläufig wie möglich. „Es ist doch eine öffentliche Organisation. Die hilft der Öffentlichkeit. Da sollte man erreichbar sein."

Shannon rollte die Augen. „Ja, klar."

KAPITEL 19

Am Sonntag lag endlich wieder diese milde Wärme in der Luft, die sofort Lust macht, rauszugehen. Bei den Kristichs war damit der Ton gesetzt: Jacken einsammeln, Kinder einsacken, Louisa und Bob abholen. Dann ging es los.

Sie fuhren durch den Caldecott-Tunnel, diese inoffizielle Trennlinie zwischen Stadt und Vororten, und wie so oft in der Bay Area wechselte das Wetter auf der anderen Seite schlagartig. Eben noch angenehm warm, kurz darauf schon diese feuchte, kühle San-Francisco-Luft, die einem sofort an die Haut kriecht. Genau deshalb lagen bei ihnen Pullover und Jacken wie selbstverständlich im Wagen, als wären sie Teil der Grundausstattung.

Der Minivan rollte auf ein riesiges, blau-gelbes Zelt zu, das zwischen den eleganten Hochhäusern aussah wie ein Fremdkörper. Ein greller Fleck Farbe zwischen grauen Türmen. David parkte, und gemeinsam stellten sie sich in die Schlange, Tickets in der Hand, umgeben von Menschen, die dieselbe Erwartung im Gesicht trugen. Kaum waren sie im Zelt, schluckten schwere Vorhänge an den Eingängen das letzte bisschen Tageslicht. Dann fiel die Dunkelheit über die Menge, als würde jemand einen Schalter umlegen. Und die Show nahm sie einfach mit.

Louisa und Bob hatten nicht übertrieben. „Karneval" war das falsche Wort, viel zu klein, viel zu brav. Was dort passierte, war eher eine eigene Welt. Farben explodierten im Schwarz des Zeltes: Sonnengelb, Blaugrün, Magenta, Orange, Limettengrün, tiefes Blau. Auf Kostümen, auf Requisiten, auf Gesichtern. Vor diesem dunklen Hintergrund wirkten selbst kleine Bewegungen plötzlich groß, und die Augen konnten gar nicht anders, als den Körpern zu folgen.

Da waren Equilibristen, die sich in Haltungen bogen, die eigentlich nicht möglich sein dürften. Masken und Verkleidungen machten daraus noch etwas Unwirklicheres: Nasen so übertrieben groß wie bei Cyrano, Hüte wie aus einem alten Film, Make-up in Regenbogenfarben. Dazu Musik, die sich vertraut anfühlte und gleichzeitig völlig fremd klang, als hätte man aus hundert Rhythmen etwas Eigenes gebaut. Sie füllte das Zelt, stieg und fiel, kitzelte, trieb an.

Körper wurden zu Hebeln, zu Stützen, zu lebendigen Konstruktionen. Jemand hing senkrecht an einer Stange, die zwei Stockwerke hoch in die Dunkelheit ragte, und sah dabei aus, als wäre Schwerkraft nur eine Meinung. Ein Seiltänzer sprang zwischen zwei Drähten hin und her, als würde er die Luft betreten können. Duos krümmten und verschlangen sich, so eng verbunden wie siamesische Zwillinge. Ein Kind kletterte waagerecht an seinen Eltern hoch, die selbst senkrecht standen. Und alles hatte diesen frechen, furchtlosen Charme, der den Atem kurz anhalten lässt, bevor man merkt, dass man lächelt.

Als sie wieder draußen standen, mit dem Tageslicht im Gesicht und dem Geräusch der Stadt um sie herum, legte Bob Washburn den Arm um Louisa. „Und? Wie fandet ihr's?"

„Danke, Mr. Washburn", sagte Jojo höflich und ganz ernst. „Es war einfach wunderbar."

„Oh ja", quietschte Lulie, als könnte sie das Wort nicht groß genug machen. „Wunderschön. Und die Leute hatten so lustige Gesichter." Sie drehte sich zu ihrer Schwester. „Jojo, würdest du auch so eine lange Nase haben wollen?"

Jojo setzte ihren belehrenden Ton auf, als hätte sie das Thema im Unterricht gehabt. „Ich glaube, wenn die so lang werden, werden die abgeschnitten."

Lulie nickte sofort. „Ja. Ich würde sie auch abschneiden lassen, wenn meine Nase so lang würde." Dann schaute sie Emily an, ganz ernsthaft: „Nasen verändern Menschen total, oder, Mama?"

„Das stimmt", sagte Emily. „Und manchmal ändern sie nicht nur das Aussehen. Manchmal ändern sie auch, wie jemand sich benimmt."

KAPITEL 20

Am letzten Tag ihrer Freiwilligenarbeit bei Sustain and Shelter bot sich Emily endlich die Chance, einen Blick in den verschlossenen Aktenschrank zu werfen. Der Plan hatte sich zu Hause, in ihrer eigenen Küche, zwischen vertrauten Geräuschen und der Sicherheit ihrer vier Wände, fast vernünftig angefühlt. Im Büro war das eine andere Geschichte. Dort lag ständig diese feindselige Spannung in der Luft, und jeder falsche Schritt hätte Folgen haben können, die Emily nicht einmal abschätzen wollte.

An diesem Morgen war nicht nur Shannon da, wie immer. Chad kam ebenfalls, pünktlich um zehn. Emily hob den Kopf, als sie ihn durch die Tür treten sah, noch bevor er sein übliches Lächeln aufsetzte. Für einen Moment war sein Gesicht nicht freundlich. Seine Augen wirkten dunkel, müde, fast geschwollen, als läge etwas Ungesagtes darunter.

Dann bemerkte er ihren Blick, und die Maske saß wieder.

„Hey, Emily. Ist es okay, wenn ich dich Emily nenne?" Er strahlte, als hätte er gerade einen Preis gewonnen. „Und Shannon, liebe Shannon…

ist das nicht ein wunderschöner Tag? Dieser Sommer, einfach perfekt. Nicht zu heiß, nicht zu kühl. Was will man mehr?"

Während er im Gehen weiter über das Wetter schwärmte und Richtung Büro verschwand, ließ Emily ihn aus den Augen und sah zu Shannon hinüber. Bei Shannon war es wie immer: Sobald Chad in der Nähe war, wurde sie weich, beinahe licht. Emily rief ihren Namen. Einmal. Zweimal. Beim vierten Mal kam Shannon aus ihrer Träumerei zurück, als würde jemand einen Faden durchtrennen. Sie blinzelte, zog die Brauen zusammen und musterte Emily, als hätte sie gerade erst gemerkt, dass sie überhaupt existierte.

Höflichkeit hatte bei Shannon nie viel gebracht. Also ging Emily diesmal direkt rein, nur mit einem dünnen Mantel aus Übertreibung.

„Sind du und Chad… zusammen? Ich meine, ihr wirkt so… nah. Wenn ich euch zusammen sehe, ist das fast, als würdet ihr Gedanken lesen."

Shannon leuchtete auf. Es war, als hätte Emily ihr einen Orden angesteckt.

„Wir sind eigentlich nicht zusammen", sagte sie, und allein dieses „eigentlich" war schon ein Roman. „Er und ich haben darüber gesprochen und beschlossen, dass wir etwas Besseres haben als so eine… normale Beziehung. Chad hat gesagt, er hätte noch nie jemanden wie mich getroffen. Und dass ich ihm näher stehe als jeder andere Mensch in seinem Leben. Ich bin seine Vertraute." Sie beugte sich ein Stück nach vorn. „Wahrscheinlich hast du das sofort gespürt. Du kennst uns kaum, und trotzdem merkst du, was da ist." Ihre Augen glänzten. „Glaubst du wirklich, wir sind telepathisch? Hast du das erkannt?"

Sie hielt inne, als würde sie das Wort auf der Zunge wie Wein kosten. Dann seufzte sie verträumt: „Genau das sind wir. Telepathisch. Fast schon spirituell."

Emily wusste, dass es gemein war, jetzt weiterzubohren. Aber sie spürte auch, wie die Informationen ihr geradezu in die Hände fielen. Und sie brauchte sie.

„Kennt ihr euch schon lange? So eine… Verbindung entsteht doch nicht über Nacht."

„Oh doch." Shannon schüttelte sanft den Kopf. „Man weiß es einfach. Wie bei Menschen, die sich verlieben." Bei dem Wort „Liebe" wurde sie leiser, fast ehrfürchtig. „Mein Cousin hat uns vorgestellt. Ich habe damals in einer der Küchen geholfen, Essen an Obdachlose auszugeben. George, mein Cousin… der ist sozusagen… na ja, mehr oder weniger obdachlos. Manchmal wohnt er bei meiner Tante. Die beiden vertragen sich nicht, also zieht er wieder aus, sobald es knallt. Er und Chad sind Freunde." Shannon lächelte, als wäre das allein schon ein Beweis für Chads Größe. „George wusste, dass ich nach dem Abschluss an der Wirtschaftsschule Arbeit suche. Also hat er uns zusammengebracht. Und Chad und ich… wir wussten es einfach."

Das war mehr, als Emily erwartet hatte. Sie ließ sich nichts anmerken und lenkte die Neugier auf das, was sie wirklich interessierte.

„Chad wirkt so… engagiert. Hat er das schon immer gemacht? Diese Arbeit, diese Organisation? Hat er das auch in der letzten Stadt gemacht, wo er war?"

„Du meinst San Diego?" Emilys Verdacht hatte gestimmt.

Shannon nickte eifrig. „Ich glaube schon. Er hat keine Ausbildung oder so. Nur ein gutes Herz. Vorher war er in El Paso, Texas. Und irgendwo im Tal… Modesto oder Fresno, ich verwechsel das immer. Er macht das so: Er eröffnet eine kleine Suppenküche. Die Leute sehen, wie hart er arbeitet, und helfen ihm. Dann fangen sie an zu spenden. Chad nimmt das Geld und besorgt Unterkünfte und Essen. Und wenn es läuft, übergibt er alles an jemanden, geht in eine andere Stadt und fängt wieder von vorne an."

Sie sagte das mit einem Stolz, als wäre er ein Held auf Wanderschaft.

„So hat er Mr. Millup kennengelernt", fuhr Shannon fort. „Mr. Millup war so beeindruckt, dass er angefangen hat, Geld für ihn zu sammeln. Damals, irgendwo im Tal, eben. Und irgendwann hat er den Vorstand von Sustain and Shelter überzeugt, Chad einzustellen." Sie lächelte verzückt. „Er hat sogar schon eine medizinische Klinik aufgebaut."

Dann seufzte sie, schwer vor Rührung. „Ich bin so froh, dass Mr. Millup ihn geholt hat. Chad ist… wirklich unglaublich." Kurz darauf kam das Nachwort, das Emily fast schon erwartet hatte: „Das mit der Klinik ist allerdings neu. Ich kann mich nicht erinnern, dass er jemals von so etwas erzählt hat. Eine Zeit lang war es hart für ihn, weil… na ja, das ist größer. Aber Joan Chavez hat ihm geholfen, dann ging es leichter. Sie ist nur… ziemlich zickig. Gut, dass Chad so nett ist, dass er das aushält. Sustain and Shelter und die Klinik sind so gewachsen. Es ist einfach wunderbar, was er für all diese armen, bemitleidenswerten Menschen tut."

Shannons Augen füllten sich mit Tränen. Sie zog die unterste Schublade ihres Schreibtisches auf, wühlte in ihrer Handtasche und holte ein Taschentuch hervor.

Aus dem Flur rief Chad: „Shannon."

Shannon erstarrte, hoffnungsvoll wie ein Hund, der seinen Namen hört. „Oh!" Sie sprang so abrupt auf, dass die Handtasche offen auf dem Tisch liegen blieb. Mit einem strahlenden Lächeln winkte sie Emily zu und lief fast den Gang hinunter.

Und plötzlich war sie da, diese Lücke. Genau die Lücke, die Emily zu Hause geplant hatte und die im echten Leben doch nie auftauchen sollte. Nur jetzt tat sie es.

Emily wusste nicht, ob Chad Shannon lange aufhalten würde oder ob das Gespräch in zwei Sätzen erledigt wäre. Sie drückte die Füße fest auf den Boden, als könnte sie damit ihre Nervosität aus dem Körper stampfen. Dann stand sie auf und ging langsam los. Nicht hastig, nicht auffällig. Einfach nur ein paar Schritte, als müsste sie etwas holen.

Am Schreibtisch griff sie nach dem Schlüsselbund. Anderthalb Meter weiter stand der Aktenschrank.

Doch bevor sie ihn erreichte, fiel ihr Blick in die offen daliegende Handtasche. Und diesmal war es nicht wie ein flüchtiger Eindruck. Es war eindeutig.

Eine Pistole.

Emily blieb stehen, ging ein paar Schritte zurück und schaute genauer hin, ohne die Tasche zu berühren. Zwischen zerknüllten Taschentüchern, Make-up und Kleinkram lag die Waffe, halb verdeckt, aber unverkennbar. Sie streckte vorsichtig einen Finger aus und tippte dagegen. Kein Plastik. Kein hohles Geräusch. Echt.

Sie atmete einmal tief ein, zwang sich, nicht weiter hinzustarren, und wandte sich wieder dem Schrank zu. Während sie die Schlüssel einzeln ausprobierte, brannte sich das Bild der Waffe in ihr Gedächtnis. Und mit ihm kam ein Gedankenkarussell, das sie sich kaum wegdrücken konnte: Was, wenn jemand reinkommt? Was, wenn Shannon zurückkommt und sie am Schrank erwischt? Was, wenn diese Frau nicht nur eine Waffe besitzt, sondern sie auch benutzt?

„Konzentrier dich", sagte Emily sich stumm. „Jetzt."

Sie hatte kaum Zeit. Chad wollte Shannon nicht lange um sich, ganz egal, wie sehr Shannon ihn anbetete. Emily nahm eine Handvoll leere Kopierblätter vom Stapel oben auf den Schränken, ging in die Hocke und schloss die Schublade auf, die Ida zuletzt benutzt hatte. Sie glitt leicht heraus. Wieder dieses hohle Geräusch. Genau wie beim letzten Mal.

Drin lag kein Aktenstapel. Kein loser Satz Papier. Nur ein einziges, unbeschriftetes Notizbuch.

Emily zog es heraus, blätterte hastig. Zahlen, Spalten, Einträge. Sie hatte erwartet, ein paar lose Unterlagen zu finden. Stattdessen hielt sie etwas in der Hand, das Seiten über Seiten fassen konnte. Ihr Herz hämmerte so laut, dass sie glaubte, man müsse es im Flur hören.

Dann schlug irgendwo eine Tür zu.

Chads Bürotür.

Emily fror kurz ein. Der nächste Schritt wären Schritte. Jeder Moment konnte sie verraten. Sie schnappte sich die Unterlagen aus dem Ordner, stopfte die leeren Kopierblätter in das Notizbuch, damit es von außen so aussah, als lägen dort Papiere. Dann schob sie alles zurück in die Schublade und schloss ab.

Jetzt zurück. Sofort.

Shannons Schritte kamen näher, gedämpft vom Teppich, aber für Emily klangen sie wie Schläge. Sie musste wieder an ihren Platz, bevor Shannon überhaupt Zeit hatte, sich zu fragen, warum Emily dort hinten gewesen war. Und da war noch die Waffe. Eine Frau mit Pistole verärgert man besser nicht, schon gar nicht, wenn man ihr gerade die Schlüssel geklaut hat.

Emily lief die wenigen Meter zurück, so schnell sie konnte, ohne zu rennen. Sie setzte sich, schob Papiere unter die Unterlagen am Arbeitsplatz und… drückte unbemerkt die Schlüssel an sich, als würden sie zu ihr gehören.

Shannon kam rein. Diesmal wirkte sie nicht entrückt. Eher hart, gereizt.

Emily hob den Blick und fragte möglichst ruhig: „Gibt's Probleme, Shannon?"

„Ich soll nicht mit dir reden." Shannon knallte ihre Handtasche in die Schublade. „Du bist hier, um zu arbeiten. Mach das fertig."

Emily fühlte, wie ihr Blut eiskalt wurde. Nicht die Handtasche. Bitte nicht.

Sie saß auf Shannons Schlüsselbund. Im wahrsten Sinne.

Aber Shannon griff nicht danach. Sie suchte nicht. Sie öffnete die Schublade nicht wieder. Sie tat so, als wäre alles in Ordnung.

Emily tippte weiter, schnell, viel zu schnell. Schweiß machte ihre Finger rutschig, als hätte das Adrenalin beschlossen, auch dort auszutreten. Während Shannon Unterlagen in Schubladen schob, wartete Emily auf den Moment, in dem sie sich umdrehen würde, um etwas zu holen.

Als Shannon den Rücken zu ihr hatte, zog Emily die gestohlenen Papiere unauffällig hervor und legte sie zu ihren eigenen Unterlagen. Beim nächsten Umdrehen faltete sie die Dokumente klein und schob sie in ihre Handtasche. Beim dritten Mal war alles drin.

Dann, aus dem Nichts: „Gehst du schon?"

Shannons Stimme traf Emily so unvermittelt, dass sie aufsprang. Und dabei drückte sie unwillkürlich auf den Schlüsselring, den sie immer noch bei sich hatte. Schmerz schoss durch sie, und Shannons Gesicht veränderte sich. Nur ein Augenblick, ein kurzes Zögern. Aber es reichte, um Emily zu sagen: Sie hat etwas gemerkt. Oder sie fängt an, zu ahnen.

Emily setzte sich wieder und tippte, als ginge es um ihr Leben. Vielleicht ging es das auch.

Am Ende dieses Morgens war die Liste fertig.

„Fertig", sagte Emily.

Shannon schaute sie an, als hätte sie das Wort nicht verstanden. „Womit?"

„Mit der Liste. Ich bin durch."

Shannon lächelte. Und dieses Lächeln war kein freundliches. „Dann bist du also weg. Dann muss ich dich nicht mehr sehen."

Emily schluckte. „Willst du eine Kopie?"

„Ja. Chad hat was gesagt."

„Dann kopier ich sie dir schnell."

„Der Kopierer ist kaputt. Schon länger."

Natürlich, dachte Emily. Natürlich ist er kaputt.

„Willst du es kopieren?", fragte sie Shannon.

„Warum sollte ich?"

Emily atmete ruhig aus. „Weil du hier arbeitest. Und weil man meinen könnte, dass Unterlagen in Ordnung zu bringen Teil des Jobs ist."

„Nicht meine Aufgabe. Du hast dich freiwillig gemeldet."

Emily nickte langsam. „Wenn ich's zu einem Copyshop bringe, kriege ich das Geld zurück?"

„Frag Ida. Sie regelt das."

„Gut." Emily sammelte die Ausdrucke ein, ganz langsam, während sie fieberhaft überlegte, wie sie diesen verdammten Schlüsselbund loswerden sollte, ohne dass Shannon ihn in ihrer Schublade vermisste.

Sie nahm ihre Handtasche aus der Schublade, packte ihre eigenen Schlüssel in die Hand und schob die Tasche auf die Papiere. Dann griff sie unter den Sitz, holte Shannons Schlüssel hervor und nahm sie zusammen mit ihren eigenen in dieselbe Hand. An Shannons Schreibtisch blieb sie stehen, um sich zu verabschieden.

Und genau dort ließ sie beide Schlüsselbunde fallen.

Absichtlich unbeholfen, gerade überzeugend genug.

Shannon rührte sich nicht, machte keine Anstalten zu helfen. Perfekt. Emily schob Shannons Schlüssel mit dem Fuß an den Schreibtischfuß, dorthin, wo Shannon sie später sehen würde, wenn sie sich überhaupt die Mühe machte hinzuschauen. Es sollte aussehen, als wären sie ihr aus der Handtasche gefallen, als sie sie in die Schublade gestopft hatte. Emily betete innerlich, dass Shannon genau das denken würde.

„Tschüss, Shannon", sagte sie. „Ich bringe die Kopien nächsten Mittwoch vorbei, bevor das Büro für den Sommer schließt. Vier oder fünf Exemplare, was meinst du?"

Keine Antwort.

Emily wartete einen Moment, nickte dann knapp und murmelte mehr zu sich als zu Shannon: „Gern geschehen."

Dann ging sie zur Tür hinaus, mit den Papieren in der Hand, dem Notizbuch in der Tasche und einem Herzschlag, der sich anfühlte, als hätte er nie gelernt, wieder langsam zu werden.

KAPITEL 21

Der jährliche Ausflug zum Pier 39 hatte den ganzen Samstag verschluckt, und damit auch Emilys Plan, Idas Unterlagen endlich in Ruhe zu studieren. Statt Zahlenkolonnen gab es Fischgeruch, Souvenirläden und dieses überdrehte Familiengewusel, das jeden Gedanken übertönt. Einmal am Tag blieb sie trotzdem kurz bei sich hängen, meist dann, wenn sie sich setzen musste. Die blaugrüne Schwellung am linken Gesäß war kaum zu übersehen, und sie hatte sich nach der Nummer mit den Schlüsseln fast einen Tag lang so vorsichtig hingesetzt, als wäre jeder Stuhl eine Falle.

Die Prellung tat weh, klar. Aber wirklich störte sie etwas anderes: das Bild der Waffe. Immer wenn der Trubel eine Lücke ließ, schob es sich nach vorn. Eine Pistole, hier, in einem Vorort. Und ausgerechnet in einer Wohltätigkeitsorganisation. Das passte nicht. Es machte das Ganze schmutzig, als hätte jemand ein Messer in etwas eigentlich Gutes gerammt.

Am Sonntag fuhren die Kristichs zum Einkaufszentrum. Dort standen schon die Busse, und überall wuselten Kinder mit viel zu großen Rucksäcken, Eltern mit zu breiten Lächeln und diese Betreuer, die so taten, als wäre das alles ganz normal. Jojo und Lulie wurden zusammen mit gefühlt fünfzig anderen Jojos und Lulies eingepackt und für eine Woche ins Ferienlager geschickt.

David und Emily machten das jeden Sommer. Eine Woche „Camp", weil verantwortungsbewusste Eltern so etwas tun: Kinder sollen selbstständig werden, neue Freunde finden, sich in der Welt zurechtfinden. Das sagen zumindest die Experten, und die Experten haben immer einen Satz parat, der klingt wie ein Gesetz.

Emily war sich da nicht so sicher. Sie mochte ihre Töchter um sich. Sie mochte es, sie zu hören, sie zu sehen, dieses tägliche Chaos, das irgendwie genau richtig war. Aber sie biss sich auf die Zunge und spielte die Begeisterte. Sie stand mit den anderen Eltern auf dem Asphalt, der in der Sonne so weich geworden war, dass man fast Spuren hineintreten konnte, und winkte langsam, bis der Bus sich in Bewegung setzte.

Lulie winkte zweimal hintereinander, rief irgendetwas Aufgeregtes, als könnte sie die Busfenster damit durchdringen. Jojo lächelte nur zaghaft, als würde sie nicht genau wissen, ob sie sich freuen oder zurücklaufen sollte. Ihr Winken war langsam, zögernd, und Emily fühlte sich dabei gleichzeitig stolz und leer.

Im Auto nahm David ihre Hand. Er ließ sie nicht los, nicht beim ersten Abbiegen, nicht an der Ampel, nicht auf dem halben Weg nach Hause.

„Sie kommen bald zurück", sagte er. „Es ist weniger als eine Woche. Samstag ist nicht weit."

Byte, die beim Einsteigen in den Bus gejammert hatte, legte den Kopf von der Rückbank aus auf Emilys Schulter. Sie hätte ihn dort wohl den ganzen Weg gelassen, wenn das Auto nicht losgerollt wäre. Beim Anfahren rutschte sie von ihrem Sitz und landete auf dem Boden der Rückbank, beleidigt und erschrocken zugleich.

David räusperte sich, als hätte er schon die ganze Zeit etwas auf der Zunge. „Ich hab am Montag ein wichtiges Treffen in Santa Rosa, Em.

Ich komme so schnell wie möglich zurück, damit du nicht allein bist. Tut mir leid." Er sah sie kurz an. „Das könnte ein großer Auftrag werden. Hardware und Software. Ich will kein Detail verpassen."

„David, mach das", sagte Emily. „Hol dir den Auftrag. Mir geht's gut, wirklich. Die Mädchen sind schneller wieder da, als es sich jetzt anfühlt." Sie beugte sich zu ihm, küsste ihn. „Vielleicht ruf ich Mama an. Oder ich miste ein paar Schränke aus. Und die Quartalsberichte für dein Büro müssen sowieso noch fertig werden. Mach dir keine Sorgen."

Und dann, ohne es laut zu sagen: Und ich habe noch ein paar gestohlene Unterlagen, die ich mir endlich anschauen will.

David ging früh schlafen. Am nächsten Morgen musste er los. Emily wartete, bis das Haus still war. Dann holte sie die Papiere aus ihrer Handtasche. Sie steckten immer noch dort, als hätten sie kein Gewicht. Als sie sie auf dem Tisch ausbreitete, verstand sie sofort, warum die Agentur ihr diese Unterlagen überhaupt gegeben hatte: Die Seiten wirkten wie computergenerierte Ausdrucke, quer statt längs, sauber, fast steril.

Wenn das aus einem System kam, dann gab es irgendwo auch Dateien. Vielleicht sogar auf dem Computer in diesem Büro. Emily bezweifelte es, weil in Sustain and Shelter alles wie ein Provisorium wirkte, aber der Gedanke ließ sich nicht wegschieben. Wenn das Büro wieder öffnete, könnte sie versuchen, sich die Dateien anzusehen. Vorausgesetzt, Shannon würde ihr nicht wie immer im Weg stehen.

Sie tat, was sie konnte: Sie sortierte, addierte, strich, schob Blätter hin und her. Vieles war numerisch codiert. Genau das machte es so schwer, die üblichen Posten zu finden: Gehälter, Büromaterial, Versicherungen, Miete, Lebensmittel, Vorräte. Es gab Seiten voller kleiner Beträge, die entweder einzelne Transaktionen waren oder Erklärungen zu den Codes. Langfristige Verbindlichkeiten: keine. Kurzfristig: im Grunde nur Lohnsteuern. Vermögen: das Büro, die Möbel und ein Bankkonto mit ungefähr 10.000,00 Dollar.

Und trotzdem stand da, wenn Emilys schnelle Rechnung auch nur halbwegs stimmte, etwas ganz anderes: über drei Millionen Dollar Einnahmen.

Sie starrte auf die Zahlen, als müssten sie gleich von selbst erklären, wie sie zusammengehörten. Es gab keine saubere Bilanz, keine Gewinn- und Verlustrechnung. Emily war keine Buchhalterin. Sie wusste, dass sie langsam lesen musste, geduldiger als jemand, der das gelernt hatte. Aber durch die Arbeit in Davids Büro hatte sie genug gesehen, um zu wissen: Zahlen sind nicht magisch. Man kann sie entschlüsseln, wenn man dranbleibt.

Nur jetzt, in dieser Nacht, ergab es keinen Sinn. Und wenn sie sich nicht verrechnet hatte, dann saß Sustain and Shelter auf fast drei Millionen Dollar Eigenkapital in bar.

Was für ein Geldfluss.

Kein Wunder, dachte sie plötzlich, dass Shannon eine Waffe mit sich herumtrug, wenn sie mit solchen Summen zur Bank musste.

Ein paar Tage nach Davids Reise nach Santa Rosa stand er in der Küche und sagte aus heiterem Himmel: „Hayley wird morgen krank sein."

Emily sah ihn an. „Hast du das in deiner Kristallkugel gesehen?"

„Fast." Er zuckte mit den Schultern. „Sie hat geschnupft, sah richtig mies aus. Ich wette, sie meldet sich morgen krank. Und ihre Stimme… jedes Mal, wenn sie ans Telefon gegangen ist, dachten die Leute, ich wäre dran, so kratzig und tief war die." Er schnaubte. „Sie hat sich auch nur halb so schnell bewegt. Normalerweise schafft sie die Arbeit von zwei Leuten. Heute war es gerade so eine."

Sie ließen beide einen Moment verstreichen, als würden sie abwarten, wer zuerst das Offensichtliche sagt. Emily nahm ihm die Entscheidung ab.

„Soll ich kommen? Oder willst du eine Zeitarbeitsfirma anrufen und jemanden an den Empfang setzen lassen?"

David atmete aus, erleichtert. „Danke."

Emily lächelte, schon dabei, ihren Tag im Kopf durchzugehen. „Lass mich kurz überlegen. Ein Schrank könnte dran glauben, ich wollte mit Miriam zu Mittag essen… und ich hab die Liste für Sustain and Shelter, die ich fertiggestellt habe." Sie nickte. „Ich komme. Ich kenn die Abläufe. Eine Aushilfe müsste man erst einarbeiten. Das macht keinen Sinn. Ich bin da."

„Ich bezahle dich dafür irgendwie."

„Ganz bestimmt", sagte Emily. „Morgen Abend lädst du mich zum Essen ein. Ich werde mein Mittagessen mit Miriam verpassen."

David grinste. „Das habe ich kommen sehen." Er trat näher. „Für dich, meine bessere Hälfte, verzichte ich sogar auf unseren Abend zu Hause, um meine einzige Liebe zum Essen auszuführen."

„Daran habe ich nie gezweifelt."

Davids Unternehmen war gewachsen, und vor zehn Jahren hätten sie sich diesen zweiten Standort nicht einmal vorstellen können. Das neue Büro war geplant, eingerichtet, durchdacht. Taupe, Marineblau, Persimmon, alles wirkte ruhig und professionell. Die Fensterfront im zweiten Stock gab den Leuten im Wartezimmer einen Blick über Pleasant Creek, als müsste man sie damit automatisch entspannen.

Emily mochte es, dort zu arbeiten. Sie mochte es, den Erfolg zu sehen, den sie gemeinsam angeschoben hatten. Und trotzdem hatte sie eine stille Nostalgie für das erste Büro.

Nicht für das winzige Zimmer, in dem sich Papierstapel zwischen Geräten und Software drängten. Nicht für die Nächte, in denen sie Buchhaltung machten, bis die Zahlen verschwammen. Auch nicht für die Tage, an denen sie Kontakte abklapperten und zu oft „Nein" hörten, um dabei gelassen zu bleiben. Und erst recht nicht für die Sorgen, die in alles krochen: ein verlorener Verkauf, ein nicht gedeckter Scheck, Steuern, die fällig wurden, der Verdacht, dass es am Ende vielleicht gar keinen Markt gäbe.

Aber genau diese Sorgen hatten sie auch angetrieben. Sie hatten sie gezwungen, länger zu arbeiten, Ablehnungen zu schlucken, sparsam zu sein, dranzubleiben. Und irgendwann war so viel Arbeit da, dass ein Umzug nötig wurde, mehr Platz, mehr Personal.

Was Emily eigentlich vermisste, war die Nähe, die aus dieser gemeinsamen Anstrengung entstanden war. Dieses Gefühl, dass sie im selben Boot saßen, Tag für Tag. Dass alles auf ein Ziel zulief. Jetzt war ihr Leben aufgeteilt: Kinder, Familie, Büro, Haus, tausend Kleinigkeiten. Nicht mehr dieser eine Zweck, der alles zusammenzog.

Die ersten Jahre hatten sie zusammengeschweißt wie nichts anderes. Sie hatten Fähigkeiten gelernt, für die viele MBA-Absolventen teuer bezahlen würden, nur ohne Zertifikat und ohne Pause. Und weil sie heute weniger Zeit miteinander hatten, war das Büro für Emily auch ein Weg, Davids Welt außerhalb des Hauses nicht aus den Augen zu verlieren. Ein bisschen Kontakt, ein bisschen gemeinsamer Rhythmus, auch wenn es nur Aufgaben waren.

Vielleicht war genau das der Grund, warum sie die Ineffizienz bei Sustain and Shelter so wütend machte. Sie wusste, wie ein ehrliches, sauberes, funktionierendes Unternehmen aussieht. Und vielleicht war es auch der Grund, warum sie bei dieser gemeinnützigen Organisation überhaupt drangeblieben war: Weil ein Teil von ihr immer noch glaubte, sie könne das Chaos ordnen. Sie könne daraus etwas machen, das wirklich trägt. Mit klaren Unterlagen. Mit sauberen Abläufen.

An diesem Morgen beschloss Emily, als Erstes eine zweite Kopie der Spenderliste anzufertigen. Sie würde sie nicht zu einem Copyshop schleppen. Sie konnte sie genauso gut in Davids Büro kopieren und Sustain and Shelter pro Seite berechnen. Wenn sie schon im Vorstand saß, dann konnte sie auch anfangen, aufzuräumen. Zumindest ein bisschen.

KAPITEL 22

Als David sie an diesem Abend in ihr Lieblingsrestaurant ausführte, fühlte es sich an wie früher. Wie damals, als noch alles neu war und sie sich beim Lachen über Kleinigkeiten ertappten. Das Licht war weich, die Stimmung ruhig, und irgendwann merkten sie, dass sie längst nicht mehr nur aßen. Sie saßen da, kicherten, stupsten sich unter dem Tisch mit den Füßen an und ließen die Zeit laufen, weil es sich gut anfühlte.

Erst später, zu Hause, als der Abend schon halb in die Nacht gekippt war, fiel Emily ein, was sie vergessen hatte: die Kopien für Sustain and Shelter.

„David", sagte sie.

„Emily", gab er zurück, als wäre das ein Spiel.

„Ich hab die Unterlagen nicht vorbeigebracht. Die brauchen sie morgen, denke ich. Letzter Tag vor den Ferien, und Shannon will das bestimmt gleich abheften. Ich fahr schnell hin und werf sie in den Briefkasten."

David setzte an, sie mit einem Blick einzufangen. „Es ist zehn. Kann das nicht warten? Bring sie morgen früh."

„Nein", sagte Emily sofort, zu schnell. „Wenn Hayley morgen wieder krank ist, schaff ich's nicht rechtzeitig, weil ich dann in dein Büro muss. Und ich hab's versprochen. Außerdem ist Shannon nicht gerade flexibel. Ich will sie nicht gegen mich haben."

„Emily", protestierte er, jetzt ernst. „Das ist Ehrenamt. Da hängt kein Gehaltsscheck dran. Du musst dich nicht um zehn Uhr abends aus dem Haus schmeißen."

„Dann lieg ich aber die halbe Nacht wach und denk dran." Sie schnappte sich die Papiere. „Ich bin in fünfundvierzig Minuten zurück."

David hob die Hand. „Ich komm mit."

„Sei nicht albern." Sie beugte sich zu ihm, küsste ihn auf die Wange. „Bleib hier. Entspann dich. Byte kommt mit, oder, Mädchen?"

Byte lag neben dem Bett, hob den Kopf und wedelte träge, als hätte sie verstanden, dass es nur ein kurzer Einsatz wird.

„Gut", sagte Emily. „Tschüss."

Sie nahm den Hund am Halsband. „Komm."

Ihr Plan war simpel gewesen: vorfahren, Motor laufen lassen, Papiere in den Briefkasten, wieder weg. Drei Minuten, fertig. Doch kaum bog sie auf das Gelände, merkte sie, dass etwas nicht stimmte.

Stimmen. Bewegung. Und Licht.

Nicht das Licht im Gebäude, das war dunkel. Aber hinten, auf dem Parkplatz, schnitten Scheinwerfer in die Nacht.

Emily fuhr nicht nach vorn, sondern weiter, um die Ecke. Byte saß bereits aufrecht, als hätte sie den Wechsel in Emilys Stimmung körperlich mitbekommen. Je näher sie dem hinteren Parkplatz kam, desto unruhiger wurde der Hund.

Dann tauchten in den Scheinwerfern plötzlich Konturen auf, und Emilys Herz machte diesen kurzen, harten Sprung.

Chad Woodley.

Er stand am Heck eines U-Haul und wuchtete einen Karton aus dem Laderaum. Die Hintertür von Sustain and Shelter stand offen. Im Gebäude selbst war kein Licht an, aber ein Auto ließ seine Scheinwerfer genau in den Wagen hineinleuchten, damit Chad sehen konnte, wohin er trat. Emily konnte die Gesichter der anderen nicht erkennen, aber es wirkten mindestens zwei Personen, die mit ihm arbeiteten. Und im Lkw stapelten sich Kisten, die aussahen wie die, die vor ein paar Wochen im Büro herumgestanden hatten.

Chad sprach kurz und scharf auf Spanisch. „Pónganlas en la oficina. Allí. Pongan las cajas allí. Necesito a hablar con la mujer."

Langsam gingen die beiden Männer nach hinten, hoben eine Kiste und trugen sie müde Richtung Tür.

„Schneller", bellte Chad hinterher.

Dann drehte er sich um. Direkt in Emilys Richtung.

Er hatte den Karton zwischen Kinn und Armen geklemmt, und trotzdem kam er auf ihren Van zu. Ungeschickt, mit diesem watschelnden Schritt, den Menschen bekommen, wenn sie etwas tragen, das schwerer ist, als sie zugeben wollen.

Byte stand sofort auf. Das Fell in ihrem Nacken stellte sich hoch, als hätte jemand einen Schalter umgelegt. Ein tiefes Knurren stieg aus ihrer Kehle, leise, aber so eindeutig, dass Emily eine Gänsehaut bekam.

Sie strich sich über den eigenen Nacken, als könnte sie sich damit beruhigen. Byte ließ sich davon nicht beeindrucken.

Chad blieb stehen. Einen Moment lang wirkte er überrascht, vielleicht auch genervt. Dann setzte er ein Lächeln auf, das nicht bis in die Augen reichte. „Mrs. Kristich. Was machen Sie denn hier?"

Als Byte knurrte, machte er instinktiv einen Schritt zurück.

„Ich bringe die Kopien vorbei, die Sie wollten", sagte Emily, bewusst ruhig. „Ich dachte, Sie brauchen sie vor den Ferien. Shannon will das bestimmt gleich abheften. Sie mag Ordnung, wie Sie wissen."

„Das hätte warten können." Sein Ton war freundlich, aber unter der Oberfläche lag etwas Ungeduld. „Dafür hätten Sie keine Extrafahrt machen müssen."

Emily ließ den Blick über die Kisten wandern. „Was laden Sie denn da aus? Das sind doch dieselben Kartons, die vor ein paar Wochen im Büro standen."

„Lebensmittel und Kleidung", sagte er. Er verlagerte das Gewicht, und mit jeder Bewegung spannte sich Byte stärker an. Das Knurren wurde lauter. „Spenden für die Küchen."

„Um diese Uhrzeit?"

„Wir wollten tagsüber den Bürobetrieb nicht stören."

„Aber dann ist das doch doppelte Arbeit." Emily hielt sich an der Logik fest, weil sie merkte, wie sehr sie die Situation sonst verunsicherte. „Sie laden es hier ab, und später muss es wieder in den Wagen und in die Küche gebracht werden."

Chad zuckte mit den Schultern, als wäre das alles belanglos. „Kein Problem. Das machen wir ständig."

„Wer ist wir?"

Er nickte in Richtung der Scheinwerfer. „Ein paar Freiwillige."

„Von der Liste, die ich getippt habe?"

„Bestimmt."

Emily starrte ihn an. „Warum sprechen die kein Englisch? Und warum reden Sie mit ihnen auf Spanisch?"

Chad versuchte zu lachen. Es klang schief, als hätte er sich verschluckt. „So übe ich mein Spanisch. Ohne kommt man hier nicht weit. Bald fang ich noch Arabisch an. Wir haben hier eine tolle Vielfalt, wissen Sie."

Emily ließ das einen Moment stehen. „Wenn Sie Hilfe gebraucht haben, warum haben Sie nicht jemanden aus dem Vorstand angerufen? Einige von uns hätten mit anpacken können."

Sein Gesicht wurde härter, und er schnitt ihr das Wort ab. „Gute Nacht, Mrs. Kristich. Danke für die Unterlagen. Ich sag Shannon, wie vorbildlich Sie ihre Anweisungen befolgt haben."

Das klang wie ein Lob. Es fühlte sich an wie eine Drohung.

Emily blieb trotzdem sitzen. „Wer sind die Leute da hinten? Sind das nur zwei? Soll ich helfen? Ich hab Zeit."

„Nein." Jetzt war er nicht mehr höflich. „Ich möchte keine Hilfe. Das ist schwere Arbeit."

In diesem Moment bellte Byte. Ein schrilles, schneidendes Geräusch, das die Luft zerriss.

Chad zuckte zusammen, sprang zurück und verlor kurz das Gleichgewicht. Die Kiste kippte, als würde sie ihm gleich aus den Armen rutschen. Byte bellte erneut, diesmal tiefer, dunkler, bedrohlich.

Chad riss die Kiste hoch und hielt sie wie einen Schild vor sich. „Schaff diesen Hund weg. Wenn er mich angreift, verklag ich dich."

Emily schob das Fenster einen Spalt weiter runter. „Byte greift nur an, wenn man sie provoziert." Ihre Stimme blieb ruhig, aber sie meinte jedes Wort. „Wollen Sie sie provozieren? Oder mich?"

Chad starrte sie an. Dann knurrte er, ohne das Wort zu verschlucken: „Hau ab."

Er drehte sich um und wankte zurück Richtung Lkw, als wäre die Sache damit erledigt.

Emily blieb nichts anderes übrig, als loszufahren.

Sie rollte vom Parkplatz, bog auf die Straße und musste plötzlich einem Lieferwagen ausweichen, der viel zu weit auf ihrer Spur fuhr. Es war zu dunkel, um Details zu erkennen. Trotzdem hatte sie dieses unangenehme Gefühl, etwas Bekanntes zu sehen, als der Wagen an ihr vorbei in Richtung Sustain and Shelter zog.

Lieferwagen. Büro.

Lieferwagen. Fahrer.

Lieferwagen ... Bo.

Der Gedanke knallte in ihr hoch, und Emily machte mitten auf der Straße eine schnelle Kehrtwende. Um diese Uhrzeit war die Straße leer, und ihr Van war wendig genug.

Sie raste zurück, so schnell sie sich traute, aber da war bereits zu viel Zeit vergangen. Der Lieferwagen war weg. Als sie am Gebäude vorbeifuhr, bog sie nicht auf den Parkplatz ein. Sie wusste, dass sie dort nicht willkommen war. Und sie wollte nicht noch einmal erleben, wie Byte in diese Spannung kippte.

Sie wurde langsamer, spähte nach vorn, ob irgendwo Scheinwerfer standen, ob sich etwas bewegte. Nichts, das sie greifen konnte. Sie fuhr weiter.

Auf dem Heimweg kochte es in ihr. Warum sollte jemand Kisten zweimal anfassen, erst hier rein, dann wieder raus? Warum mitten in der Nacht, ohne Licht im Gebäude? Und warum diese Männer, die müde schleppten und kein Wort Englisch sprachen, während Chad den Aufseher gab?

Ausreden, dachte sie. Nur Ausreden.

Nicht, dass sie sich um Byte sorgte. Sie sorgte sich darum, was Chad in dieser Nacht noch tun könnte.

Byte saß stocksteif auf dem Sitz, als wäre sie immer noch im Einsatz. Erst als sie ungefähr eine Meile von zu Hause entfernt waren, ließ die Spannung nach. Der Hund atmete hörbar aus und senkte den Kopf ein wenig.

Emily strich ihr über den Nacken. „Du und ich", murmelte sie, „haben wohl denselben Geschmack bei Männern."

Und während sie in die Einfahrt einbog, war da plötzlich noch ein Gedanke, kalt und spitz: Morgen wird Shannon viel Spaß haben. Wenn sie beim Einpacken „aus Versehen" in die Kisten greift und nascht.

KAPITEL 23

Contra Costa County liegt in einem Delta, geformt von San Joaquin und Sacramento. Die beiden Flüsse machen hier das, was große Flüsse überall tun: Sie tragen Schlamm heran, lagern ihn ab, bauen über Jahre und Jahrhunderte fruchtbare Böden auf. Wie am Nil oder am Mississippi entstanden auch hier Felder, die vom nährstoffreichen Sediment lebten, dazu kam das Wasser, das man für die Bewässerung nutzen konnte. Heute ist von dieser Agrarwelt nur noch ein Rest übrig. Ein paar landwirtschaftliche Flächen halten sich, aber das Delta gehört längst eher den Booten als den Pflügen.

Wer dort wohnt oder am Wochenende rausfährt, zieht hinaus in Sümpfe und zwischen die Inseln, die dazwischen liegen. Man angelt an den Ufern und an den Anlegestellen. Man zeltet und schwimmt in den Gegenden, die Kalifornien als State Parks ausgewiesen hat. Und man spaziert an Flusskanten entlang, durch Orte, die einmal vom Wasser lebten: Port Costa, Port Chicago, Crockett, Pittsburg, Antioch und Knightsen. Kleine Städte, früher das Rückgrat des Countys, heute bestenfalls „malerisch". Es sei denn, sie hatten das Glück, dass eine Autobahn sie streift oder ein Einkaufszentrum ihnen einen neuen

Mittelpunkt verpasst hat. Dann bekommen sie plötzlich wieder so etwas wie eine Daseinsberechtigung.

In der Nähe einer dieser Flussstädte fand ein einsamer Wanderer zum ersten Mal die Leiche.

Gefunden werden sollte sie nicht. Das Seil um die Füße erzählte die ganze Geschichte, ohne ein Wort zu sagen. Das andere Ende musste an einem Anker befestigt gewesen sein, irgendwo da unten, wo trübes Wasser alles schluckt. Jemand hatte sich Mühe gegeben, den Körper in den Falten des Flusses verschwinden zu lassen. Aber der Fluss arbeitet ununterbrochen. Er zieht, reibt, zerrt. Irgendwann scheuerte das Seil immer wieder über etwas Scharfes, bis es nachgab. Die Verankerung löste sich, und das, was verborgen bleiben sollte, trieb nach oben.

Es gibt diesen Moment, bevor man etwas Schlimmes sieht. Etwas in einem warnt einen, ein sechster Sinn, der plötzlich das Blut schneller macht. Nervosität, Adrenalin, eine unklare Erwartung, die sich wie ein Knoten im Magen festsetzt. In diesem Fall war da auch ein Geruch, nicht ganz neu, eher vage vertraut und trotzdem falsch. Und da ist noch etwas: diese zwiespältige Aufregung, die aus einer ungefragten Entdeckung entsteht, weil die meisten von uns den Tod nur aus sicherer Entfernung kennen. Wir gehen zu Beerdigungen, die oft mehr Veranstaltung sind als Abschied. Wir sehen ihn im Fernsehen, hinter Glas, hinter Schnitt und Musik. In Krankenhäusern wird er manchmal aus dem Zimmer geholt, bevor Angehörige überhaupt begreifen, was passiert ist. So bleibt uns die Illusion, dass das alles weit weg ist. Umso brutaler trifft es einen, wenn der Tod plötzlich ohne Kulisse da ist, roh, riechbar, berührbar.

Der Uferabschnitt, an dem der Körper lag, war dicht mit Schilf bewachsen. Selbst in der Stille wogten die Halme im Wind, als würden sie atmen. Der Wanderer mochte diesen Teil seines Weges besonders. Das gelbgrüne Schilf stand im Kontrast zum sandigen Ufer und dem knallblauen Himmel darüber, fast wie eine Landschaft auf einem Gemälde. Am Rand blieb oft Treibgut hängen. Manchmal waren es seltsam geformte Baumstämme, rund geschliffen von der Strömung.

Manchmal Müll, den Bootsfahrer über Bord geworfen hatten. Manchmal nur farblose Pflanzenreste. Und manchmal einfach Zeug, das keiner mehr benennen konnte.

Der Körper war nicht mehr zu erkennen, aber der Wanderer wusste sofort: Das war kein Treibgut.

Sein Geruchssinn sagte ihm, dass er gerade in etwas hineinlief, das er nicht sehen wollte. Trotzdem ging er weiter. Neugier ist manchmal stärker als Vorsicht. Er hob einen Stock auf, den der Fluss ans Ufer gespült hatte. Ob als Waffe oder nur, um Abstand zu halten, wusste er selbst nicht. Er ging langsam, Schritt für Schritt, bis er nah genug war.

Die Natur ist nicht nur geordnet, sie ist gnadenlos effizient. Sie schafft nicht nur und zerstört nicht nur, sie räumt auch auf. Geier oben, Maden unten, Bakterien überall: Das ist ihr Abfallmanagement. Menschen schauen auf tote Körper mit einer Mischung aus Scheu und Ehrfurcht. Wenn aber nur noch bleiche Knochen übrig sind, kommt oft ein kühles, fast wissenschaftliches Interesse dazu. Als wäre der Tod erst dann „erträglich", wenn die Natur die Spuren von Menschlichkeit weggenommen hat und nur noch das Skelett übrig bleibt, das wir an uns selbst nie sehen.

Hier war sie damit noch nicht fertig.

Als der Wanderer so nah herankam, wie er sich traute, blieb er stehen und starrte. Es gab keine Augen. Keine Nase. Nur vereinzelte Haarbüschel auf der Kopfhaut. Hautfetzen klebten noch an einer grauen Muskelmasse. Was an weichen Teilen übrig war, wirkte fast durchsichtig, als hätte der Fluss jede Farbe ausgewaschen.

Er wusste später nicht mehr, wie lange er dagestanden hatte. Irgendwann löste er sich, drehte sich um und joggte zurück Richtung Stadt. Er stürmte in den ersten Laden, der offen war, und brachte kaum Luft heraus, als er verlangte, man solle den Sheriff rufen.

In den Nachrichten machte die Entdeckung nicht annähernd so viel Lärm wie der Fund von Ralph Watkins. Wahrscheinlich, weil es nicht in

Pleasant Creek passiert war. Was nicht direkt vor der eigenen Haustür liegt, wirkt für viele weniger dringend. Trotzdem traf die Meldung einen Nerv, denn es war kurz vor Schulbeginn und Ralphs Mord war noch immer nicht aufgeklärt. Aus diesen beiden Punkten bastelte man schnell eine Alarmkurve, deren Logik wackelte, deren Wirkung aber saß. Die Medien spielten das Thema „Kindersicherheit" groß, die Eltern hatten Angst, und diese Angst war real. Doch als die Schule wieder lief, verschob sich der Fokus wie so oft: Hausaufgaben, Lehrergespräche, Sportteams. Dinge, die näher sind als ein Flussdelta.

Wie beim letzten ungeklärten Mord füllten die Reporter die Lücken mit dem Wenigen, das sie hatten. Sie gaben sich Mühe. Nur ist es schwer, aus Schweigen Fakten zu pressen. Sicher war nur: Es handelte sich um eine Frau, das ließen Kinnspalte, Beckenproportionen und andere forensische Merkmale erkennen. Ob Zahnunterlagen eine Identifizierung ermöglicht hatten, blieb geheim, falls es überhaupt welche gab. Ohne das gelöste Seil wäre sie vielleicht ein Geheimnis des Flusses geblieben. Mehr war kaum zu erfahren, und die meisten Menschen interessierte es nicht genug, um dran zu bleiben.

Emily schon.

Zwei nicht identifizierte Leichen im selben Bezirk innerhalb weniger Monate, das ließ sie nicht los. Und da war diese Bemerkung von Detective Yoshiwara an dem Tag, als sie Ralph Watkins gemeldet hatte. Er hatte etwas von einem Körper gesagt, der in einem ähnlichen Zustand gefunden worden war. Emily fing an zu suchen. Sie wälzte Zeitungen aus verschiedenen Städten der Bay Area, als würde irgendwo zwischen den Zeilen ein Gesicht auftauchen. In der Bibliothek saß sie über Archiven und suchte nach allem, was zusammenpasste. Sie rief bei der Lokalzeitung an, sogar beim Sheriff's Office. Dort bekam sie die gleiche Antwort wie immer: keine Auskunft zu laufenden Ermittlungen. Keine Vermisstenanzeige, die sich eindeutig zuordnen ließ. Keine Namen. Nichts. Die Frau blieb unidentifiziert, und es wirkte, als würde das kaum jemanden stören.

Also lud Emily ihre Mutter und Bob zum Abendessen ein.

„Bob", begann sie, kaum dass sie saßen, „was denkst du über die Frau, die im Delta gefunden wurde?"

„Welche Frau?", fragte Louisa sofort.

Bob schaute von Emily zu Louisa. „Die, die vor etwa einer Woche gefunden wurde. Keine Ahnung, Emily. Was denkst du denn?"

„Weißt du, was passiert ist?"

„Nein. Das fällt nicht in meinen Zuständigkeitsbereich."

„Aber du könntest es rausfinden."

Er schüttelte den Kopf. „Nicht wirklich. Ich habe keinen Grund. Hast du einen?"

David legte die Gabel hin. „Emily, warum diese Fragen? Kennst du die Frau?"

„Woher sollte ich sie kennen?" Emily ließ den Blick über die beiden gleiten. „Soweit ich weiß, kennt sie niemand. Oder, Bob?"

Bob zuckte mit den Schultern. „Keine Ahnung. Anscheinend gibt es noch keine Identifizierung."

Emily lehnte sich zurück, rührte gedankenverloren in der Sahnesauce, die auf ihrem Dessertteller übrig geblieben war. „Das hat mir das Sheriff's Office auch gesagt. Und das Büro vom Sheriff und vom Leichenbeschauer wollte mir nichts sagen."

Davids Stimme wurde schärfer. „Emily. Was ist los?"

Bob schob sein Glas ein Stück weiter weg. „Du hast bei den Behörden angerufen? Warum hast du mich nicht einfach gefragt?"

„Ich frage dich doch." Emily sah ihn direkt an. „Du weichst nur aus."

„Ich weiche nicht aus." Er atmete hörbar aus. „Ich weiß nicht mehr als du. Wie soll ich da Zeit schinden?"

„Dann sag mir wenigstens das." Emily ließ nicht locker. „Du hast damals, als du mich nach Hause gefahren hast, von einer anderen Leiche gesprochen. Was weißt du darüber? Wurde sie identifiziert?"

„Welcher Körper?", fragte Louisa, zum zweiten Mal an diesem Abend, und jetzt klang sie wirklich irritiert.

Bob rieb sich kurz über die Stirn, als müsste er sich entscheiden, wie viel er sagen will. Dann erklärte er es. „Ein paar Wochen vor dem Fund am Del Oro Plaza wurde in San Joaquin County eine Leiche gefunden. Mein Partner hat das damals im Auto erwähnt, weil es ein paar Ähnlichkeiten gab. Der Tag war lang, der Verkehr war die Hölle, und Emily war so still. Er hat einfach laut gedacht." Er sah Emily an. „Bis jetzt konnte man die Leiche nicht identifizieren. Aber das wird noch. Bei Ralph Watkins hatten wir mehr Glück. Wer immer ihn erschossen hat, hat ihn nicht so gut versteckt wie den anderen Körper. Der in San Joaquin war deutlich weiter verwest, deshalb gibt es weniger Anhaltspunkte."

Emily beugte sich nach vorn. „Wurde er in den Hinterkopf geschossen?"

Bob zögerte. Sein Blick ging über die drei Erwachsenen am Tisch, als würde er abwägen. „Das kann ich nicht sagen."

„Bob", sagte Emily, und in dem einen Wort lag Ärger.

Er gab nach, aber widerwillig. „Okay. Wurde die Frau im Fluss in den Kopf geschossen? Vielleicht."

David runzelte die Stirn. „Was heißt vielleicht?"

„Genau das", sagte Bob. „Vielleicht. Nimm es, wie es ist." Er sah Emily an. „Warum interessiert dich das so sehr?"

Emily setzte sich zurück, ließ den Blick über alle wandern. „Ich bin nur neugierig." Sie nahm die leeren Teller, stand auf und trug sie in die Küche. Auf dem Weg sagte sie, ohne sich umzudrehen: „Und du, Bob, machst es mir nicht gerade leicht, diese Neugier loszuwerden."

KAPITEL 24

Es gibt im Schuljahr genau zwei Tage, auf die sich wirklich alle freuen: den ersten und den letzten. Der erste ist voller Anfangszauber, mit dieser warmen Sonne, die so tut, als wäre alles möglich. Und kaum ist er da, schiebt sich schon die nächste Hoffnung ins Bild: Irgendwann wird auch wieder der letzte Tag kommen.

Als das Mittagessen erledigt war, rollte Emily im Minivan los, das neue Schuljahr auf der Rückbank. Zwischen knallbunten Lunchboxen, Rucksäcken und frischer Kleidung, die teils noch Luft zum Reinwachsen hatte und teils noch nach Kaufhaus roch, weil die Etiketten dran waren, fanden Jojo und Lulie ihre Leute wieder. Emily plauderte mit Eltern, nickte in vertraute Gesichter, lernte neue Lehrer kennen. Sie wartete, bis beide Mädchen sicher an ihren Plätzen saßen, dann ging sie hinaus.

Auf dem Schulhof entdeckte sie Rochelle. Samantha spazierte neben ihr her, Scott hielt ihre Hand.

Samantha blieb stehen, strahlte und rief: „Hallo, Mrs. Kristich."

Scott machte es ihr nach, nur leiser, mit diesem vorsichtigen Jungenlächeln: „Hallo, Mrs. Kristich."

„Hallo, ihr zwei." Emily wandte sich an Rochelle. „Und du. Wie war dein Sommer? Du siehst großartig aus. Die OP muss richtig gut gelaufen sein."

„Guter Sommer. Gute OP." Rochelle zuckte die Schultern, als ginge es um eine neue Frisur. „Ich vergesse nur ständig Sachen. Die Ärzte sagen, das kann nach einer Narkose vorkommen. Wird schon wieder." Sie lächelte dabei, als wäre das eher lästig als beunruhigend. „Mir ging's so schnell wieder gut, dass ich sogar noch ins Camp gefahren bin und die Kinder früher abgeholt habe. Wir hatten einen wunderschönen Sommer, oder, ihr beiden?"

Samantha und Scott grinsten, als hätten sie gerade ein Eis mit drei Kugeln bekommen.

Emily räusperte sich. „Rochelle, willst du dieses Jahr bei unserer Fahrgemeinschaft mitmachen? Letztes Jahr war es kein Problem, deine Kinder an den paar Tagen mitzunehmen. Wenn es dir hilft, mache ich das gern wieder. Ich wohne ja nicht weit weg."

„Da bist du zu spät." Rochelle hob das Kinn, zufrieden mit sich. „Miriam Rose und ich haben das schon beschlossen. Wenn du mit einsteigst, müssen wir alle viel weniger fahren. Ruf mich einfach an."

„Ja … klingt gut." Emilys Stimme rutschte ungewollt in dieses vorsichtige Register, das sie selbst nicht leiden konnte.

Beim Weggehen rief Rochelle noch über die Schulter: „Wir sehen uns nächste Woche bei der Elternversammlung!"

Ihre rote Hose mit Querstreifen und die Tunika mit Längsstreifen leuchteten fast genauso wie ihr Lächeln.

„Stimmt. Wir sehen uns." Emily hörte selbst, wie unsicher das klang.

Sie saß kaum im Auto, da sprang Byte vorne auf den Beifahrersitz, bereit zur Begrüßungszeremonie. Emily hob die Hand, als könnte sie den Hund damit abbremsen. „Setz dich. Dafür haben wir jetzt keine Zeit."

Sie fuhr los, viel zu schnell, und als das Tor von Bluebird Hill aufglitt, schoss sie hindurch, parkte schräg, warf die Tür zu und rannte zu Miriams Veranda. Miriam brauchte einen Moment, bis sie die Alarmanlage ausgeschaltet und die Tür offen hatte.

„Hallo? Was ist denn mit dir los?", fragte sie, noch während Emily an ihr vorbeidrängte.

„Miriam, ich habe Rochelle gerade in der Schule gesehen."

„Sie sieht unfassbar gut aus, oder?" Miriam klang, als würde sie gleich eine Visitenkarte verlangen. „Wir sollten uns den Namen von ihrem Chirurgen merken. Ich habe schon einiges gesehen, aber so sauber wie bei ihr … unglaublich. Sie hat mir von ihrem Krankenhausaufenthalt erzählt. Sie hat mich auf einen Kaffee eingeladen, war richtig nett. Über die OP selbst hat sie allerdings kaum was gesagt."

„Ja, aber darum geht's nicht." Emily atmete aus, zu schnell, zu flach. „Ich bin nicht hergekommen, um über ihre…"

„Ich weiß immer noch nicht genau, was sie hat machen lassen." Miriam war längst wieder bei ihrer Lieblingsthese. „Weißt du es?"

Emily starrte sie an. „Woher soll ich das wissen? Ich hab sie nur gesehen."

„Vielleicht Nase. Das lässt doch jeder machen. Und vielleicht hat sie Wangen auffüllen lassen." Miriam zählte an den Fingern ab, als hätte sie ein Fallprotokoll. „Ich dachte, ich hätte mal gehört, sie lässt den Bauch straffen, aber alles auf einmal wäre schon heftig. Wobei… sie hat ja schon jetzt eine Figur, da…"

„Miriam." Emilys Ton war schärfer, als sie wollte, aber er traf. Miriam hielt inne.

„Okay. Was ist denn dann los?"

Emily nahm sich einen Moment, damit ihre Worte nicht wie ein Vorwurf klangen. „Du hast mir doch erzählt, Rochelle nimmt ihre Kinder nie irgendwohin mit. Du meintest, sie schickt andere, oder die

Kinder gehen zu Fuß, oder irgendwas. Ich kann mich nicht erinnern, sie jemals auf dem Schulgelände gesehen zu haben. Außer am Tag der offenen Tür. Und heute stand sie da. Mit beiden."

Miriam legte den Kopf schief, dachte nach, und man sah ihr an, wie sie das Bild neu sortierte. „Stimmt. Das passt nicht so richtig." Sie überlegte weiter. „Vielleicht will ihr Mann, dass sie mehr Bindung aufbaut. Zu den Kindern, zur Gemeinde. Du hast ja selbst gesagt, er will offenbar, dass sie 'dabei' ist. Aber er ist doch selten zu Hause." Miriam zuckte mit den Schultern. „Vielleicht ist sie entspannter, wenn er weg ist. Oder sie will was darstellen. Ich lade sie auf einen Kaffee ein, dann hören wir mal, was sie sagt."

Emily verzog den Mund. „Vielleicht hat die Narkose sie… weißt du… weicher gemacht. Sie meinte heute, sie vergisst Sachen seitdem."

„Das kann sein", sagte Miriam langsam. „Manche reagieren seltsam auf so was."

Emily nickte, dann fiel ihr noch etwas ein. „Und sie hat mich als '…' bezeichnet, als sie von der Fahrgemeinschaft gesprochen hat." Sie hob die Augenbrauen. „Willst du da wirklich mitmachen?"

Miriam winkte ab. „Das wusste ich schon. Rochelle hat mich gefragt."

Damit war das Thema für Miriam praktisch erledigt. „Ach, Emily. Ganz ehrlich: Wen kümmert's? Die Kinder sind wieder in der Schule. Lass uns lieber essen gehen. Wir waren jetzt ewig nicht. Es wird Zeit, wieder anzufangen."

Und genau das taten sie. Sie brachten Byte erst zurück zu Emilys Haus, suchten sich ein Restaurant aus und machten aus dem Mittagessen mehr als nur eine Mahlzeit. Am Ende stand eine Himbeer-Mandel-Torte auf dem Tisch, kräftig, süß, ein bisschen zu viel. Genau richtig.

KAPITEL 25

„Mama, in drei Wochen machen wir einen Ausflug", sagte Jojo, kaum dass sie und Lulie mit ihren Schulsachen ins Auto geklettert waren. „Hier ist die Einverständniserklärung. Und die Lehrerin will wissen, ob du mitkommen kannst."

Emily schmunzelte, während sie den Motor startete. „Will das die Lehrerin wissen oder willst du das wissen?"

Jojo grinste, als wäre sie ertappt worden. „Wir beide. Kannst du?"

„Klar, Schatz."

„Oh, gut." Jojo zog erleichtert die Schultern hoch. „Es geht nach Sacramento."

Emily blinzelte. „Sacramento? Das ist ganz schön weit. Was gibt's da, das dich so lockt?"

„Indianer."

„Ich wusste gar nicht, dass es dort ein Reservat gibt."

„Keine Ahnung." Jojo klang, als wäre das Detail nebensächlich. „Es ist ein Museum. Da geht's um die Indianer Kaliforniens und um das, was mit ihnen passiert ist. Alle Viertklässler fahren hin, deshalb nehmen wir einen Bus. Aber die Mütter müssen fahren. Vielleicht musst du also fahren."

„Das kriegen wir hin." Emily schob den Gang ein. „Dieses Jahr geht's sowieso direkt los, oder? Nächste Woche Elternabend, dann im Oktober schon ein Ausflug. Das wird ein volles Programm."

„Ich weiß", sagte Jojo und klang dabei erstaunlich zufrieden. „Aber es macht Spaß. Ich mag Schule."

„Gut so." Emily wechselte das Thema, bevor Jojo wieder in Erklärlaune kam. „Die Emorys kommen vielleicht mit in unsere Fahrgemeinschaft."

„Du meinst Samantha?" Emily nickte.

„Wow." Jojo lehnte sich zurück, als hätte Emily gerade eine Sensation verkündet. „Alle mögen Samantha. Sie ist das netteste große Kind in der ganzen Schule. Das fände ich richtig gut."

Emily drehte den Kopf zu Lulie. „Ist das für dich okay?"

„Okay, Mama", sagte Lulie mit dieser höflichen Selbstverständlichkeit, als würde sie immer zustimmen, solange niemand laut wird.

Schon wieder Elternabend.

David sprach aus, was Emily selbst seit Tagen dachte, und er tat es in diesem nüchternen Ton, der ihn nie dramatisch klingen ließ, selbst wenn er sich wunderte: „Haben wir das nicht gerade erst gemacht? Es kommt mir vor, als wären wir erst vor kurzem in der Schule gewesen. Findest du nicht?"

„Der Sommer ist durchgerutscht wie Sand zwischen den Fingern", sagte Emily. „Es sind fast vier Monate seit dem Tag der offenen Tür."

„Wirklich?" David zog die Augenbrauen hoch. „Wenn sie das umbenennen, fühlt es sich wohl nicht mehr nach demselben Ding an."

„Vermutlich." Emily grinste.

Es hatte etwas von einem Wiederaufguss, nur mit leicht veränderten Zutaten. In der Schulaula trafen die Kristichs die Roses und kurz darauf auch die Emorys. Fast an derselben Stelle wie im Frühjahr. Diesmal war es allerdings nicht Samantha, die fröhlich Hallo sagte. Rochelle übernahm das.

„Emily", rief sie und winkte. „Komm, ich stelle dir meinen Mann Geoffrey vor."

Geoffrey Emory lächelte höflich, streckte David die Hand entgegen und sagte: „Ich bin Geoffrey Emory."

David schüttelte sie. „Ich weiß. Wir haben uns letztes Jahr auf derselben Party kennengelernt. Schön, dich wiederzusehen."

Geoffrey blieb still. Nicht verlegen, nicht abweisend. Einfach still.

Emily stand einen Schritt hinter David und beobachtete, wie er es einige Minuten lang versuchte, ihn aus dieser Reserviertheit zu locken. Es gelang nicht. Also redete David schließlich mit Rochelle, Harold und Miriam über Lehrer, Klassen, Stundenpläne und all die kleinen Dinge, die Elternabende füllen.

Geoffrey stand ein Stück abseits, neben seiner Familie und doch wie in einem eigenen Radius. Er wirkte weder gelangweilt noch wirklich anwesend. Sein Blick hing irgendwo, als würde er parallel zu dem Gespräch einen anderen Film sehen. Emily konnte sich erstaunlich leicht vorstellen, dass er die Welt um sich herum einfach ausblendet.

Irgendwann muss er gemerkt haben, dass sie ihn ansah. Sein Blick fing ihren auf, und als Emily ihm ein zaghaftes Lächeln schenkte, hob er minimal die Lippen. Eine winzige Geste: Ich habe dich gesehen. Mehr nicht. Er ließ sie damit draußen, freundlich, aber unerreichbar.

Emily bekam ihn nicht einsortiert. Kein typischer Vater, kein typischer Ehemann. Und doch stand er hier. Irgendeine Form von Interesse musste es geben. Oder Pflichtgefühl. Oder Kontrolle. Was auch immer.

David unterhielt sich bestimmt zehn Minuten mit Rochelle, bis die Kinder kamen und ihre Eltern wegzogen, als wäre das die eigentliche Agenda des Abends. „Guck mal!" „Das habe ich gemacht!" Kunstwerke aus kleinen Händen, die bald irgendwo in den Wohnungen hängen würden, bis sie irgendwann unbemerkt zu Boden fielen oder beim Putzen „aus Versehen" verschwanden.

Jojo zeigte David und Lulie ein Experiment aus dem Naturwissenschaftsunterricht. Währenddessen hatte Emily wieder freie Sicht auf die Emorys.

Rochelle beugte sich über Scotts Tisch. Scott zog sein Lesebuch heraus. Sie bat ihn vorzulesen und hörte ihm zu, wie er stockte, suchte, wieder ansetzte. Ihr Finger wanderte Zeile für Zeile mit. Als er fertig war, legte sie den Arm um ihn und zog ihn an sich. Eine Umarmung, die demonstrativ warm wirkte.

Scott sah auf und erwiderte das leise Lächeln seines Vaters.

Emily blinzelte. Die unbeholfenen, fast mechanischen Bewegungen, die ihr im Frühjahr aufgefallen waren, waren weg. Zumindest bei Scott. Und bei Rochelle auch. Aber Geoffrey blieb, wie er war: ein ruhiges Lächeln, der Körper weiterhin ein Stück außerhalb des Familienkreises.

Samantha hielt beim Rausgehen noch immer schützend den Arm um Scott. Die Familie lief wie eine kleine Reihe durch den Raum, so wie im Frühjahr. Und doch war es nicht dieselbe Szene.

Etwas fehlte.

Und die Ironie war: Das, was fehlte, war etwas Gutes.

David kam zu Emily, als sie noch auf dem Stuhl saß. „Lulie will, dass wir mit ihr in ihr Zimmer gehen. Bist du bereit?" Er musterte sie kurz. „Was schaust du denn so konzentriert? Du siehst aus, als würdest du gerade die Welt retten."

„Ähm. Vielleicht." Emily stand auf, aber ihr Blick blieb noch einen Moment an der Tür hängen, durch die die Emorys verschwunden waren.

„Ist dir aufgefallen, wie still Rochelles Mann war? Nach der Vorstellung hat er nichts mehr gesagt. Er wirkte nicht wirklich wie ein Teil der Familie, oder?"

David verzog den Mund. „Ruhig war er, ja. Ob er nicht dazugehört, weiß ich nicht. Aber der kleine Junge wirkte anders. Aufmerksamer. Das ist mir aufgefallen." Er legte den Kopf schief. „Ist das das, was dich beschäftigt?"

Emily zog die Augenbrauen hoch. „Ich dachte, du hättest nur Augen für mich."

„Hab ich auch." David grinste. „Aber gucken darf man ja. Nur hinterherlaufen nicht."

„Aha." Emily ließ das Wort stehen wie eine kleine Warnmarke. Dann schob sie nach: „Warum interessiert dich diese Familie so? Weil die Frau sich anzieht, als hätte sie Aktien von Victoria's Secret? Zum Glück hat sie die Figur dafür. An jeder anderen sähe das Outfit aus, als hätte jemand einen Jutesack zu voll gestopft."

„Ich dachte, du hättest nur Augen für mich", wiederholte Emily, jetzt mit einem Lächeln, das klar machte, dass sie nicht wirklich beleidigt war.

„Das habe ich", sagte David, und diesmal klang es so, dass man ihm gern glaubte. „Außerdem habe ich noch keine gesehen, die besser aussieht als du."

Emily lachte leise. „Das ist akzeptabel."

Er legte den Arm um sie, und gemeinsam gingen sie zu Lulies Kursraum.

KAPITEL 26

„Wir haben dich diesen Sommer vermisst, Bo", sagte Emily, als sie den jungen Mann mit dem braunen Gesicht und den sonnengebleichten Haaren entdeckte.

Bo grinste breit. „Hey, cool. Ich war mit ein paar von meinen besten Kumpels wandern. Vor der großen Dissertation hab ich mir den Sommer freigenommen. Ich dachte, ein paar entspannte Erinnerungen tragen mich dann durchs Schreiben."

„Den ganzen Sommer?"

„Komplett." Er nickte, als wäre das die einzig vernünftige Entscheidung der Welt. „Nur ich und die Jungs."

Emily hielt kurz inne. „Du warst also die ganze Zeit nicht zu Hause?"

Bo schüttelte langsam den Kopf.

„Warum?", fragte Emily, und in ihrer Stimme lag schon dieses kleine Hakenziehen, das sie selbst kaum bemerkte.

„Wo warst du denn?"

„Mexiko." Er sagte es beiläufig. „Spanisch üben. Und ein paar von den Besten der Besten sehen."

„Hast du deinen Van mitgenommen, als du wandern warst?"

„Klar, Mann. Da ist meine ganze Ausrüstung drin."

Emily zog die Stirn kraus. „Bist du dir sicher?"

Bo lachte kurz auf, aber es klang nicht wirklich locker. „Willst du mich verhören?"

Emily lächelte, setzte schon zu einer weiteren Frage an, da tauchte Joan Chavez auf. Neben ihr stand ein Mann, der kleiner war als sie und von Kopf bis Fuß in Braun gekleidet war: brauner Anzug, braun-beige Krawatte, beiges Hemd, braune Schuhe. Eigentlich hätte das wie ein Unfall aussehen müssen. Tat es aber nicht. Seine warmen braunen Augen und dieses offene, strahlende Lächeln machten aus der Farbkaskade etwas, das fast absichtlich wirkte.

„Emily", sagte Joan, „das ist William Nguyen. Unser neuestes Vorstandsmitglied."

Keine der beiden Frauen erwähnte Ralph Watkins. William tat es.

„Ich nehme Ralphs Platz ein", sagte er.

Emily sah ihn an. „Kannten Sie ihn?"

„Nicht wirklich. Ich wusste nur, wer er war." William blieb freundlich, aber sachlich. „Er war stellvertretender Verwaltungsleiter in dem Krankenhaus, in dem ich arbeite. Ich bin dort in der Buchhaltung."

„So wie Sie seinen Namen gesagt haben, klang es, als würden Sie ihn kennen", meinte Emily. „Sind Sie auch so ein Computerexperte wie er?"

William lächelte, als hätte er auf genau diese Frage gewartet. „Besser."

Emily musste kurz lachen. „Dann hätten wir Sie letzten Sommer gut gebrauchen können."

„Das habe ich gehört."

Sie versuchte, den Faden zu einem harmloseren Thema zu lenken. „Wenn Sie im Krankenhaus arbeiten, kennen Sie bestimmt Harold Rose, oder? Er und seine Frau sind gute Freunde von mir."

Williams Stirn legte sich in Falten. Er suchte in seinem Gedächtnis. „Nein, sagt mir nichts. Sind Sie sicher, dass er im County arbeitet?"

„County? Oh nein." Emily hob entschuldigend die Hand. „Tut mir leid. Er ist im Mercy. Ich bring das durcheinander." Sie wechselte die Richtung. „Sie sind also im County. Kennen Sie Joan daher?"

„Ja." William drehte sich leicht zu Joan. „Sie ist der Grund, warum ich hier sitze."

Emily sah Joan an. „Aber Joan, wenn Ralph im County war, heißt das, du hast ihn dort kennengelernt?"

Joan wurde schlagartig blass. Ihr Blick glitt weg, als müsste sie etwas Festes fixieren, um nicht zu schwanken. „Wie bitte?"

Emily setzte an, die Frage anders zu formulieren. In dem Moment rief Rudyard die Sitzung zur Ordnung. Joan nutzte die Gelegenheit wie einen Fluchtweg, eilte zu Thomas und setzte sich neben ihn. Thomas' Gesicht hellte sich minimal auf, als er merkte, dass sie sich ausgerechnet dort niederließ.

Rudyard eröffnete pünktlich um 7:38 Uhr die Sitzung, oder, wie er verkündete, „genau auf die Minute".

Emily und Thomas schauten diskret auf ihre Uhren. Alle anderen nahmen Rudyard einfach beim Wort.

„Willkommen zusammen", begann Rudyard. „Ich hoffe, Sie hatten schöne Ferien. Wir hatten ein profitables Jahr, wie Sie den Finanzberichten entnehmen werden, die wir gleich verteilen."

Emily hörte ihn weiterreden, ohne wirklich alles aufzunehmen. Ihr Kopf war zu voll. Vor allem mit dieser einen Frage, die sie gerade nicht mehr stellen konnte. Joan. Ralph. Diese Sekunde Blässe. Das Ausweichen.

Und gleichzeitig: endlich die Finanzen.

Wenn sie die Unterlagen jetzt wirklich bekamen, musste es doch eine Erklärung geben. Für das, was Emily bereits gesehen hatte. Vielleicht, nur vielleicht, war diese Organisation tatsächlich dabei, sich zu sortieren. Vielleicht gab es eine harmlose Begründung für die Zahlen, die ihr nicht aus dem Kopf gingen.

„… und willkommen zurück, Rochelle. Du siehst schöner aus denn je", sagte Rudyard. Ein paar Köpfe drehten sich schief in Rochelles Richtung, es wurde gegrinst.

Emily nahm sich innerlich aus dem nächsten Tagesordnungspunkt raus. In ihrem Kopf lagen die gestohlenen Finanzberichte wie eine zweite, heimliche Sitzung. Sie hatte sie zwischen Tischdecken im Wäscheschrank im Esszimmer versteckt. Und selbst wenn sie es geschafft hätte, sich durch jede Zeile zu kämpfen: Wie hätte sie die Papiere jemals wieder zurücklegen sollen? Sie hatte keinen Grund mehr, ins Büro zu gehen. Die Eingabe war vor den Augustferien erledigt.

Und selbst wenn sie eine Ausrede gefunden hätte, wäre da Shannon gewesen. Unbeweglich wie ein Wächter. Emily stellte sich vor, wie Shannon am Eingang steht wie Charon am Styx, nur dass Emily keine Münze hatte, um überhaupt an ihr vorbeizukommen. Nach dem Diebstahl hatte Emily sich eingeredet, dass im August ohnehin niemand die Dokumente brauchen würde. Die Agentur war doch „im Urlaub". Zumindest behaupteten sie das.

Aber was, wenn dieser Urlaub nur auf dem Papier existierte?

Bo sagte, er sei den ganzen Sommer weg gewesen. Trotzdem fuhr sein Van nachts herum. Was war das für ein Urlaub? Und wenn sie nicht weg waren: Was machten sie in dieser Zeit? Und wer war eigentlich „sie"?

Emily merkte, wie ihr Denken sich verhedderte, weil es auf etwas stieß, das noch keinen Namen hatte. Vielleicht lag die Antwort tatsächlich im Kommen und Gehen dieses Augusts. Vielleicht wollte jemand die Abrechnungen im September wiederhaben. Jemand Bestimmtes.

Ein leichter Stoß gegen ihren Arm holte sie zurück. Bo stand neben ihr und hielt einen Stapel sauber vervielfältigter Unterlagen in der Hand. Bilanzen. Gewinn- und Verlustrechnungen.

Emily nahm mechanisch ein paar Seiten und reichte den Stapel an Thomas weiter. Thomas nahm ihn, als würde er etwas Zerbrechliches in Empfang nehmen. Er richtete die Ecken aus, klopfte den Rand sauber auf den Tisch und legte die Papiere exakt neben seinen Ordner. Dann zog er den Stift, hielt ihn schräg über die rechte obere Ecke und wartete, als wäre die Welt nur noch eine Spalte aus Zahlen.

Emily hätte gern weitergedacht. Zu gern. Aber Chad stand auf.

„Sie haben jetzt die Informationen, die einige von Ihnen", er ließ den Blick kurz in Emilys Richtung gleiten, „gewünscht haben." Seine Stimme hatte diesen Tonfall, der gleichzeitig gönnerhaft und beleidigt klingt. „Wir haben mit der Weitergabe gewartet, bis wir unsere Spendenaktion diesen Sommer hinter uns hatten. Nach dem Erfolg unserer Sommerarbeit können wir Ihnen gute Neuigkeiten bringen. Sie werden begeistert sein, glauben Sie mir."

Er machte eine Pause, als würde er Applaus erwarten. Dann setzte er noch etwas obendrauf: „Natürlich gebührt ein Teil des Verdienstes Shannon."

Er lächelte zu Shannon hinüber. Sie saß am Textverarbeitungsgerät, in einem braun-rosa Sommerkleid, dessen zu enges Oberteil sich sichtbar gegen ihren Körper sträubte. Sie strahlte trotzdem. Sie sonnte sich darin, von Chad beachtet zu werden, selbst wenn es herablassend war.

„Rudyard und ich", fuhr Chad fort, „haben fast allein eine Spendenaktion beim Pleasant Creek Fourth of July Festival auf die Beine gestellt." Er hob die Hand, als hätte er tatsächlich Beifall gehört. „Das war viel Arbeit, aber wir haben es organisiert, umgesetzt und eine ordentliche Summe eingenommen."

Joan stellte die einzig sinnvolle Frage. „Warum haben Sie das im Mai oder Juni nicht erwähnt? Wir hätten helfen können. Wir hätten

Freiwillige organisieren können. Dafür gibt es doch die Liste, an der Emily gearbeitet hat. Die hätten wir nutzen können."

Shannon, eben noch im Scheinwerferlicht, wechselte schlagartig die Temperatur. Ihr Blick traf Joan finster, weil Joan es gewagt hatte, Chad anzutasten.

Chad lächelte dünn. „Ja, das hätten wir. Wir haben uns aber entschieden, dass wir das schaffen. Das ist schließlich unser Job." Er machte eine kleine Pause, als wäre er stolz auf die Formulierung. „Rudyard und ich haben so viel Erfahrung, wir sind praktisch Experten. Die Zeit und Mühe, die wir hier investieren, macht Sustain and Shelter zu der großartigen Organisation, die sie ist. Wenn alle gemeinnützigen Organisationen so arbeiten würden wie wir, hätte Pleasant Creek nicht annähernd so große Probleme."

Er schaute in die Runde, als würde er Zustimmung einsammeln. „Unsere Gruppe ist dank Rudyard und mir, und natürlich den Freiwilligen, und auch Ihnen, den Vorstandsmitgliedern, den anderen weit überlegen."

Mehrere Vorstandsmitglieder blickten weg. Nicht aus Höflichkeit, eher aus Selbstschutz. Wenn Chad noch länger in diesem Tempo weiterredete, würde der Raum gleich verstopfen. Und zwar nicht körperlich.

„Bitte schauen Sie sich die Unterlagen vor Ihnen an", sagte Chad schließlich.

Fünf Minuten lang raschelte es leise. Dann hob Chad wieder den Kopf. „Da es keine Fragen gibt, machen wir mit den Ausschussberichten weiter."

Keine Fragen?

Emilys Kopf schrie. Natürlich gab es Fragen.

Sie hatte die Gewinn- und Verlustrechnung in den fünf Minuten nur überfliegen können, aber selbst das reichte. Die Zahlen vor ihr passten nicht zu dem, was sie zu Hause im Wäscheschrank liegen hatte. Dort standen drei Millionen Dollar Einnahmen im Raum. Hier wirkten es eher fünfundsiebzigtausend. Das war nicht „ein bisschen anders". Das war eine andere Welt.

Und Emily konnte niemanden fragen. Nicht, ohne zu verraten, dass sie einen zweiten Satz Unterlagen hatte. Und warum. Und wie.

„Hey, Chad, ich hab da mal 'ne Frage", meldete sich William Nguyen. Seine Stimme war freundlich, aber eindeutig. „Ich bin neu im Vorstand. Können Sie mir genau erklären, wie viel bei der Spendenaktion reingekommen ist und was das konkret war?"

Rudyard kniff die Augen nur leicht zusammen. Chad antwortete: „Wir hatten die Möglichkeit, am 4. Juli beim lokalen Jahrmarkt einen Stand aufzubauen. Wir haben tatsächlich ziemlich viel Geld eingenommen, was sehr erfreulich war."

„Ja, aber wie viel?", hakte Joan nach.

„Ziemlich viel. Genug, um unsere Schulden zu tilgen. Und wir haben einige Spenden bekommen."

„Noch mal", sagte Joan, jetzt schärfer, „wie viel?"

Chad drehte sich zu Rudyard, als bräuchte er Erlaubnis. „Weißt du noch, wie viel es war?"

Rudyard ließ sich Zeit, räusperte sich dann. „Ja. Tatsächlich erinnere ich mich. Es waren etwa 5000 Dollar."

Emily schluckte.

Das ist alles?

Wenn das alles war, wessen Abrechnungen hatte sie dann in den Händen gehalten? Für welche Organisation war diese Dreimillionensumme? Und warum lag in diesem Raum eine Version der Wahrheit, während bei ihr zu Hause eine andere lag?

In ihrem Kopf begann sich ein Plan zu formen, nicht ganz sauber, aber pragmatisch: Wenn du nicht frontal fragen kannst, geh über die Seite. Und wenn auch das nicht funktioniert, zwing sie, sich selbst zu widersprechen.

„Hat Ida diesen Bericht erstellt?", fragte Emily und setzte ihre unschuldigste Stimme auf.

Es gab nur eine kurze Pause.

„Ida?", wiederholte Chad und schaute zu Rudyard, dann wieder zu Emily. „Ida?"

Rudyard nickte klein.

„Ja", sagte Chad. „Ida hat das gemacht. Sie ist schließlich Wirtschaftsprüferin."

„Dann könnten wir Ida doch fragen", sagte Emily. „Sie hat sicher die genauen Zahlen. Das müsste doch ein eigener Posten sein. Ich bin ehrlich überrascht, dass Ida das nicht genauer aufgeführt hat." Sie drehte sich zu Shannon. „Gibst du mir ihre Nummer? Dann kläre ich das kurz."

Shannon schaute zuerst zu Chad. Chad schaute über Emilys Kopf hinweg, als hätte er plötzlich etwas Hochinteressantes an der Wand entdeckt.

„Shannon?", fragte Bo. „Kannst du Emily die Nummer geben?"

Shannon lächelte dünn. „Könnte ich. Aber im Moment habe ich sie nicht dabei. Ich hab nicht immer alle privaten Daten bei mir. Ich will ja nicht, dass die Privatsphäre von Vorstandsmitgliedern verletzt wird, oder?"

„Dann komme ich morgen im Büro vorbei und hole sie mir", sagte Emily ruhig.

Shannon presste die Lippen zusammen, tat so, als würde sie ernsthaft nachdenken. „Nein. Nein, ich bring sie dir. Ich muss sie nur finden. In den nächsten Tagen. Ich besorge sie dir."

Thomas räusperte sich. Seine Stimme war leise, fast entschuldigend. „Warum ist sie nicht hier? Weiß jemand, wo sie ist? Bei der letzten Besprechung war sie auch nicht da."

Rudyard und Chad sahen sich an, dann zu Shannon. Shannon zuckte mit den Schultern. „Woher soll ich wissen, wo sie ist?"

„Hat sie nicht angerufen?", fragte Thomas. „Normalerweise melden sich Vorstandsmitglieder, wenn sie nicht kommen können."

„Mich hat sie nicht angerufen", sagte Shannon.

„Mich auch nicht", sagte Chad.

„Mich auch nicht", sagte Rudyard.

„Vielleicht sollten wir sie anrufen", meinte William Nguyen. „Wenn sie zwei Treffen nicht da war und niemand etwas gehört hat, könnte es ein Problem geben."

Chad setzte sofort nach, als hätte er auf diese Vorlage gewartet. „Damit könnten wir ihre Privatsphäre verletzen. Manche Leute werden sauer, wenn man ihnen nachspürt. Wir haben kein Recht, in ihren Angelegenheiten herumzuschnüffeln. Wir sollten es dabei belassen."

Die Art, wie er das sagte, war so entschieden, so unangreifbar, dass die anderen verstummten. Nicht, weil sie überzeugt waren. Eher, weil ihnen klar wurde, dass hier eine unsichtbare Linie gezogen worden war.

Der Rest der Tagesordnung rutschte durch. Schnell, glatt, ohne Reibung.

Als die Sitzung endete, stand Rudyard auf. „Wir wollen nicht, dass diese Informationen in die falschen Hände geraten. Sie sind vertraulich. Bitte geben Sie die Finanzberichte an Shannon weiter. Sie wird alle Exemplare außer der Masterkopie vernichten."

Die Leute fingen an, ihre Blätter zusammenzuschieben. Emily hob die Hand. „Rudyard, wir sollten als Vorstandsmitglieder Kopien behalten dürfen. Für Entscheidungen. Als Referenz."

Rudyard sah sie an, als hätte sie gerade um etwas Unanständiges gebeten. „Geben Sie sie ab, Mrs. Kristich. Das steht in unserer Satzung."

Emily wollte erneut ansetzen. „Aber wir haben nicht einmal Kopien der Satzung. Wir brauchen…"

Rudyard drehte sich einfach um. Er gab ihr nicht einmal mehr die Höflichkeit einer Antwort.

Emily griff in ihre Mappe, zog die Unterlagen heraus und wollte sie gerade nach vorne legen. Da merkte sie, dass sie zwei Exemplare erwischt hatte. Ihr Herz setzte einen Schlag aus.

Ohne eine Miene zu verziehen, schob sie eines über den Tisch zu Shannon, die Namen auf einer Liste abhakte und die Berichte entgegennahm. Das zweite glitt unter Emilys Notizbuch. Eine Bewegung, so klein und beiläufig wie möglich.

Und sie hoffte, dass es im Chaos aus Papier, Stimmen und Routine niemandem auffiel.

KAPITEL 27

Wutgeladen stürmte Emily hinaus und direkt auf den Parkplatz. Rochelles Rolls stand neben ihrem Van, als hätte jemand absichtlich „Schöne und das Biest" als Fuhrpark-Motto gewählt. Rochelle war schneller draußen gewesen als sie, trotzdem hatte sie die Tür noch nicht geöffnet. Sie stand da, als würde sie warten.

Emily registrierte das erst halb, weil sie etwas anderes fesselte: das harte, stakkatoartige Klicken von High Heels auf dem Gehweg. Sie hob den Kopf und sah Joan, die zur Beifahrerseite ihres Autos ging und die Tür aufriss. Im selben Moment bewegte sich Thomas' goldenes Auto, das direkt neben Joans blauem stand. Seine Tür ging einen Spalt auf. Ohne das Innenlicht hätte Emily das wahrscheinlich gar nicht bemerkt.

Sie blieb an ihrem Van stehen, tat so, als würde sie hektisch nach ihren Schlüsseln kramen, und fummelte an der Tür, ohne wirklich aufzuschließen. Alles nur, um weitersehen zu können. Joan beugte sich in ihr Auto, als würde sie etwas suchen. Doch Emily war sich ziemlich sicher, dass sie gesehen hatte, wie Joans Hand nach rechts schoss, hinüber zu Thomas, und ihm irgendetwas gab.

Ihre Wut auf Rudyard und dieses kleine Bild im Augenwinkel hielten sie so fest, dass sie Rochelle erst bemerkte, als die andere Frau schon dicht neben ihr stand. So nah, dass Emily fast zusammenzuckte.

„Rochelle." Emily zwang ein Lächeln hervor. „Ich hab gar nicht gemerkt, dass du da bist. Ganz schön… heftig da drin, oder?"

Sie versuchte zu lachen, um die Schärfe aus der Situation zu nehmen. Es kam nichts. Nur ein ersticktes Geräusch, als würde ihr die Luft im Hals hängen bleiben.

Rochelle machte keine Umwege. Die Spitzen ihres Haars schimmerten gold, passend zu ihrem goldenen Lamé-Minirock, dem langen Blazer und den weißen Spitzenstrümpfen. Ihr Blick dagegen war nicht glamourös. Er war panisch.

„Emily", sagte sie leise, aber hart. „Sei vorsichtig. Stell diesen Leuten nicht zu viele Fragen."

Für einen Moment war Emily nur verblüfft. Dann sah sie es: Angst, ganz klar, direkt hinter Rochelles Pupillen. Rochelle drehte sich weg, stieg in den Rolls und schoss davon.

Emily blieb wie festgenagelt stehen. Erst als Rochelle schon vom Parkplatz verschwunden war, brachte sie sich dazu, in den Van zu steigen. Sie saß auf dem Fahrersitz, starrte geradeaus und merkte, wie alles vor ihr langsam grau wurde. Sie schüttelte den Kopf, als könnte sie diesen Schleier wegwerfen, startete den Motor und fuhr los.

Langsam. Zu langsam.

Und doch stellte sie nach wenigen Metern fest, dass sie hinter Joans Auto herfuhr.

Ohne Plan, ohne Absicht folgte sie ihm, bis Joan auf den Parkplatz des Einkaufszentrums abbog, dort, wo auch der Safeway lag.

„Guter Zeitpunkt, um Lebensmittel zu kaufen", murmelte Emily, als hätte sie das seit Stunden vorgehabt.

„Und ein bisschen Bewegung…", schob sie nach, während sie ihren Van so weit wie möglich wegparkte. Weg von Joans Auto. Weg vom Eingang. Weg von allem, was nach Erklärung roch.

Sie blieb sitzen und wartete. Minuten vergingen. Sie beobachtete die Ecke des Parkplatzes, an der Joan stand, und fragte sich, ob sie sich das eben eingebildet hatte.

Dann kam Thomas.

Sein Wagen rollte neben Joans Auto, und das kalte Licht der Parkplatzlampen machte jede seiner Bewegungen sichtbar. Er stieg aus, schaute sich verstohlen um, langsam, beinahe vorsichtig. Das Licht tauchte ihn in etwas Düsteres, als wäre Nacht plötzlich ein Filter.

Emily rutschte tiefer in ihren Sitz, den Kopf knapp auf Höhe des Lenkrads. Durch die Speichen sah sie ihn besser. Thomas blickte in ihre Richtung, aber ohne zu reagieren. Keine Spur von Erkennen. Also hatte er sie entweder nicht gesehen oder nicht begriffen, dass es ihr Minivan war.

Er ging zur Beifahrertür von Joans Auto, öffnete sie und setzte sich zügig hinein.

Emily starrte hinüber und wartete, dass irgendetwas passiert. Ein Gespräch. Eine Bewegung. Ein Zeichen. Nichts. Das Auto blieb still. Und selbst wenn sich etwas getan hätte, wusste sie nicht, was sie eigentlich erwartete.

Seltsam genug: Ein Teil von ihr war erleichtert, nicht handeln zu müssen. Das machte die Enttäuschung nicht kleiner, aber dumpfer. Sie hatte gehofft, aus dem Abend ein klares Stück Wahrheit herauszuschneiden. Stattdessen lag da nur ein weiteres, unpassendes Puzzleteil, das nicht in die Hand passte.

Sie setzte schon an, auszusteigen. Dann stoppte sie. Es gab keinen Weg zum Laden, der hell genug gewesen wäre und gleichzeitig unauffällig. Sobald sie sich bewegen würde, würden die beiden sie sehen. Also zog sie die halb geöffnete Tür wieder zu, legte die Hand an den Zündschlüssel und wollte gerade starten, als Joans Auto losrollte.

Mit Thomas drin.

„Oh", stöhnte Emily. „Unmöglich, denen zu folgen. Ich komm nicht schnell genug rüber."

Wut schoss hoch, heiß und sinnlos. Sie riss die Tür auf, marschierte in den Safeway und kaufte, was sie brauchte. Nicht, weil sie es dringend brauchte. Sondern weil sie irgendetwas tun musste, das normal war.

Zu Hause warf sie die Tür zwischen Garage und Küche auf und stürmte hinein, als müsste sie vor etwas fliehen. Bevor sie ins Esszimmer ging, um den teuren Finanzbericht zu holen, rannte sie die Treppe hinauf. Einmal kurz bei den Kindern sein. Ein Blick. Ein Atemzug.

Jojo und Lulie lagen friedlich da, als gäbe es keine dunklen Ecken auf Parkplätzen, keine Warnungen, keine Zahlen, die nicht zusammenpassen. Ihre Ruhe tat Emily gut. Und gleichzeitig half sie überhaupt nicht.

Vielleicht konnte David sie runterholen.

„David? Schläfst du schon?" Emily flüsterte ins Schlafzimmer.

Das Licht brannte, aber Davids leises Schnarchen verriet ihr, dass er das Buch auf seiner Brust nicht mehr lesen würde. Vielleicht war das sogar besser. Auf der Heimfahrt hatte sie noch überlegt, ob sie ihm erzählen sollte, was sie dachte. Sustain and Shelter. Joan. Thomas. Rochelle. Die Zahlen. Jetzt, im Türrahmen, wurde ihr klar, dass sie ihn nicht wecken würde. Nicht damit. Noch nicht.

Sie zog die Tür leise wieder zu.

Byte war wach. Natürlich. Sie hatte Emilys Wagen in die Garage rollen hören und wartete, als hätte sie Dienst. Sie blinzelte, streckte sich auf den Hinterbeinen und setzte sich dann hin, aufmerksam, bereit.

Als Emily die Treppe hinunterging, trottete Byte hinterher.

In der Küche öffnete Emily eine Dose Dr. Pepper, als wäre Koffein eine Art Rettungsring, und setzte sich an den Tisch. Byte ließ sich auf den Teppich im Wohnzimmer fallen, halb die Augen zu, aber so, dass sie Emily noch im Blick hatte. Wach genug, um zu merken, wenn etwas kippt.

Emily legte die beiden Finanzberichte nebeneinander und begann zu vergleichen.

Und lief ins Leere.

Die Unterlagen von heute Abend waren sauber, vertikal gedruckt, auf drei Blättern. Gewinn- und Verlustrechnung. Bilanz. Alles sah ordentlich aus, fast beruhigend. Nur: Es passte nicht zu dem, was sie aus dem verschlossenen Schrank geholt hatte.

Die wenigen Ausgaben, die sich überhaupt zuordnen ließen, waren Standardkram: Miete, Nebenkosten, Telefon. Die Gehälter stimmten nicht überein. Nicht in der Höhe, nicht in der Aufschlüsselung. Sie versuchte es sogar mit dem naheliegenden Trick: Null dranhängen, als wäre irgendwo ein Dezimalpunkt verrutscht. Es half nichts. Sie bekam die Zahlen nicht zusammen.

Wenn sie dieses „Makro"-Finanzblatt nicht selbst aus dem Schrank gezogen hätte, hätte sie längst gesagt: Irrtum. Fehlinterpretation. Weg damit. Aber sie wusste, was sie in der Hand gehabt hatte. Und sie wusste, woher es kam.

Sie brauchte Ida. Nicht irgendwann. Jetzt. Ida war der einzige logische Schlüssel zu diesem Widerspruch.

Der Blick auf die Abrechnungen brachte keine Antworten, nur neue Fragen. Schnell, unangenehm, hartnäckig.

Spät in der Nacht wurde ihr Denken nicht ruhiger. Es wurde dünner. Logik franselte aus, Gedanken liefen im Kreis, und am Ende blieb ein Gefühl übrig, das mehr nach Orientierungslosigkeit schmeckte als nach Angst. Trotzdem stand in ihrem Kopf eine Entscheidung wie ein Schild:

Morgen früh ins Büro. Shannon abpassen. Und sie dazu bringen, Idas Nummer rauszurücken.

Als Emily sich bettfertig machte, redete sie sich ein, das sei proaktiv. Das sei vernünftig. Das sei der Weg nach vorn.

Sie machte das Licht aus, legte sich hin und war fast weg, da schob sich das Bild vom Parkplatz wieder vor ihr inneres Auge. Joan. Thomas. Die Bewegung der Hand. Das, was sie weitergereicht hatte.

Joan kannte Ralph. Joan hatte nie gesagt, dass sie ihn kannte.

Was hatte Shannon über Joan und die Klinik erzählt, die Chad aufgebaut hatte? Ralph war im Krankenhaus. Joan auch. Die Klinik war ein kleines Krankenhaus. Wie sah das finanziell aus? Warum war Chad so defensiv? Wo war Ida heute Abend? Warum hatte Rochelle Angst?

Warum schläfst du nicht?

Der Gedanke kam nicht wie eine Frage, sondern wie ein Vorwurf.

Und die anderen Fragen kamen gleich hinterher, immer wieder, in Schleifen, bis die Standuhr zwei schlug. Byte schnarchte in ihrem Hundebett. David atmete neben ihr, dieses dumpfe, perkussive Geräusch, das sonst beruhigend war. Heute klang es nur wie ein weiterer Takt in einem Orchester, das sie nicht einschläfern wollte.

KAPITEL 28

„Das wird leicht", sagte Emily sich, als sie das leere Büro von Sustain and Shelter betrat.

Keine Shannon. Kein Chad. Zumindest sah es so aus. Sie beugte sich über Shannons Schreibtisch, zog ein kleines Telefonverzeichnis heran und blätterte hastig, bis sie Ida McIvey fand. Name, Nummer, Adresse: Emily schrieb alles sauber ab. Dann fiel ihr etwas ein. Sie schlug die „O" auf und notierte auch Blythe Oberstein. Selbst Obdachlose hatten heute ein Handy. Und auf Blythes Karte stand nicht nur eine Mobilnummer, sondern auch ein Postfach.

Emily drehte sich gerade um, als aus dem Flur Kichern herüberdrang. Es konnte eigentlich nur aus Chads Büro kommen. Sie ging zurück. Normalerweise klopft man, bevor man eine Tür öffnet, und Emily hob die Hand schon dafür. Dann hörte sie, zwischen dem Kichern, das gedämpfte Murmeln einer Männerstimme. In dieser Situation schien ihr Höflichkeit plötzlich wie eine Ausrede fürs Wegsehen.

Sie schob die Tür einen Spalt auf.

Shannon saß auf Chads Schoß. Sie war die Erste, die Emily bemerkte.

Shannon fuhr hoch, sprang auf und fauchte: „Was machst du denn hier?“

Emily hielt das Blatt hoch, auf dem ihre Notizen standen. „Ich wollte Idas Telefonnummer.“

Shannon starrte sie an, als hätte Emily gerade eine Schublade ausgeräumt. „Du bist einfach reingekommen und hast sie dir genommen?“

„Genau“, sagte Emily ruhig.

„Das kannst du nicht machen.“

„Vielleicht nicht. Aber jetzt hab ich sie. Und ich rufe Ida an, um zu klären, was sie vorhat.“

Chad räusperte sich. „Ich habe heute Morgen von ihr gehört.“

„Wirklich?“ Emily warf einen Blick auf die Uhr. „Es ist 8:17 Uhr. Selbst wenn ihr hier nur… sagen wir, fünfzehn Minuten beschäftigt wart, hast du also vor acht mit Ida gesprochen. Stimmt’s?“

Chad nickte. Shannon nickte ebenfalls, als würde sie seine Bewegung bestätigen müssen.

Emily ließ den Blick nicht von ihm. „Du hast sie erreicht? So früh?“

„Ja.“ Chad setzte ein neutrales Gesicht auf. „Sie meinte, sie habe Anfang des Sommers einen sehr langen Urlaub gemacht. Und sie habe das Meeting gestern Abend schlicht vergessen. Angeblich hatte sie nicht mal das Protokoll vom letzten Treffen, um überhaupt daran erinnert zu werden.“

„Okay.“ Emily drehte sich zu Shannon. „Chad und ich müssen kurz etwas besprechen. Setz dich doch an deinen Schreibtisch. Du kannst da weitermachen, wo du aufgehört hast.“

Shannon blieb stehen, suchte Chads Gesicht, als bräuchte sie eine Erlaubnis. Er nickte. Shannon stapfte empört hinaus.

„Und wir machen das bei geschlossener Tür, Chad", sagte Emily. Als sie die Tür zuzog, fügte sie trocken hinzu: „Oder willst du dir hier ernsthaft eine kleine Mai-Dezember-Romanze im Büro einrichten?"

Chad verzog keine Miene. „Was machst du hier? Du bist doch gar nicht mehr eingeplant."

„Stimmt." Emily blieb stehen, keine zwei Schritte von ihm entfernt. „Ich wollte Idas Nummer, weil ich Antworten brauche. Und ihr beide habt es mir erstaunlich leicht gemacht."

„Wir geben solche Informationen nicht raus", sagte Chad. „Datenschutz."

Emily lächelte knapp. „Dieses Datenschutz-Mantra. Geht's dabei wirklich um Prinzipien oder eher darum, dass du nicht willst, dass jemand weiß, wo du wohnst? Oder deine Nummer hat?"

Chad hob das Kinn. „Mir ist egal, wer weiß, wo ich wohne. Ich miete in der Nähe der Küchen, damit ich jederzeit da sein kann. Ich mache mehr für diese Organisation als die meisten Geschäftsführer. Ich bin jeden Cent wert."

„Und wie viel zahlen wir dir?"

„Das solltest du wissen", erwiderte Chad glatt. „Du hattest die Abrechnungen gestern Abend vor dir."

Emily atmete einmal durch. „Du hast uns fünf Minuten gegeben und danach die Unterlagen wieder eingesammelt. Die Gehälter waren nicht mal aufgeschlüsselt, sondern zu einer einzigen Zahl zusammengeklatscht. Eine Zahl, die alles bedeuten kann. Genau deshalb rufe ich Ida an. Ich will wissen, was hier wirklich läuft."

Chad verschränkte die Arme. „Shannon wurde ausdrücklich gesagt, sie soll keine privaten Daten weitergeben. Wie würdest du dich fühlen, wenn wir alle deine Adresse und Telefonnummer hätten?"

„Ganz ehrlich?" Emily zuckte mit den Schultern. „Als Vorstand sollten wir die Kontaktdaten voneinander haben. Das macht es überhaupt erst möglich, Dinge zu klären, wenn etwas nicht stimmt."

Chad wechselte plötzlich den Ton, als würde er ihr einen Gefallen tun. „Natürlich, Mrs. Kristich. Sie haben recht. Wir besprechen das beim nächsten Treffen. Ich setze es auf die Tagesordnung. Danke, dass Sie sich die Zeit genommen haben." Er griff nach der Klinke.

Emily stellte sich nicht in den Weg. „Ich rufe Ida jetzt an."

Chads Augen wurden schmal. Für einen Moment sah er tatsächlich aus wie jemand, der gewohnt war, Dinge zu kontrollieren. „Ich stimme Ihnen zu", sagte er langsam. „Nach dem Meeting sind mir ein paar Zahlen auch aufgefallen. Ich habe Ida heute Morgen darauf angesprochen. Sie meinte, sie würde das bis zum nächsten Treffen bereinigen."

„Was genau hat sie gesagt?"

„Dass sie die Finanzen schnell fertig machen musste und sich Fehler eingeschlichen haben könnten. Es tue ihr leid. Ich habe ihr gesagt, sie soll es korrigieren. Sie meinte, sie tut das."

Emily nickte, als würde sie ihm glauben. „Dann bekomme ich die Informationen von ihr vor dem nächsten Treffen, richtig?" Sie lächelte, aber es war kein warmes Lächeln. „Vielleicht finden Ida und ich auch gleich einen unabhängigen Wirtschaftsprüfer, der sich die Unterlagen ansieht."

Chad trat einen Schritt näher. Seine Stimme wurde leiser, aber schärfer. „Tun Sie das nicht, Mrs. Kristich."

Emily blinzelte. „Wie bitte?"

Er wiederholte es, diesmal ohne jede Höflichkeit. „Tun Sie's nicht. Rufen Sie Ida nicht an. Das hilft Ihnen nicht. Und es hilft dem Vorstand nicht. Mischen Sie sich nicht in Dinge ein, die Sie nichts angehen."

Emily legte den Kopf leicht schief und musterte ihn. „Für jemanden, der angeblich in gemeinnützigen Vorständen gearbeitet hat, wissen Sie erstaunlich wenig. Wir sind der Öffentlichkeit Rechenschaft schuldig. Der Vorstand hat eine treuhänderische Pflicht. Wir müssen sicherstellen, dass die Organisation verantwortungsvoll handelt und ihre Mittel sauber verwaltet. Wenn das nicht passiert, tragen wir die Konsequenzen. Wenn hier irgendetwas schiefläuft, müssen wir es wissen."

Chads Miene verhärtete. „Dann ist es Zeit, dass Sie aus dem Vorstand ausscheiden. Sie verstehen offensichtlich nicht, wie gut wir funktionieren. Treten Sie zurück, Mrs. Kristich."

Emily hielt seinem Blick stand. „Oder was?"

„Sehen Sie es als Warnung", sagte Chad. „Ich nehme Ihr Rücktrittsschreiben auch gleich entgegen, wenn Sie möchten."

„Das möchte ich nicht." Emilys Stimme blieb ruhig. „Wir finden heraus, was los ist. Ich fange bei Ida an."

Chads Gesicht spannte sich an. „Hau ab", sagte er.

Emily nickte, als hätte er ihr gerade bestätigt, was sie ohnehin wusste. „Ja. Ich hab noch was zu erledigen." Sie öffnete die Tür und ging langsam hinaus, ohne sich umzudrehen.

Die einzige Besorgung, die sie heute noch machen wollte, konnte warten. Erst Ida.

Zu Hause legte sie die beiden Finanzkopien nebeneinander auf den Tisch, nahm ihr Blatt mit den abgeschriebenen Daten und wählte die Nummer, die sie aus Shannons Unterlagen gezogen hatte.

Es überraschte sie nicht, dass niemand abnahm. Genauso wenig überraschte sie der Anrufbeantworter. Er war so kaputt, dass er nicht einmal eine vernünftige Begrüßung abspielte. Idas Stimme war da, ja, aber der Satz wiederholte sich in einer Schleife, bis alles wie verheddertes Tonband klang.

Zu viele Nachrichten? Oder niemand da, der sie abhört? Wie lange war Ida schon nicht mehr zu Hause?

Emily legte auf, starrte kurz auf die Zahlen vor sich und griff dann zum Telefon. Sie rief ihre Mutter bei der Community Action Group an und fragte, ob sie sich zum Mittagessen treffen könnten. Das war ihr zweites Ziel für den Tag.

„Und frag doch, ob Genevieve mitkommt", sagte Emily.

„Wozu denn?", kam es prompt zurück. „Die würde nur tratschen."

Emily lächelte in sich hinein. „Genau darauf setze ich, Mom."

Der letzte Anruf ging an Blythes Handy. Blythe nahm nicht ab, aber Emily hinterließ eine Nachricht: Sie wolle wissen, was es mit dem neuen Job auf sich habe. Und ob Blythe wirklich aus dem Vorstand von Sustain and Shelter raus sei.

KAPITEL 29

Mit einem frittierten Zwiebelring in der Hand streckte Genevieve den Arm aus und winkte Emily schon von Weitem zu, kaum dass sie das Restaurant betrat. Louisa saß ihr gegenüber, das Kinn in die Hand gestützt, der Blick irgendwo an der Wand geparkt, während Genevieve ungebremst weiter schwärmte.

„Diese Zwiebelringe sind unfassbar gut, Louisa. Du musst unbedingt einen probieren. Aber nur einen, ja? Ich liebe sie viel zu sehr und ich hab so einen Hunger." Sie biss ab, kaute genüsslich und redete trotzdem weiter. „Emily kommt gleich. Und sie sieht wieder so süß aus. Ach, wenn ich zwanzig Jahre jünger wäre, würde ich auch solche Sachen tragen. Gefällt dir das Rosa?" Sie deutete auf ihr Haar. „Mein Friseur nennt das Rouge. Rouge. Passt doch perfekt zum Outfit, findest du nicht?"

Louisa nickte, genau in dem Moment, als Emily sich neben sie auf den Stuhl sinken ließ.

„Was passt perfekt?", fragte Emily und drückte ihrer Mutter im Vorbeigehen einen kurzen Kuss auf die Wange.

„Meine Haare", sagte Genevieve sofort. „Findest du, die Farbe passt? Ich liebe es, wenn Haare und Outfit zusammenpassen."

„Passt großartig", meinte Emily. „Und du hast das schon vor dreißig Jahren gemacht, bevor irgendwelche Highschool-Kids überhaupt auf die Idee kamen, sich den Kopf in Regenbogenfarben zu färben, nur damit es zum Shirt passt. Du warst schon Trendsetterin, als der Trend noch nicht mal einen Namen hatte."

Genevieve kicherte und schob sich den Zwiebelring in den Mund. Louisa warf Emily einen schnellen Blick zu, dann wandte sie sich weg, diesmal mit einem kleinen, kontrollierten Lächeln.

„Danke, dass ihr so kurzfristig konntet", sagte Emily. „Und Genevieve, dass du dir die Zeit nimmst, ist wirklich nett. Ich hab ein paar Fragen, die mir im Kopf rumgehen. Und weil es um dieses ganze soziale Engagement geht, dachte ich, du bist die richtige Person dafür."

Genevieve lehnte sich zurück, als hätte man ihr gerade einen Orden angesteckt. „Also, eigentlich weiß deine Mutter das auch. Sie ist ein bisschen älter als ich und seit Ewigkeiten in Gemeindegruppen unterwegs. Aber ich halte mich natürlich auf dem Laufenden. Vor allem jetzt, wo ich die Geschäftsführerin der Community Action Group bin." Sie grinste breit. „Du fragst also schon ganz richtig mich und nicht Louisa."

Louisa atmete einmal tief ein, sah ihre Kollegin an und ließ das Lächeln an Ort und Stelle.

Emily räusperte sich, gab der Kellnerin ihre Bestellung durch und legte ihrer Mutter unter dem Tisch kurz die Hand auf den Oberschenkel. Keiner von beiden sah die andere an. So war es einfacher, das Lachen runterzuschlucken, das bei Genevieve später garantiert noch ausbrechen würde, wenn sie anfing, vom Büro zu erzählen.

„Also gut", sagte Emily. „Erzähl mir was über Sustain and Shelter, du kluge Frau."

„Na", begann Genevieve, „du erinnerst dich nicht dran, aber du schon, Louisa …"

„… weil ich so uralt bin", warf Louisa trocken ein.

Genevieve winkte ab. „Ja, na ja. Nein. Ich erinnere mich auch. Es gab mal eine Zeit, da hat Pleasant Creek sich ernsthaft eingeredet, hier gäbe es keine Obdachlosen. Als wäre das irgendein Zauberwort, das die Realität aus dem Ort vertreibt. Wir von CAG wussten, dass das Quatsch ist. Wir haben den Stadtrat und den Aufsichtsrat gewarnt. Glaubst du, die wollten das hören? Niemals. Also haben wir getan, was wir konnten."

Sie beugte sich vor. „Erinnerst du dich noch an die Gridleys, Louisa?"

Louisa nickte langsam.

„Sie saß bei uns im Vorstand. Dann ist sie ausgetreten, weil sie fand, wir würden nicht genug machen. Und danach haben die beiden diese Organisation gegründet. Sustain and Shelter. Damals waren sie schon alt. Das ist zehn, zwölf Jahre her. Die müssten inzwischen doch längst …"

„Sie leben noch", sagte Emily. „Nicht mehr ganz so spritzig vielleicht, aber sie sind da."

Genevieve riss die Augen auf. „Im Ernst? Himmel, dann sind die aber zäh. Ich glaube, er taucht manchmal noch auf." Sie zählte an den Fingern ab, ohne wirklich zu zählen. „Ein paar von den Neuen kenne ich. Da ist diese obdachlose Frau, Blythe oder so. Super nett. Nur wer hört ihr schon zu? Eigentlich müssten sie genau das tun, aber sie tun's nicht. Die Gridleys fanden, sie sei eine tolle Stimme für Obdachlose."

Genevieve schob den Teller ein Stück zur Seite, als müsste sie Platz schaffen für den nächsten Gedanken. „Und Joan Chavez. Du kennst sie doch, Louisa. Sie sitzt bei uns im Vorstand. Ihr Vater hat den Gridleys geholfen, Sustain and Shelter aufzubauen. Dann ist er gestorben, Krebs, glaube ich. Sie hat seine Arbeit übernommen."

Emily spitzte unauffällig die Ohren.

„Die brauchen dringend neue Leute", fuhr Genevieve fort. „Gott weiß, wie dringend. Diese Spendenaktionen sind so altbacken, dass es ein Wunder ist, dass überhaupt noch jemand kommt. Irgendwoher muss eine größere Finanzspritze her." Sie nahm einen Schluck und senkte die Stimme, als wäre das der spannende Teil. „Und sie haben doch diese Klinik. Für Leute, die kein MediCal oder Healthy Families bekommen. Da ist alles kostenlos. Das ist ein riesiger Dienst für die Menschen hier, die sonst nicht mal über staatliche Programme Hilfe kriegen. Also müssen sie Geld haben. Irgendwoher."

„Und dieser neue Typ?", fragte Louisa. „Der Geschäftsführer. Kennst du den?"

Genevieve verzog den Mund. „Ich hab ihn einmal gesehen. Der hat so eine… Einstellung. Aber wenn genau dieser Anstoß den Laden endlich in eine Richtung schiebt, die Sinn ergibt, dann brauchen sie vielleicht genau so jemanden. Einen, der einfach durchzieht." Sie sah zu Emily. „Du kennst ihn doch, oder?"

Emily verzog den Mund. „Sagen wir: Ja."

„Magst du ihn?"

„Der Hahnenkamm steht ihm", sagte Emily. „So wie er an Arschloch grenzt. Und er hängt ziemlich eng an Rudyard Millup."

Genevieve seufzte, als hätte jemand ihren Lieblingsfilm erwähnt. „Rudyard Millup. Was für ein Mann." Sie schloss kurz die Augen, als würde sie ihn sich vorstellen. „Der könnte mein Blut in Wallung bringen. Immobilien. In den Siebzigern und Achtzigern hat er hier halbe Wohngebiete entwickelt. Manchmal denke ich, er sitzt nur im Vorstand, damit die Obdachlosen ihm nicht den Hausverkauf kaputtmachen." Sie hob die Hände. „Kann ich nicht beweisen. Aber schön ist er. Wirklich schön."

Emily hob bei der Bemerkung unwillkürlich die Oberlippe.

Genevieve bemerkte es sofort. „Findest du nicht?"

„Das ist wahrscheinlich so ein Generationending", sagte Emily. „Vielleicht ist er einfach nicht mein Typ."

Genevieve lachte. „Das wird's sein. Eure Generation hat keinen Geschmack. Ihr mögt diese starken, gut aussehenden Männer einfach nicht. Ich krieg schon Atemnot, wenn ich nur an ihn denke."

Das Essen kam, und Genevieve machte erst mal eine dramatische Pause, um ihren Teller zu bewundern, als hätte man ihr ein Kunstwerk gebracht. Emily wartete, bis der erste Bissen im Mund verschwunden war, und fragte dann: „Kennst du Ida?"

Genevieve erstarrte kurz, dann riss sie die Augen auf. Mit halb vollem Mund rief sie: „Ida! Oh mein Gott, ja. Ich hatte die arme Ida völlig vergessen." Sie schluckte hastig. „Buchhalterin war sie. Oder Wirtschaftsprüferin. Oder erst Buchhalterin und dann… CPA, keine Ahnung, vielleicht inzwischen. Egal. Zahlen, Bücher, das war ihr Ding. Passte auch, weil sie so schüchtern war, dass sie am liebsten mit der Tapete verschmolzen wäre."

Sie beschrieb Ida, als säße sie wieder am Flohmarkttisch. „Groß, schlaksig. Hätte richtig hübsch sein können, wenn sie nur ein bisschen Selbstvertrauen gehabt hätte. Aber sie war so unsicher im Umgang mit Menschen. Leicht einzuschüchtern. Arme Ida." Genevieve sah zu Louisa. „Du erinnerst dich doch noch an sie, oder? Von unseren Flohmarktzeiten."

Louisa nickte. „Ich erinnere mich. Ruhig, nervös und unglaublich fleißig. Sag ihr bitte Hallo von uns, Em. Und frag sie nach ihrer Nummer. Vielleicht gehen wir mal zusammen essen." Sie lächelte Genevieve an. „Hättest du Lust?"

Genevieve nickte, während sie schon wieder am Burger kaute, und Emily und Louisa fingen endlich selbst an zu essen.

Später am Nachmittag, nachdem Emily die Kinder nach Hause gebracht hatte, versuchte sie erneut, Ida anzurufen. Wieder nichts.

Dieser Anrufbeantworter ist genauso unbrauchbar wie diese Finanzdaten, dachte Emily. Der Gedanke ließ sie die Unterlagen schon wieder hervorholen, doch dann kam Lulie mit einer Frage zu den Hausaufgaben dazwischen.

Als die Mädchen für den Abend fertig waren, setzte Emily sich zu ihnen. „Was haltet ihr von Halloween?“

„Macht Spaß“, sagte Lulie sofort. „Vor allem die Party in der Schule.“

Jojo verdrehte leicht die Augen, so wie große Schwestern das eben tun. „Sie fragt dich nach deinem Kostüm.“

„Oh!“ Lulies Gesicht leuchtete auf. „Das wird das beste Kostüm überhaupt. Ich will einer von denen mit den Nasen sein.“

Emily blinzelte verwirrt.

„Mama, du weißt doch“, sagte Lulie, als wäre es das Offensichtlichste der Welt. „Wie bei dem Karneval, wo wir waren. Mit Oma und ihrer Freundin. Die hatten diese langen Nasen und die Kostüme waren so knallig. Bitte mach mir sowas. Bitte, Mama.“

Konnte man als Mutter aus dem Amt entfernt werden, wenn man es nicht schaffte, eine fünfzehn Zentimeter lange Nase auf einem Kind mit Stupsnase zu befestigen? Das fühlte sich jedenfalls ungefähr so existenziell an, wie einem Kleinkind zu erklären, dass es keinen Weihnachtsmann gibt. Die Farben waren nicht das Problem. Es war die Nase.

„Vielleicht aus Pappmaché“, sagte Jojo, als hätte sie Emilys Gedanken laut gehört.

Emily drehte sich zu ihr. „Was hast du gesagt?“

„Pappmaché“, wiederholte Jojo geduldig. „So wie bei Kunstprojekten. Weizenpaste und Wasser. Dann Zeitungspapier nass machen und um eine Form legen. Wir haben das letztes Jahr gemacht. Hast du das schon mal gemacht?“

„Ja“, sagte Emily, und sie merkte, wie in ihr ein bisschen Erleichterung aufstieg. „Das ist eine richtig gute Idee. Aber wie hält das dann?“

Jojo überlegte keine Sekunde. „Du machst links und rechts kleine Löcher. Dann ziehst du eine Schnur durch und Lulie bindet es sich um den Kopf. Das könnte klappen.“

Emily sah ihre Tochter an. „Vielleicht solltest du die Mutter sein, und ich bin dein Kind. Du hast bessere Ideen als ich."

Jojo schnaubte. „Dann werd ich am Ende genauso verrückt wie du. Nein, danke. Ich will dich als Mama." Sie beugte sich vor. „Willst du wissen, was ich sein will?"

Emily nickte, innerlich betend, dass es etwas Einfaches wäre.

„Ganz leicht", sagte Jojo.

Gott sei Dank. Laut fragte Emily: „Versprichst du das?"

„Ich verspreche es. Ich will ein Skelett sein."

Emily lächelte wieder. Skelette gab es überall. „Klingt super."

„Mit beschrifteten Knochen."

Das Lächeln rutschte ihr aus dem Gesicht. „Alle?"

„Alle", sagte Jojo unbeirrt. „Und was am Kostüm nicht dran ist, bringen wir dran. Keine Sorge. Ich helfe dir." Sie klang, als würde sie ein Projekt planen, nicht ein Halloweenkostüm. „In unserer Bibliothek steht ein Anatomiebuch, das du oder Daddy im College benutzt habt. Damit kriegen wir das hin."

Emily betrachtete Jojo einen Moment länger. Neun Jahre alt, Babyspeckwangen, Sommersprossen wie hingetupfte Feenspuren, strohblondes Haar. Dieses Kind sah oft noch aus wie ein kleines Mädchen, und dann sagte sie solche Sachen und klang dabei wie jemand, der schon genau wusste, wie man die Welt sortiert.

Louisa sagte immer, die nächste Generation sei klüger. Wenn Jojo und Lulie ein Maßstab waren, dann konnte das stimmen.

Die Beschriftung eines Skelettanzugs würde sich zur Not mit einem Anatomiebuch lösen lassen. Das große Problem blieb trotzdem: die Nase. Wie fühlte sich wohl ein plastischer Chirurg, wenn er jemandem eine Nase rekonstruieren musste?

KAPITEL 30

An so einem grauen, tief verhängten Tag fühlte sich jeder Schritt an, als würde man sich in eine Decke aus unheimlicher Stille einwickeln. Emily ging mit Byte den Radweg entlang, bis zum Teich im Park. Die Luft war kalt genug, um Emilys Nase zu kitzeln, und sie roch schon nach Herbst: Holzofenrauch, der irgendwo zwischen Häusern hing, feuchter Boden, den keine Sonne mehr trocken bekam, und nasse Blätter, die so schwer geworden waren, dass sie nie wieder leicht im Wind rascheln würden. Diese unangenehme Kühle hielt die üblichen Weg-Besitzer fern. Keine Radfahrer, keine Jogger, keine Hundebesitzer mit Smalltalk im Vorbeigehen.

Gerade deshalb genossen Emily und Byte den Spaziergang. Am Teich waren nur wenige Tiere, und das bedeutete: Leine ab.

Byte schoss los, umrundete die Lagune, an deren Rand Schilf, Wassergräser und Lilien standen, und trommelte dabei so rhythmisch auf den Boden, dass es fast klang wie Hufschläge. Ihre breite Brust arbeitete, als sie am Wasser entlangjagte. Dann entdeckte sie Enten und Gänse, die zwischen den Pflanzen herumwuselten, und beschloss, ihnen zu zeigen, wer hier die Chefin war.

Sie schnappte nach ihnen, knurrte, blieb abrupt stehen und drehte so schnell um, dass ihre Krallen im Kies scharrten, nur um gleich wieder auf die Vögel loszugehen. Die antworteten auf ihre Art: erst hektisches Geflatter, lautes Quäken, ein kurzes, chaotisches Auseinanderstieben. Und dann, als hätten sie Byte kurz aus Höflichkeit spielen lassen, hoben sie sich mit einem einzigen, eleganten Wechsel in die Luft. Plötzlich waren sie schnell, leicht, sicher. Sie glitten davon, als wäre der Teich ihr privater Himmel.

„Komm schon, Byte", rief Emily. „Lass sie. Die fliegen höher und schneller als du. Da kommst du nicht ran."

Emily sah den Enten nach, wie sie zu einem ruhigeren Stück Wasser hinüberzogen. In diesem Moment zog eine ganze Schar Gänse über den Himmel, das typische, raue Geschrei wie eine Sirene für den nahenden Winter.

Es war erst Anfang Oktober. Emily nahm es als Naturtheater, nicht als Warnung. In den letzten Jahren hatte sich die Regenzeit sowieso nach hinten geschoben. Sie war sich ziemlich sicher: Die Gänse irrten.

Sie hätte ihnen glauben sollen.

Dieses Jahr lagen die Gänse richtig.

Der Regen setzte an dem Tag ein, an dem Jojos Klasse nach Sacramento fuhr. Anfangs war es nur Niesel, gerade genug, um auf Jacken und Haaren zu hängen. Erst als die Kinder wieder in den Bus stiegen, wurde daraus mehr. Zwei weitere Autos mit Begleitern fuhren mit dem Bus los, aber Rochelle blieb mit Miriam und Emily zurück. Die drei Mütter streiften zwischen Picknicktischen und Museumsecken herum, sammelten vergessene Pullover ein, suchten nach Lunchbox-Deckeln und räumten Müll weg, den junge Augen und hektische Hände übersehen hatten.

Der Bus und die anderen Autos waren früh genug weg, um dem Schlimmsten zu entkommen. Rochelles Rolls dagegen bekam den Regen voll ab. Erst waren es Tropfen, dann Wasserstreifen, dann ein dauerndes Flimmern auf der Windschutzscheibe. Als sie sich dem Kreuz 680 näherten, wurde es gefährlich. Regen und Ölfilm auf dem Asphalt machten die Autobahn tückisch. Ohne Absprache waren alle drei hellwach. Rochelle hielt das Lenkrad fester, Miriam und Emily wurden zu zusätzlichen Augen.

„Soll ich fahren, Rochelle?", fragte Miriam.

„Nein", sagte Rochelle sofort. „Ich komme klar. Schau nur, dass mir keiner von der Seite reinzieht." Ihre Stimme klang gepresst. „Ich sehe kaum noch was. Die Scheibenwischer schaffen das Wasser nicht. Und ich hab Angst, dass ich zu spät bin, um die Kinder von der Schule abzuholen." Sie schluckte. „Wenn wir nicht da sind, bekommen sie Angst. Wir haben's ihnen doch versprochen."

Emily warf Miriam auf dem Rücksitz einen schnellen Blick zu, die linke Augenbraue hob sich ganz leicht. Miriam hielt die Augen auf den Verkehr gerichtet, zwischen zweiter Spur und Seitenstreifen, und antwortete nur mit einem kaum sichtbaren Zucken ihrer Brauen.

„Das wird schon", sagte Emily. „Auf den Notfallkarten meiner Kinder stehen Nummern. Wenn David es nicht schafft, kann meine Mutter sie erreichen. Und sobald wir runter sind von der Autobahn, wird's weniger Verkehr."

„Ja", meinte Miriam trocken. „Bis wir an der Benicia Bridge sind. Da steht's immer."

„Wenigstens ist das dann schon zu Hause", sagte Rochelle, mehr zu sich selbst als zu den anderen.

An der Kreuzung gab es keine einzelnen Tropfen mehr. Der Regen war eine Wand, gleichmäßig, dicht, als würde jemand einen Vorhang aus Wasser vor die Welt ziehen. Rochelle merkte, dass sie, wenn sie sich über das Lenkrad beugte, gerade genug sehen konnte. Ein schmaler Streifen Straße, dort, wo der Wischer seine Bahn begann. Es musste reichen, um die Spur zu halten.

Sie kamen schnell voran, weil der Regen alle zu derselben Geschwindigkeit zwang. Noch hatte es keine Unfälle gegeben. Noch.

Die Frauen waren so fokussiert, dass sie nicht in diese starre Panik verfielen, in der der Körper plötzlich nur noch ein Gewicht ist. Rochelle hing immer noch über dem Lenkrad. Ihre Rückenmuskeln taten längst nicht mehr weh. Sie waren einfach taub. Die Schmerzen würden morgen kommen.

Wahrscheinlich war genau diese Konzentration der Grund, warum das Knallen nicht sofort als Schüsse in Emilys Bewusstsein drang. Wahrscheinlich war Rochelles gebeugte Haltung der Grund, warum sie nicht getroffen wurde. Und vielleicht war es auch schlicht der Umstand, dass niemand damit rechnet, dass auf einer regennassen Autobahn plötzlich Kugeln in ein Auto schlagen.

Erst als die zweite Kugel direkt vor Emilys Gesicht durchs Beifahrerfenster fuhr, riss ihre Aufmerksamkeit von der Straße weg. Ihr Kopf zuckte nach links, hart, reflexhaft, und in diesem Bruchteil einer Sekunde verstand sie.

Die dritte Kugel schlug hinten in die Scheibe der Fahrertür ein. Glas spritzte, und Miriams Wange bekam einen Kratzer ab. Erst da traf die Panik die drei mit voller Wucht. Es war alles zu schnell. Zu flüchtig. Kein klares Geräuschmuster, kein Zeitfenster, in dem man sich hätte umdrehen und sehen können, aus welchem Auto die Salve kam. Selbst wenn sie durch den Regen ein Kennzeichen hätten erkennen können, wäre es zu spät gewesen. Der Wagen war längst vorbei, viel zu schnell, bei Nässe absolut lebensmüde.

Rochelle steuerte auf den Seitenstreifen. Erst da, im grauen Dämmerlicht des Herbstnachmittags, fiel Emily unwillkürlich der Ausdruck in Rochelles Gesicht auf. Ein kläglicher Schrecken, der sich nicht mehr kontrollieren ließ.

Emily war genauso entsetzt, als sie begriff, dass Miriam getroffen worden war. Das passierte in Nachrichten, in Gang-Geschichten, irgendwo in Südkalifornien auf irgendwelchen Highways. Aber doch nicht ihnen. Nicht drei Frauen aus Vororten, die gerade einen Klassenausflug hinter sich hatten.

Miriams linke Gesichtshälfte war im schmutzigen Licht dunkelrot.

„Miriam!", schrie Rochelle. „Du blutest!"

„Ich… was?", fragte Miriam benommen und strich sich mit der Hand über die Stirn, als würde sie nach Regen suchen.

„An der Wange", sagte Emily und wühlte in ihrer Tasche. Taschentuch. Noch eins. Noch eins. „Links. Du hast uns angeschaut, und…" Ihre Stimme brach kurz. „… und die Kugel hat dich erwischt."

Miriam starrte sie an. „Welche Kugel?"

„Die, die gerade ins Auto geflogen ist!" Emily zeigte aufs Fenster. Wasser lief in feinen Bahnen herunter, und dazwischen waren kleine Löcher, aus denen es nach innen sickerte. „Siehst du das nicht?"

Sie starrten alle drei hin, als müssten sie erst beweisen, dass das wirklich passiert war. Wasser, das aus drei kleinen Öffnungen am Fahrerfenster nach innen rann. Dann drehten sie gleichzeitig die Köpfe zu Emilys Seite. Dort spritzte es aus einem Loch, als hätte jemand einen dünnen Schlauch angestochen.

„Drei", sagte Miriam tonlos. „Drei Löcher. Drei Kugeln."

„Notaufnahme", kreischte Rochelle. Ihre Stimme überschlug sich. „Wir müssen sofort in die Notaufnahme. Sofort!"

Emily sprang aus dem Auto, rannte durch eine silbrig glänzende Wasserlache zur Fahrerseite, riss die Tür auf und schob Rochelle auf den Beifahrersitz. Der harte Stoß gegen die Tür holte Rochelle einen Tick zurück aus der Hyperventilation. Sie weinte trotzdem, schüttelte sich, als würde ihr Körper nicht wissen, wohin mit der Angst.

„Ganz ruhig", sagte Miriam und hielt die Taschentücher an die Wange. „Es ist nur eine Gesichtswunde. Nicht tief. Harold sagt doch immer, dass Gesichtswunden viel schlimmer aussehen, als sie sind. Fahr mich nach Hause. Dann bringst du mich in die Notaufnahme."

Emily drehte sich zu ihr um, die Augen weit. „Bist du verrückt? Du stehst unter Schock. Du spürst das doch kaum. Wir fahren jetzt ins Krankenhaus. Und wir melden das. Verstehst du überhaupt…" Ihre Stimme wurde laut, fast schrill. „Du wurdest angeschossen!"

„Ich weiß", sagte Miriam, und auch sie brüllte plötzlich, aber leiser, wie jemand, der die Kraft sparen will. „Bring mich nach Hause. Ich will meine Kinder sehen. Und Harold. Danach rufen wir die Highway Patrol oder wen auch immer. Aber erst so, wie ich es will."

„Nicht diesmal", sagte Emily hart. Sie drehte die Heizung hoch, damit Miriam warm blieb. „Wir fahren in die Notaufnahme. Punkt. Dann bekommst du Harold, wenn du ihn unbedingt brauchst. Vielleicht hat er sogar Dienst. Du bleibst sitzen."

„Ich will nicht…", jammerte Miriam, und in dem Wort lag mehr Kind als Erwachsene. „Ich will Harold."

„Du gehst ins Krankenhaus", sagte Emily. „Fertig."

Der Regen machte es nicht leichter. Sobald sie von der Autobahn runter waren, wurde es nicht ruhiger, nur dunkler. Die nassen Straßen schluckten das Licht, der Asphalt glänzte schwarz wie Teer. Emilys Kleidung klebte unangenehm am Körper, seit sie draußen im Regen gewesen war. Rochelle lag vorn zusammengerollt, schluchzend, ohne Luft zu bekommen. Miriam hielt die Taschentücher an die Wange, aber es half kaum. Das Blut fand seinen Weg.

Endlich tauchten die Lichter der Notaufnahme vom Mercy auf. Emily lenkte den Rolls hinter einen Krankenwagen, der schon halb unter dem überdachten Eingang stand.

„Bleib da!", rief sie und rannte los. Der Regen war inzwischen eisig, weil die Nacht kam.

Sie stürmte durch die automatische Glastür und schrie in den Raum, ohne zu wissen, wen sie ansprach: „Meine Freundin wurde angeschossen!"

Köpfe drehten sich. Eine Rezeptionistin blieb erstaunlich ruhig. „Wo?"

„Auf der Autobahn. Vor der Brücke."

„Ist sie noch da? Wohin sollen wir den Krankenwagen schicken?"

„Nein." Emily stolperte über die Antwort. „Sie ist… im Auto."

Zwei Krankenschwestern kamen mit einer Trage durch die Doppeltüren. Emily rannte auf sie zu. „Ich bin die Frau von Dr. Rose. Ist er hier?"

Noch bevor Emily richtig durchatmen konnte, tauchte Harold auf, der Kittel offen, der Saum flatterte hinter ihm her. Er wirkte wach, scharf, sofort im Modus.

„Emily", sagte er, während er schon lief. „Was hat Treva mir gesagt? Miriam ist hier?"

„Sie wurde angeschossen", brachte Emily heraus. „Auf der Autobahn. Sie ist draußen, im Rolls."

„Okay." Harold nickte einmal. „Bleib hier. Gib Treva die Details. Und wir melden das." Dann zu den Schwestern: „Los."

Draußen riss Harold die Tür auf, sah Rochelle vorn wimmern, checkte sie im Vorbeigehen, dann beugte er sich nach hinten. Die Außenbeleuchtung schnitt ein Stück Dunkelheit weg, genug, um Miriams lässiges, unpassendes Lächeln zu sehen.

„Hey, Schatz", sagte sie leise. „Ich bin verletzt."

Harolds Gesicht blieb streng. „Du bist ganz schön zugerichtet."

„Mein Gesicht brennt ein bisschen."

„Du stehst unter Schock."

„Glaub ich nicht", murmelte Miriam. „Gesichtsverletzung. Du sagst doch immer…"

„So habe ich das nicht gesagt." Harold schnitt ihr das Wort ab. „Sei still, sonst spritze ich dir was zum Schlafen."

Als Miriam festgeschnallt auf der Trage lag und sie sie reinrollten, ging Harold zurück zu Emily am Empfang.

„Wird sie wieder gesund?", fragte Emily. Sie hörte sich selbst und mochte die Stimme nicht.

„Ich hoffe." Harold rieb sich kurz übers Kinn. „Aus welchem Winkel kam die Kugel? Kannst du das einschätzen?"

Emily zwang sich, sauber zu erzählen. Wo Miriam gesessen hatte. Dass Rochelle nach vorn gebeugt war. Dass die Kugel an Emily vorbeigegangen war. Dass sie drei Löcher gesehen hatten, aber nicht wussten, ob es mehr Schüsse gab. Dass die Wunde schräg aussah, als wäre das Geschoss durchs Seitenfenster gekommen. Während sie redete, merkte sie, wie ihr Körper erst jetzt anfing zu zittern.

„Es könnte noch im Gesicht stecken", sagte Harold. „Oder Glassplitter. Wichtig ist jetzt: Infektion verhindern. Wir röntgen sie. Und du bleibst hier, bis du der Highway Patrol Auskunft gegeben hast."

Emily nickte.

„Kannst du Rochelle nach Hause bringen?", fragte Harold. „Und danach zu uns fahren, die Kinder mitnehmen, zu dir? Ich rufe sie an. Ich erklär ihnen, dass du kommst. Ich hole sie, sobald ich kann."

„Ja", sagte Emily sofort. „Ich bring sie morgen zur Schule."

Harold schüttelte den Kopf. „Nein. Ich will sie bei mir. Ich will nicht, dass meine Kinder ohne Eltern sind, wenn so was passiert. Sag ihnen nichts. Das ist meine Aufgabe. Sie werden Angst haben, und ich muss ihnen helfen, das einzuordnen."

„Okay", sagte Emily. „Du kannst jederzeit kommen. Egal wie spät. David oder ich bringen sie dir auch, wenn du willst. Ruf einfach an."

Die Highway Patrol war schnell da. Aussage, Fragen, Notizen. Danach durften Emily und Rochelle gehen.

Emily fror erbärmlich in ihren nassen Kleidern. Als sie mit Rochelle auf den Rücksitz des Streifenwagens stieg, sah sie das Auto. Der Rolls, eben noch bloß ein Auto, war jetzt ein Stück Tatort.

„Rochelle", sagte Emily vorsichtig, „geht's dir irgendwie…? Harold ist bei Miriam. Sie kümmern sich um sie."

Rochelle schüttelte den Kopf. Ihr Körper zitterte. Aus ihr kam ein leises Stöhnen, dazwischen abgehackte Seufzer. „Ich kann nicht nach Hause", flüsterte sie. „Ich schaff das nicht. Diese Löcher im Fenster… das Auto…" Sie schluckte. „Was sag ich den Kindern? Und Geoffrey." Ihre Stimme kippte. „Oh Gott. Was sag ich Geoffrey?"

Die Hysterie kroch zurück.

„Rochelle, du musst nach Hause", sagte Emily. „Was ist mit deinen Kindern?"

Rochelle weinte noch stärker.

„Willst du sie mit Geoffrey allein lassen?" Emily hörte selbst, wie hart das klang, aber sie hielt nicht an. „Ist er überhaupt da? Ist er auf Reisen? Samantha und Scott brauchen dich."

Dieser Satz traf Rochelle wie kaltes Wasser. Und das, an so einem Tag, an dem eigentlich nichts Kaltes mehr nötig gewesen wäre. Sie wischte sich mit den Handflächen über die geschwollenen, glasigen Augen. Dann setzte sie sich aufrecht hin. Es war fast mechanisch, als würde sie ihren Körper in eine starre Haltung bringen, und gleichzeitig ihre Gefühle auf leise stellen.

Als der Polizist wieder einstieg, sagte Rochelle ruhig: „Lass uns fahren. Eigentlich solltest du bei Miriams Kindern bleiben. Ich kann nach Hause. Bring mich nur kurz zu Miriam, dann fahre ich euch."

Emily starrte sie an. „Bist du sicher? Willst du was trinken? Ein Taschentuch?"

„Nein." Rochelle lächelte sogar, dünn, fast höflich. „Ich war nur völlig durch. Ich konnte nicht klar denken. Soll ich dich nach Hause bringen?"

Emily blinzelte. „Rochelle, dein Auto geht jetzt nirgendwohin außer auf den Polizeiparkplatz. Wir sitzen im Streifenwagen. Du kannst nicht fahren."

„Doch", sagte Rochelle, als wäre das eine Kleinigkeit. „Ich muss zu den Kindern."

Emily beobachtete sie den ganzen Weg bis zu ihrem Haus. Rochelle stieg aus, ohne sich zu bedanken, ohne irgendetwas anzuerkennen. Als würde Dankbarkeit in dieser Nacht nur ein weiterer Luxus sein, den sie sich nicht leisten konnte.

KAPITEL 31

Als David an diesem Abend von der Arbeit nach Hause kam, blieb er schon in der Tür stehen und sah ins Wohnzimmer. „Morgen ist Schule", sagte er, als hätte er erst jetzt begriffen, was er da sah. „Was machen die Rose-Kinder hier? Dachten wir nicht, wir hätten diese Regel, dass es an Schultagen nach dem Abendessen keine Gäste mehr gibt?"

„Besondere Umstände", antwortete Emily.

David schnaubte. „Erzähl."

Emily zögerte einen Moment. „Harold hat mich gebeten, die Kinder abzuholen. Er wollte nicht weg, bevor er sicher war, dass es Miriam gut geht."

„Weg wohin?"

„Ins Krankenhaus."

„Welches Krankenhaus?"

„Mercy."

David runzelte die Stirn. „Das Mercy Hospital, wo er arbeitet? Warum ist Miriam nicht einfach mit ihm gegangen?"

Emily suchte nach Worten, die nicht sofort explodierten. „Ähm… sie konnte nicht."

„Du meinst, sie hat sich verletzt."

„Nicht ganz."

„Warum konnte sie dann nicht?"

Emily holte tief Luft. „Sie wurde angeschossen."

David starrte sie an, als hätte sie gerade eine schlechte Pointe gemacht. „Mit… einer Waffe? Was heißt das, Miriam wurde angeschossen?"

„Es heißt genau das, David." Emilys Stimme war plötzlich sehr ruhig. „Im Auto. Da sind Schüsse gefallen."

„In wessen Auto?"

„In Rochelles. Rochelle Emory. Auf der Autobahn."

„Woher weißt du das?" Die Frage kam zu schnell, zu scharf.

„Weil ich mit im Auto saß." Emily sah ihn direkt an. „Eine Kugel ist an mir vorbei. Miriam hat's getroffen. In die Wange."

Für einen Augenblick war David nur Luft und Unglauben. Dann brach die Wut durch. „Du warst im Auto? Du wärst fast erschossen worden?" Er trat näher, als könnte er sie damit wieder in Sicherheit schieben. „Moment. Hast du Rochelle gesagt?"

Emily nickte.

„Diese Rochelle von Sustain and Shelter?" Seine Stimme wurde dunkler. „Die Rochelle?"

Emily nickte wieder.

David drängte sie, ohne es zu merken, einen Schritt zurück, bis sie mit der Schulter an der Wand stand. „Was zum Teufel ist hier los? Glaubst du, das hat was mit Sustain and Shelter zu tun? Diese verrückte

Nummer war mir ja schon unangenehm, aber jetzt… Jetzt wird auf euch geschossen. Warum auf euch? Warum auf Rochelles Auto? Du trittst sofort aus diesem Vorstand aus."

Emily hob das Kinn. „David, wag es nicht, mir vorzuschreiben, was ich zu tun habe. Du bist mein Mann, nicht mein Aufpasser." Ihre Stimme war scharf, und in ihr steckte der ganze Tag. „Beruhig dich. Ich erzähle dir, was ich weiß, und dann entscheiden wir gemeinsam. Aber du sagst mir nicht, was ich zu machen habe. Nicht so."

David hielt inne. Er sah aus, als hätte er eine Ohrfeige bekommen. Die Wut blieb, aber sie verlor ihren Halt. „Tut mir leid", murmelte er. „Ich… ich kann das nicht ertragen, wenn du so bedroht wirst."

„Ich weiß." Emily rieb sich über die Stirn. „Und ich weiß selbst nicht, was da los ist." Dann, als würde sie die Gedanken sortieren müssen, fragte sie: „Aber warum kommst du sofort auf Sustain and Shelter? Wir waren auf einem Schulausflug. Das war doch… Zufall. Eine Drive-by-Schießerei. Niemand hat in dem Moment an diese Organisation gedacht. Warum verknüpfst du das?"

David antwortete erst nach einem Moment. „Ich weiß es nicht sicher." Er sprach langsamer, als würde er jeden Satz abtasten. „Es ist nur… die Leute, die ich in Verbindung mit dieser Gruppe kennengelernt habe, wirken alle irgendwie… seltsam." Er verzog den Mund. „Seltsam im Sinne von: nicht normal. Nicht unbedingt verrückt. Aber ungewöhnlich. Und was heute auf der Autobahn passiert ist, ist nicht nur ungewöhnlich. Das ist irre." Er atmete aus. „Ich kann dir nicht erklären, warum ich glaube, dass es zusammenhängt. Vielleicht, weil ich bei all der ehrenamtlichen Arbeit, die du und deine Mutter gemacht habt, noch nie erlebt habe, dass eine Organisation so aus dem Ruder läuft. Und ich muss ständig an diesen 4.-Juli-Kram denken."

Emily schwieg kurz. „Vielleicht hast du recht. Vielleicht auch nicht." Sie hörte sich selbst und merkte, wie müde sie war. „Es könnte Zufall sein. Wahrscheinlich ist es das sogar. Aber es kann nicht schaden, mit Bob Washburn zu reden. Ich glaube nicht, dass jemand wusste, wer in dem Auto sitzt. Wie denn auch?" Sie schüttelte den Kopf. „Trotzdem… ich möchte mit Bob sprechen. Dem Polizisten habe ich gesagt, was passiert ist, aber Bob kennt die Leute, kennt die Abläufe. Vielleicht kann er helfen, das einzuordnen. Kommst du mit?"

David nickte nur. „Ruf ihn an. Versuch's zuerst bei deiner Mutter. Wahrscheinlich ist er bei ihr."

Er war nicht bei Louisa. Sie klang am Telefon sogar überrascht. Bob sei nicht einmal in der Stadt.

„Warum suchst du ihn?", fragte sie, bemüht, nicht zu neugierig zu klingen.

Emily versuchte, die Schwere des Nachmittags wegzudrücken, als könnte man sie mit einem lockereren Ton kleiner machen. „Miriam wurde bei einer Drive-by-Schießerei angeschossen. Ich wollte wissen, ob Bob den Beamten kennt, der die Anzeige aufgenommen hat."

Ein scharfes Einatmen. Dann wiederholte Louisa fast wortwörtlich, was David eben gesagt hatte: „Angeschossen? Was meinst du damit? Mit einer Waffe?"

„Ja, Mama." Emily hielt den Hörer fester. „Im Auto. Auf der Autobahn."

„In wessen Auto?"

„In Rochelles. Rochelle Emory."

Emily schob, weil sie es nicht lassen konnte, einen ironischen Satz hinterher, als wäre Ironie ein Schutzschild: „Rochelle fährt einen Rolls Royce. Ist das nicht… irgendwie absurd? Auf einen Rolls schießen. Das passt doch überhaupt nicht zu diesem… Image."

Louisa ging nicht darauf ein. Ihre Stimme wurde nur kälter. „Wer ist Rochelle Emory?"

„Eine Nachbarin von Miriam. Miriam mochte sie lange nicht, bis sie sie besser kennengelernt hat." Emily sprach schneller, als müsste sie alles auf einmal loswerden. „Wir waren wegen Jojos Klasse zusammen in Sacramento.“

„Die Kinder haben das gesehen?“ Der Sarkasmus, der sonst gern in Louisas Stimme lag, war plötzlich Unglauben.

„Nein. Die Kinder waren im Bus.“

„Aber du hast es gesehen.“ Louisa wurde leiser. „Du warst im Auto. Mein Gott, Emily, du hättest sterben können.“

„Bin ich aber nicht.“ Emily schluckte. „Mir geht's gut. Miriam wurde an der Wange getroffen. Harold ist bei ihr. Er muss auch noch einen Bericht schreiben, und ich will mit Bob sprechen, sobald er wieder da ist.“

Louisa machte ein Geräusch, irgendwo zwischen Wut und Hilflosigkeit. „Weißt du, was mich daran am meisten fertig macht? Ich kann dir nicht einmal sagen: Sei vorsichtiger. Du warst nicht in irgendeiner Spelunke. Du hast einer Schule geholfen. Öffentliche Schule, verdammt noch mal. Was kann harmloser sein als das? Und dafür wird Miriam angeschossen? Hier stimmt etwas überhaupt nicht.“

Emily sagte nichts. Sie ließ ihre Mutter reden, ließ die Sätze ausbrennen.

Schließlich atmete Louisa hörbar aus. „Bob wird wahrscheinlich heute Abend anrufen. Er hat gesagt, vielleicht kommt er morgen oder übermorgen zurück. Ich sag's ihm und frage, wann genau. Ich melde mich, okay?“

„Danke, Mom.“

„Emily.“ Louisa zögerte, und Emily wusste, was jetzt kam.

„Ja, Mama.“

„Pass auf dich auf“, sagte Louisa, diesmal ohne jede Schärfe. „Bitte. Irgendwas ist los. Du merkst das doch auch. Weißt du, was es ist?“

„Es war… so ein Ding", sagte Emily und hasste sich für diese Nicht-Antwort. „Es ist einfach passiert. Mach dir keine Sorgen."

„Klar", meinte Louisa trocken und legte auf.

Emily hielt das Telefon noch einen Moment in der Hand, obwohl das Gespräch längst vorbei war. Die Besorgnis ihrer Mutter hing ihr nach, genauso wie Davids Frust, der jetzt nur noch still im Raum stand.

Am Fenster liefen Regentropfen in dünnen Bahnen herunter und verschmierten den Blick auf den Garten, bis alles dahinter wie eine verwischte Zeichnung wirkte. Emily ging den Nachmittag wieder und wieder durch. Die feuchte Kälte, das Grau, das Wasser, das alles schluckte, gaben dem Ganzen etwas Gespenstisches, als wäre es nicht wirklich passiert, sondern nur ein Albtraum, der am falschen Ort hängen geblieben war.

Sie hätte Byte am liebsten an die Leine genommen und wäre einfach losgegangen, so lange, bis die Gedanken leiser werden. Aber draußen war es dunkel und nass.

Vielleicht morgen.

KAPITEL 32

Der Oktober begann, als hätte jemand den Himmel auf „Dauerlauf" gestellt. Es regnete sanft und es regnete kalt. Es regnete grau, es nieselte, es schüttete. Zwischendrin kam Schneeregen, dann wieder ein milder Schauer, dann Eisregen und sogar Hagel. Einmal schob sich für ein paar Minuten ein blasser Streifen Sonne durch die Wolken, als wolle er sich entschuldigen, bevor der nächste Vorhang Wasser herunterging. Es gab kaum Pausen, lang genug, damit irgendetwas richtig trocknen konnte.

Je mehr die Nässe überall hängen blieb, desto lauter wurden die Beschwerden. Die Laune in der Stadt kippte. Menschen wirkten dünnhäutiger, schneller gereizt, als wäre jeder Tropfen ein zusätzlicher Grund, schlecht drauf zu sein. Lächeln wurden seltener. Fröhlichkeit fühlte sich an wie etwas, das man im Sommer liegen gelassen hatte.

Emily störte das überraschend wenig. Für sie war dieses endlose Grau kein Feind, sondern ein Versprechen. Regen bedeutete einen üppigen Frühling, saftiges Grün, später einen Sommer, der alles überstrahlen würde. Wenn es nur leicht nieselte, ging sie mit Byte in den Garten, lockerte die feuchte Erde und bereitete die Beete vor. Zwiebeln und Samen warteten schon, als hätten sie es eilig, sobald die Sonne zurückkam. Und wenn es wirklich goss, hielt sie inne, ließ den nächsten Schauer durchziehen und ging dann trotzdem raus. Lange Spaziergänge im leisen Niesel, der einen nicht erschlug, sondern umhüllte. Dabei durfte ihr Kopf wandern, so wie Byte sich durch Büsche und Unterholz schnüffelte.

Nach allem, was in den letzten Tagen passiert war, tat ihr diese Zeit gut. Still sein, gehen, atmen, ohne dass jemand etwas von ihr wollte. Und wenn sie drinnen blieb, hatte sie eine Beschäftigung, die sie auf eine ganz eigene Art beruhigte: Halloween-Kostüme.

Jeden Tag kam eine neue Schicht Zeitungspapier auf Lulies Nase. Pappmaché, Kleister, Geduld. Die Nase wuchs, bis sie bald so unverschämt lang war wie die von Pinocchio. Emily ertappte sich dabei, wie sie ihr Werk betrachtete, als hätte sie gerade etwas Erstaunliches geschaffen. Dann klingelte das Telefon und riss sie heraus.

Bob Washburn.

„Emily", sagte er ohne jede Einleitung. Man hörte ihm an, dass er gerade erst wieder im Tritt war. „Ich war heute Morgen wieder im Büro. Was hat deine Mutter mir da von einer Schießerei aus einem fahrenden Auto erzählt?"

Emily erzählte es noch einmal, so ruhig wie möglich, und schob hinterher: „Ich wollte wissen, wie sowas weiterläuft. Ich dachte, du kannst mir sagen, was mich erwartet."

„Das ist nicht mein Zuständigkeitsbereich", antwortete er. „Das läuft wahrscheinlich über die California Highway Patrol." Er machte eine kurze Pause. „Ich habe hier noch nichts davon gehört, aber ich bin auch erst seit ein paar Stunden zurück. Wer war beteiligt?"

„Das Auto, aus dem geschossen wurde, haben wir nicht erkannt. Bei dem Regen konntest du kaum die Spur vor dir sehen." Emily hörte sich selbst reden und wunderte sich, wie normal sich der Satz anhörte. „Wir waren zu dritt. Miriam Rose hat's getroffen, ins Gesicht. Wir haben sie ins Mercy gebracht. Ich hab dem Highway-Patrolman alles erzählt.

Aber ich kenne dich, Bob. Ich will nicht nur irgendeinen Ablauf. Ich will wissen, womit ich rechnen muss."

„Tut mir leid, Emily." Seine Stimme blieb freundlich, aber es war ein klares Ende darin. „Ich kann dir da vermutlich nicht viel helfen. Ich werde mich umhören und sehen, ob ich irgendwas mitbekomme."

Sie spürte, wie das Gespräch wegrutschte. „Warte." Emily hielt ihn fest, bevor er wirklich auflegen konnte. „Du kannst mir doch helfen. Nicht direkt damit, aber…" Sie brach ab, suchte nach dem richtigen Einstieg und wusste selbst, dass sie zu viel redete. „Ich hab ewig überlegt, ob ich dich damit belästigen soll. Und ich will nicht die sein, die sich aufregt, dass andere wegschauen, wenn was nicht stimmt, und dann selber den Mund hält. Vielleicht übertreibe ich. Vielleicht ist es nur meine Neugier. Aber sie lässt mich nicht los."

Bob sagte nichts, um sie zu bremsen. Er war ein geduldiger Mensch. Er erwähnte nicht, dass er nach vier Tagen Konferenz wahrscheinlich einen Schreibtisch voller Arbeit vor sich hatte. Er ließ sie reden.

„Erinnerst du dich an die Leiche, die vor Schulbeginn im Fluss gefunden wurde?"

„Klar." Jetzt war er sofort wach. „Weißt du, wer es ist?"

„Nein." Emily schluckte. „Aber in dem Vorstand, in dem ich sitze… fehlen ein paar Frauen."

„Welcher Vorstand?"

„Sustain and Shelter." Sie hörte selbst, wie der Name inzwischen eine eigene Schwere hatte. „Du erinnerst dich an Rudyard Millup, den du im Sommer getroffen hast. David findet diese ganze Gruppe seltsam. Und ehrlich gesagt… wahrscheinlich hat er recht." Sie atmete aus. „Eine Frau hat erzählt, sie nehme einen neuen Job an. Sie trat zurück, aber es fühlte sich nicht so an, als müsste sie deshalb wirklich gehen. Und dann ist da die Schatzmeisterin. Ida. Ida McIvey. Ich versuche seit Tagen, sie zu erreichen. Niemand reagiert, niemand wirkt wirklich beunruhigt, dass sie schon beim zweiten Treffen hintereinander nicht da war. Als wäre das normal.“

„Und du glaubst…“, begann Bob.

„Ich weiß es nicht.“ Emily presste die Lippen aufeinander. „Ralph Watkins war doch auch in diesem Umfeld. Die Leiche, die im Einkaufszentrum gefunden wurde, an dem Tag, als ich dich dort gesehen habe.“ Sie merkte, wie sie sich verhedderte, und zwang sich, klarer zu werden. „Vielleicht ist es einfach mein Kopf, der die Dinge zusammenklebt, weil ich die Antwort nicht ertrage, dass es Zufall sein könnte.“

„Chad?“, fragte Bob. „Wer ist Chad?“

„Der Geschäftsführer.“ Emily schob es schnell hinterher, bevor er falsch verstand. „Um ihn geht’s mir nicht mal. Er ist unangenehm, ja. Aber er ist nicht das, was mich nervös macht. Es ist Ida. Sie ist…“ Emily suchte nach dem Wort. „… leicht einzuschüchtern. Nervös. Und sie ist verschwunden.“

„Wie sieht sie aus?“, fragte er leise.

„Schlank. Für eine Frau eher groß. Braunes Haar, schon viel Grau drin. Brille. Vielleicht sechzig, fünfundsechzig.“

„Und die andere Frau? Du hast vorhin noch jemanden erwähnt.“

„Blythe Oberstein.“ Emilys Stimme wurde schärfer, weil sie bei dem Namen immer wütend wurde. „Jung. Obdachlos, aber du würdest es nicht sofort sehen. Chad und Rudyard behaupten, sie sei aus dem Vorstand raus, weil sie einen Job angenommen hat.“ Emily schnaubte. „Als wäre ehrenamtliche Arbeit etwas, das man nur machen darf, wenn man sonst nichts im Leben hat. Ich hab versucht, sie anzurufen. Keine Antwort.“

„Sonst noch was?“, fragte Bob.

Emily zögerte. Dann: „Im Moment nicht.“

Eine Pause. „Bist du sicher?“

„Ja", sagte sie, und in dem Wort lag schon das Loch. Sie hörte es selbst.

„Du bist die Erste, die es mir sagt, wenn du bereit bist", sagte Bob ruhig. „Falls du noch etwas weißt."

„Ja." Emily hielt kurz inne. „Das heißt, wenn…"

„Wenn was?"

„Wenn du mir sagst, wer die Leiche ist." Sie hatte es endlich ausgesprochen. „Ich werde es niemandem erzählen. Ich will nur wissen, ob es Ida ist. Oder Blythe. Ich will es einmal vor allen anderen wissen. Nur dieses eine Mal."

„Abgemacht." Bob klang jetzt wachsam. „Aber vergiss deinen Teil nicht."

„Werde ich nicht." Emily schluckte wieder. „Und, Bob?"

„Ja?"

„Sag meiner Mutter nichts davon." Emily hörte sich klein an, obwohl sie es nicht sein wollte. „Sie ist ohnehin schon nervös. Ich will sie nicht noch mehr aufscheuchen."

Bob lachte leise. „Deine Mutter? Sorgen? Das sehe ich selten. Ihr nichts zu sagen, wird vermutlich der einfachste Teil heute. Ich melde mich, sobald ich was habe."

Emily legte auf und blieb einen Moment stehen, das Telefon noch in der Hand, als müsste sie prüfen, ob das Gespräch wirklich passiert war.

Am Nachmittag ging sie früher, um die Kinder von der Schule abzuholen. Danach fuhr sie ins Mercy, zu Miriam.

Miriams Zimmer war ein Einzelzimmer. Als Emily eintrat, sah Miriam nicht aus wie jemand, der „Glück gehabt" hatte. Sie wirkte, als hätte man ihr die Leichtigkeit aus dem Gesicht geschnitten und vergessen, sie wieder einzunähen.

„Und?", fragte Emily leise. „Wie geht's dir?"

„Ganz okay", sagte Miriam müde. „Nur… reden ist schwierig. Und es tut weh." Sie verzog den Mund, als würde schon das Sprechen ziehen. „Mehr als direkt danach."

Emily trat näher. „Und du wolltest nicht in die Notaufnahme." Sie setzte sich, als müsste sie sich dafür entschuldigen, dass sie überhaupt noch steht. „Es tut mir leid, dass du Schmerzen hast."

„Ist nicht deine Schuld", sagte Miriam.

Die Worte trafen Emily härter, als sie sollten. Nicht weil Miriam sie anklagte, sondern weil Miriam sie entlastete. Wenn David recht hatte, wenn das alles doch irgendwie zusammenhing, wenn das kein Zufall war… dann war es eben doch Emilys Schuld, zumindest ein Stück weit. Der Gedanke war so hässlich, dass sie ihn am liebsten sofort wieder weggewischt hätte.

„War Rochelle hier?", fragte Emily.

„Nein." Miriam verzog den Mund. „Ich hätte gedacht, sie kommt und guckt sich den Schaden an. Sie hat im Auto genug darüber geredet. Man hätte meinen können, sie wäre diejenige, die getroffen wurde."

Emily nickte nur. „Ja."

Im Flur huschten Krankenschwestern vorbei. Türen gingen auf und zu. Stimmen, Schritte, das Geräusch von Wagenrädern auf Linoleum. Krankenhäuser waren nicht gemacht für lange Gespräche. Und Miriam war nicht in der Stimmung, alles noch einmal zu durchleben.

„Harold meinte, das Glas wäre das größte Problem gewesen", sagte Emily vorsichtig. „Wegen der Infektion. Und dass du verdammtes Glück hattest, dass der Kiefer heil geblieben ist."

Miriam nickte, ohne hinzusehen. „Ich auch."

Sie wollte nicht über die Schüsse sprechen. Vielleicht konnte sie es nicht. Vielleicht war das der einzige Weg, die Kontrolle zu behalten.

Miriams sonst so unkomplizierte Art war weg, als hätte sie jemand aus dem Raum getragen. Die Zurückhaltung machte das Gespräch steif.

Traurigkeit hing zwischen ihnen, leise und zäh. Emily fragte sich, wie lange es dauern würde, bis Miriam wieder wie Miriam klang.

Nach einer weiteren Pause sagte Emily: „Hast du die Kinder gesehen?"

Miriam schüttelte den Kopf.

„Sie sind noch zu klein", murmelte sie. Und dann, mit einem winzigen Trotz: „Könnte Harold sie nicht heimlich reinbringen?"

Emily musste trotz allem kurz lächeln, weil es so sehr nach Miriam klang. „Er hat's überlegt", sagte sie. „Aber er meint, als Abteilungsleiter sieht das nicht gut aus."

Miriam seufzte. „Ich bin in ein paar Tagen zu Hause."

Dann hob sie den Blick und wechselte das Thema, so abrupt, dass Emily es fast dankbar annahm. „Erzähl mir, als was sich deine Kinder zu Halloween verkleiden."

Emily erzählte es ihr. Von Lulies Nase, die jeden Tag länger wurde. Von Jojos Skelett mit beschrifteten Knochen. Miriam hörte zu, und für einen Moment war da etwas wie Normalität.

Als Emily ging, sagte sie: „Wenn du willst, helfe ich dir mit den Kostümen für Eli und Tenandra."

Miriam winkte kurz, halbherzig, als wäre selbst das schon anstrengend. Ihre Zähne pressten sich aufeinander, als wollte sie den Schmerz damit in Schach halten.

Emily trat hinaus auf den Flur und spürte, wie die ganze Sache wieder an ihr zog. Draußen regnete es bestimmt immer noch. Und irgendwo, mitten in diesem Grau, lag eine Antwort, die sie nicht hören wollte.

KAPITEL 33

Emily rannte ans Telefon und riss den Hörer hoch, ohne auf ihre Hände zu achten. Sie waren klebrig vom Weizenleim. Gerade hatte sie Lulies Nase die nächste Schicht Pappmaché verpasst. Eigentlich war das Ding inzwischen richtig gut geworden. Am Anfang hatten die ersten Lagen schlaff an dem Maschendraht gehangen, als würde das ganze Projekt in sich zusammenfallen. Jetzt hielt es. Die Form stand. Es wirkte beinahe… glaubwürdig. So glaubwürdig eben, wie eine fünfzehn Zentimeter lange, gebogene Nase wirken kann. Emily spürte dieses leise, stolze Ziehen im Bauch, das Künstler vermutlich kennen, wenn etwas endlich funktioniert.

„Hallo?"

„Emily, Detective Washburn."

Allein der Tonfall ließ ihr die Finger kälter werden als der Kleister. Wenn er „Detective" sagte und nicht Bob, war das kein freundlicher Anruf.

„Reden Sie."

„Wie gut kanntest du Ida McIvey?"

„Gar nicht. Ich habe sie vielleicht drei Mal gesehen, wenn überhaupt. Und ich habe sicher keine zehn Worte mit ihr gewechselt." Emily schluckte. „Meine Mutter kennt sie besser. Fragen Sie sie. Warum?"

„Die Leiche im Fluss, wegen der du so nervös warst… Zahnarztunterlagen sagen: Ida McIvey." Er machte keine Pause, um es sacken zu lassen. „Fällt dir irgendetwas ein? Irgendetwas, das du mir nicht gesagt hast?"

Emily war so überrascht, dass sie erst mal nur starr in die Küche sah, als müsste sie dort eine Erklärung finden. Sein Ton war nicht neugierig. Er war prüfend. Er rief nicht an, um ihr etwas mitzuteilen. Er rief an, um sie zu befragen.

„Nein", sagte sie langsam. „Im Moment… fällt mir nichts ein."

„Denk an unsere Abmachung." Seine Stimme wurde schärfer, eindringlicher. „Selbst das kleinste Detail kann wichtig sein. Vielleicht merkst du nicht, dass es wichtig ist. Aber alles, was du gesehen hast, alles, worüber du gesprochen hast, könnte entscheidend sein. Alles." Das letzte Wort legte er schwer hin, als müsste es sich in ihr festsetzen.

Emily spürte, wie ihr Kopf anfing zu arbeiten und gleichzeitig bremste. Die Finanzen. Natürlich. Irgendwas an den Zahlen, an den Berichten, an dem ganzen Hin und Her. Aber was, wenn sie es sagte und es am Ende nichts bedeutete? Wenn sie sich irrte, würde sie nur Chaos anrichten. Bei Davids Firma waren Zahlen ehrlich. Sie ergaben Sinn. Man konnte sie nachverfolgen. Bei Sustain and Shelter waren es Zahlen, die sich anfühlten wie Nebel.

Ihr Zögern hörte er sofort.

„Komm schon, Emily." Jetzt klang er noch direkter. „Sag mir alles. Glaubst du, du weißt etwas? Dann sag es. Jetzt."

„Nein." Das Wort kam zu schnell, zu dünn. „Ich… ich wüsste nicht, woran. Mir fällt kein Gespräch ein, nichts, was…" Sie brach ab. „Tut mir leid."

„Okay." Er atmete einmal hörbar aus. „Ich sag dir das so offen, weil ich nicht will, dass sich die Sache mit Ralph Watkins zwischen uns wiederholt. Ich will nicht, dass du es irgendwo anders erfährst. Verstehst du?" Seine Stimme wurde etwas ruhiger, aber nicht weicher. „Du bist diejenige, die uns auf die Spur gebracht hat. Du solltest auch den Abschluss bekommen. Bist du sicher, dass du nichts weiter weißt?"

Du fragst das die ganze Zeit, dachte Emily. Was erwarten Sie von mir? Eine Lösung? Ich kenne diese Frau kaum. Ich habe nur das, was Mom und Genevieve erzählt haben. Und jetzt das, was Sie mir gerade sagen.

Laut fragte sie, weil die Gedanken zu groß wurden: „Wurde sie... so getötet wie Ralph?"

„Ja", sagte Washburn sofort. „Genau so."

Emily spürte, wie sich ihr Magen zusammenzog. „Und Sie glauben, das hängt zusammen? Das ergibt doch keinen Sinn. Das klingt... als hätten Sie es mit einem Serienmörder zu tun."

„Nein." Er antwortete schnell, als hätte er diesen Irrweg schon hundert Mal gehört. „Kein Serienmörder. Das ist zu... sauber." Er suchte das Wort, fand es aber nicht wirklich. „Als hätte man die Leute beseitigt. Weil sie im Weg waren. Weil sie etwas wussten. Wenn Ralph und Ida an Informationen gekommen sind, könnten sie die gegen jemanden eingesetzt haben. Aber wir wissen nicht, um welche Informationen es ging."

Emily presste den Hörer fester ans Ohr. Der Leim hielt ihn fast an ihrer Hand fest.

„War Ralph... auch irgendwas mit Zahlen?" fragte sie. „Buchhalter? Wirtschaftsprüfer? Für eine Organisation? Vielleicht... für eine gemeinnützige?"

„Warum fragst du das?" Jetzt war er wieder sofort wachsam. „Was weißt du? Du hast doch etwas, das uns helfen könnte."

„Nein." Emily hörte selbst, wie sehr sie sich an dieses Nein klammerte. „Ich habe nichts Konkretes. Wirklich nicht. Nur… Vermutungen." Sie zwang sich, langsamer zu sprechen. „Sie wissen besser als ich: Wenn es nicht aus Leidenschaft passiert, geht es oft um Geld. Oder um irgendwas, das damit zu tun hat. Leidenschaft oder Gier. So sieht's doch meistens aus."

„Oder Macht." Seine Stimme wurde leiser, beinahe traurig. „Leidenschaft, Gier oder Macht. Eine davon, manchmal zwei, manchmal alles zusammen. Das sind… die großen Schwächen."

Emily starrte auf Lulies Nase, die auf der Küchenablage trocknete wie ein groteskes Kunstwerk. „Ida", murmelte sie. „Die war nicht leidenschaftlich. Nicht gierig. Nicht machthungrig. Das war einfach… Ida. Eine ältere Frau, die ihr Leben lang versucht hat, alles richtig zu machen. Mom und Genevieve meinten, sie hätte sich vor ihrem eigenen Schatten gefürchtet."

„Ja", sagte Washburn. Und dann, als würde er noch etwas hinzufügen, das Emily nicht erwartet hatte: „Aber sie war keine alte Jungfer."

Emily blinzelte. Ihr Hirn stolperte. Keine alte Jungfer. Also verheiratet? Aber warum sprang dann jedes Mal der Anrufbeantworter an? Warum meldete sich nie ein Mann? Und warum hatte niemand sie als vermisst gemeldet?

Washburn ließ ihr keine Zeit, sich zu sammeln.

„Ich sag dir auch, warum." Seine Stimme war jetzt wieder ganz sachlich. „Erinnerst du dich an Rudyard Millup? Den Mann, den du uns am Unabhängigkeitstag vorgestellt hast?"

Emily spürte, wie ihr Nacken heiß wurde. „Er ist nicht mein Freund. Genevieve findet ihn toll. Ich finde ihn nervig, arrogant und herablassend."

„Genau." Washburn blieb unbeirrt. „Und er hat sich gerade lange genug herabgelassen, um Idas Ehemann zu sein."

Emily klappte der Mund auf. Sie hielt den Hörer so fest, dass er fast aus ihrer klebrigen Hand gerutscht wäre. Der Leim rettete ihn.

„Emily?" Washburns Stimme klang plötzlich näher, als wäre er im Raum. „Bist du da?"

„Ich… ja." Sie schluckte. „Ich glaube schon."

„Du glaubst schon?"

„Bob… sind Sie sicher?" Emily hörte, wie ihr eigener Ton ins Ungläubige kippte. „Rudyard und Ida… das passt nicht. Das passt überhaupt nicht."

„Warum nicht?"

Weil ich sie gesehen habe, dachte Emily. Weil sie nebeneinander existiert haben, aber nie zusammen. Weil er sie behandelt hat, als wäre sie Luft. Weil er sogar Geschichten erzählt hat, seine Frau sei so zerbrechlich, sie gehe nie raus. Und Ida war… Ida. Groß, schlaksig, nervös. Und Rudyard? Laut, geschniegelt, selbstgefällig. Wenn Ida mit Taschen beladen war und eine Tür aufbekommen musste, wäre er der Letzte gewesen, der geholfen hätte. Eher hätte er zugesehen, wie ihr alles aus den Armen fällt.

„Ich hab die beiden zusammen gesehen", sagte Emily schließlich, und sie merkte, wie sich ihre Stimme überschlug. „Sie wirkten nie wie… irgendwas. Er war oft richtig gemein zu ihr. Sind Sie wirklich sicher?"

„Ganz sicher."

„Warum hat mir das dann niemand gesagt?" Emily spürte, wie die Wut unter der Überraschung hochkroch. „Ich sitze seit fast sechs Monaten in diesem Vorstand. Wieso ist das nie… nie zur Sprache gekommen?"

„Er hat nicht mit ihr zusammengelebt", antwortete Washburn. „Er hat eine eigene Wohnung." Dann kam wieder dieser Druck in seiner Stimme. „Emily, ich weiß, dass du etwas weißt. Irgendwas fällt dir auf. Vielleicht ist es dir nicht bewusst. Vielleicht hast du etwas gehört. Vielleicht etwas gesehen. Du musst es mir sagen."

Emily spürte, wie ihr Herz zu schnell wurde. Sie wollte aus dem Gespräch raus. Sofort.

„Ich ruf Sie gleich zurück." Ihre Stimme war zu freundlich, zu glatt. „Ich hab… einen Kuchen im Ofen. Der wird sonst zu dunkel."

„Emily—"

Sie legte auf, bevor er den Satz zu Ende bekam.

Der Hörer klebte noch einen Moment an ihrer Hand, als wolle er sich weigern, loszulassen. Emily starrte auf das Telefon, ohne wirklich hinzusehen. Vor ihrem inneren Auge liefen Szenen ab: Rudyard und Ida im selben Raum, ohne dass er sie wahrnahm. Dieses seltsame Gespräch bei der Sitzung über Idas Abwesenheit, als wäre das alles ein lästiger Nebensatz. Niemand wollte sie anrufen. Niemand wollte wissen, wo sie war. „Privatsphäre", hatten sie gesagt. Als wäre das der Grund. Oder die Ausrede.

Wenn Rudyard ihr Mann war, dann hatte der Mann, der am Tisch saß und das Thema wegwischte, genau gewusst, dass seine Frau weg war. Und er hatte nichts gesagt.

Emily versuchte, sich an sein Gesicht zu erinnern. An einen Blick. Eine Regung. Irgendein Zeichen. Aber in ihrer Erinnerung waren nur die Zahlen. Die gedruckten Berichte. Das Gefühl, endlich etwas Greifbares in der Hand zu haben. Rudyard war in dieser Erinnerung fast nicht vorhanden.

Warum sollte ein Mann wie Rudyard eine Frau wie Ida heiraten?

Leidenschaft? Gier? Macht?

Genevieve hatte über Rudyards Motive gespottet, Obdachlosen zu helfen. Nicht aus Mitgefühl, sondern damit sie seine Wohngebiete nicht „ruinieren". Leidenschaftslos, hatte Emily Ida vor sich. Und Rudyard… gierig. Was wusste Ida, das Rudyard nicht draußen sehen wollte? Ida war Finanzmanagerin. Verwaltete sie sein Geld? Hatte sie etwas gesehen, was sie nicht hätte sehen sollen?

Emily spürte, wie sie wieder in Bewegung kam, als wäre ihr Körper klüger als ihr Kopf. Mit der freien Hand wählte sie die Nummer ihrer Mutter.

Louisa meldete sich, und Emily platzte sofort heraus: „Mama. Wusstest du, dass Ida McIvey mit Rudyard Millup verheiratet war?"

„Wer?" Man hörte, wie Louisa kurz nach Luft schnappte. „Ida?"

„Ja. Ida. Die, über die du und Gen beim Mittagessen gesprochen habt. Ida und Rudyard."

„Rudyard?" Louisa klang, als müsse sie den Namen erst ausspucken. „Dieser Trottel, den Genevieve so attraktiv findet?"

„Genau der." Emily presste die Augen zusammen. „Sie waren verheiratet. Oder sind es… gewesen. Ida ist tot."

Einen Moment lang war nur Stille. Dann: „Tot?" Louisa flüsterte fast. „Ida ist tot? Bist du sicher?"

Emily hörte sich selbst erzählen, schnell, atemlos, als müsste sie alles auf einmal rauslassen, bevor es ihr wieder entgleitet: von der Leiche im Fluss, von den fehlenden Sitzungen, von den Anrufen, die ins Leere liefen, von Chad, der die Nummer nicht geben wollte, von Bob, der sie identifiziert hatte. Und dann wieder dieser Satz, der alles verdrehte: Rudyard, ihr Mann.

Louisa sagte schließlich langsam: „Also hat Ida geheiratet." In ihrer Stimme lag dieses staunende, ungläubige Nachdenken. „Dann hatte Ida offenbar doch… mehr Feuer, als wir dachten. Ich frage mich, wie sie Rudyard gekriegt hat."

„Oder wie Rudyard Ida gekriegt hat", sagte Emily. Ihre Stimme klang plötzlich hart.

„Vielleicht." Louisa schnaubte. „Ich tippe eher darauf, dass sie ihn mehr wollte als er sie. Dann muss sie irgendeine… Superkraft gehabt haben." Sie hielt kurz inne, dann kam trocken: „Diese Ehe war bestimmt ein Verbrechen."

„Sie haben getrennt gelebt", sagte Emily.

„Ja." Louisa klang, als würde sie einen Haken setzen. „Wie gesagt: Verbrechen." Dann hörte Emily das leise Kichern, das Louisa bekam, wenn sie sich in etwas vergrub. „Ich schaue, ob ich Genevieve noch mehr entlocken kann. Das wird wahrscheinlich das erste Mal in unserer ganzen Freundschaft, dass ich sie mit Klatsch schlage."

„Mom", sagte Emily, und sie wusste nicht, ob das eine Warnung oder eine Bitte war.

„Arme Ida", murmelte Louisa. „Was für ein trauriges Leben."

Als das Gespräch endete, blieb Emily noch einen Moment stehen. Dann zwang sie sich, die rechte Hand vom Hörer zu lösen. Der Leim hielt sie fest, als hätte er sich entschieden, auch noch ein Teil dieser Geschichte zu werden. Sie wusch sich am Spülbecken, schrubbte, bis die Haut spannte, und ging ins Esszimmer.

Dort holte sie alles hervor, was sie an Unterlagen hatte. Die Berichte, die Kopien, die Seiten, die ihr so lange wie Schlüssel erschienen waren. Sie breitete sie auf dem Tisch aus, ordnete sie, als würde Ordnung in Papier auch Ordnung in die Realität bringen.

Doch die Zahlen verschwammen. Schwarze Tinte wurde zu Wellen, zu Mustern ohne Sinn. Emily blinzelte, aber es half nicht. Sie sammelte die Blätter wieder ein, stopfte sie in die Mappe, schob sie zurück in ihr Versteck, als müsste sie die Fragen wieder wegpacken.

Dann griff sie nach den Autoschlüsseln.

Bob würde ihr nicht geben, was sie brauchte. Vielleicht wollte er es nicht. Vielleicht konnte er es nicht. Aber Emily kannte jemanden, der mehr wusste. Oder zumindest: jemanden, der das Puzzle nicht nur aus der Ferne betrachtete.

KAPITEL 34

Dexter's California Deli lieferte Emilys Eintrittskarte. Sie hatte nicht vor, mit Charme zu arbeiten, sondern mit Essen. Für sich nahm sie Truthahnpastrami mit Provolone. Für die „Empfängerin" ein Monte Carlo, außen knusprig gebraten, genau so, wie Menschen es lieben, die von Prinzipien reden und dann doch schwach werden. Und damit wirklich jede Resthürde verschwand, legte sie noch ein monströses Stück Pralinen-Käsekuchen obendrauf. Das war besser, als irgendein trockenes Hundefutter einzupacken, und es hatte den Vorteil, dass es Shannon wenigstens satt machen würde.

Wie gehofft saß Shannon im Büro und blätterte in einem Modemagazin, als wäre die Welt da draußen nur ein Geräusch. Emily stellte die Dexter's-Tüten auf den Schreibtisch. Wärme stieg daraus auf, würziger Duft, der im Raum hängen blieb. Shannon bemerkte Emily erst, als die Tüten schon dort standen.

Sie sah erst das Essen. Dann Emily. Ihr Gesicht fiel in sich zusammen.

„Oh nein. Nicht du." Sie stieß die Luft aus, als hätte man ihr gerade eine schlechte Nachricht gegeben. „Was machst du hier? Ich dachte, Chad hat dir gesagt, du sollst dich fernhalten."

„Ist er da?" Emily hielt die Stimme neutral.

„Nicht ganz."

Emily hob eine Augenbraue. „Nicht ganz? Was soll das heißen?"

Shannon zögerte, warf einen Blick Richtung Flur, dann wieder auf die Tüten. „Ähm... ich rechne damit, dass er bald kommt. Sehr bald."

„Bist du sicher?"

Shannon sah Emily an, dann noch einmal das Essen. Der Duft arbeitete bereits an ihr.

„Na ja", gab sie nach, „vielleicht nicht sofort. Irgendwann heute Nachmittag. Also: Was willst du?"

Emily setzte das unschuldige Gesicht auf, das sie früher bei Lehrern benutzt hatte. „Ich wollte nur gucken, ob auf deiner Spender- und Freiwilligenliste noch was dazugekommen ist. Vielleicht gibt's neue Namen, die in den Computer müssen." Sie deutete auf die Tüten. „Und weil's fast Mittag ist... dachte ich, wir essen kurz zusammen. Ich hole später die Kinder ab, ich hab ein bisschen Luft."

Shannon griff nach den Tüten, als hätte sie Angst, Emily könnte es sich anders überlegen. „Was hast du mitgebracht?" Dann kam die Pflichtwarnung hinterher: „Da sind nur ein paar Namen. Du musst das nicht machen. Chad will dich nicht hier. Er sagt, du bist zu neugierig und machst Ärger."

„Ich hatte so ein Gefühl, dass du Monte Carlo magst", sagte Emily. „Also hab ich dir eins bestellt."

Shannon erstarrte. Dann stieg ihr eine Freude ins Gesicht, so unverstellt, dass es fast komisch gewesen wäre, wenn Emily nicht so angespannt gewesen wäre.

„Von Dexter's?" Sie quietschte fast. „Oh mein Gott. Das ist eins meiner Lieblingssandwiches. Danke! Ich liebe die."

Emily zog den Käsekuchen aus der Tüte wie ein Ass aus dem Ärmel. „Und das hier. Für hinterher."

Shannon nickte schon, bevor sie überhaupt geschluckt hatte.

Emily aß langsam. Sie ließ Shannon reden. Mit jedem Bissen wurde Shannon weicher, mit jeder Gabel Käsekuchen ein Stück weniger vorsichtig.

„Hast du irgendwas von Ida gehört?" Emily fragte es so beiläufig, als würde sie nach dem Wetter fragen.

Shannon zuckte abwehrend mit den Schultern. Emily schob ihr, ohne ein Wort, ein Glas Erdbeermarmelade hin. Frisch. Neu. Noch ungeöffnet. Shannon nahm es, als hätte Emily ihr gerade eine Waffe aus der Hand geschlagen.

„Nein", sagte sie und fing an, Marmelade aufs Sandwich zu schmieren. „Wir haben nichts gehört. Sie muss noch Buchhaltungskram fertig machen, und Chad ist sauer, weil das nicht passiert."

„Weiß niemand, wo sie ist? Hat Chad nichts gehört? Wenn sie verreist wäre, hätte sie's doch dem Geschäftsführer gesagt."

Shannon verzog den Mund. „Klingt so."

„Vielleicht hat sie es Freunden gesagt. Oder Familie. Vielleicht hat nur keiner hier angerufen."

„Freunde… keine Ahnung." Shannon schob die Unterlippe vor. „Familie hat sie keine."

Emily ließ den Satz nicht sofort wirken, sondern wartete zwei Sekunden, bis Shannon wieder kaute. Dann: „Keinen Ehemann?"

Shannon hielt inne. Ihre Augen blitzten. „Nicht alle haben Ehemänner." Der Ton war plötzlich scharf, fast beleidigt. „Das hast du mir selbst erzählt, als du hier aufgetaucht bist. Junge Frauen hätten heute so viele Möglichkeiten, hast du gesagt. Und jetzt tust du so, als wäre ein Mann Pflicht. Ist er nicht. Wir kommen auch ohne klar."

Emily nickte, als hätte Shannon ihr gerade eine Weisheit geschenkt. „Stimmt. Optionen. Viele." Sie legte die falsche Spur aus, die sie brauchte. „Meine Mutter kennt Ida schon ewig. Sie sagt, Ida war immer engagiert. In Organisationen, überall. Sie hat gemacht, was in ihrer Generation möglich war." Emily lächelte dünn. „Und Mom meinte auch, Rudyard hätte sich immer so für die Obdachlosen in Pleasant Creek eingesetzt. Eine echte Stütze."

Mom, verzeih mir, dachte Emily, und spürte dabei nicht einmal mehr Scham, nur Eile.

„Dann kennen Ida und Rudyard sich doch bestimmt gut", setzte sie nach.

Shannon griff nach dem Käsekuchen. Emily schob den Teller näher und reichte ihr eine Gabel. Shannons Antwort kam mit vollem Mund, aber ohne jeden Zweifel.

„Rudyard hasst sie."

Emily hielt still.

„Er nennt sie eine vertrocknete alte Pflaume. Er sagt, sie sei eine blöde Kuh." Shannon schluckte und zog die Nase kraus. „Er redet nie mit ihr. Wenn ich die beiden zusammen gesehen hab, hat er sie behandelt, als wäre sie gar nicht da."

Emily zwang sich, nicht zu zucken. „Redet er so über… über seine Frau?"

Shannon hob die Schultern. „Keine Ahnung. Er redet hier nie über sie. Mit mir jedenfalls nicht. Seine Frau hab ich nie gesehen. Als würde er sie irgendwo wegsperren." Sie kaute nachdenklich. „Ich würde so nicht leben wollen. So… im Hintergrund." Dann, als hätte sie eine Erinnerung am Rand erwischt: „Ich glaube, ich hab mal gehört, er hatte mehrere Frauen. Eine ist gestorben. Über die andere… weiß ich nichts. Aber irgendwas in die Richtung."

Emily nickte, räumte Teller und Servietten zusammen, als wäre es ein normales Mittagessen.

In dem Moment knallte Bo ins Büro.

„Wo ist Chad?" Seine Stimme war zu laut für den Raum.

Shannon zuckte. „Keine Ahnung."

Bo lief auf und ab wie ein Hund, der die Leine spürt. „Wann kommt er zurück?"

Shannon kniff die Augen zusammen. „Was geht dich das an?"

„Ich muss mit ihm reden." Bo stieß den Satz aus. „Dieser Idiot Chewy ist nach Mexiko abgehauen. Wir brauchen einen neuen Koch. Wie soll ich die Küche am Laufen halten?" Er trottete schon Richtung Flur, als wäre er nicht wirklich dort.

„Und deine Sucht?", murmelte Shannon hinterher.

Emily blieb stehen. „Was meinst du damit?"

Shannon schnauzte, als hätte Emily einen offensichtlichen Witz nicht verstanden. „Chewy ist Bos Lieferant. Wusstest du das nicht? Das ist das größte offene Geheimnis hier." Sie rollte die Augen. „Bo ist es scheißegal, ob Chewy kochen kann. Einen neuen Koch findet er immer. Bo will das Koks, das Chewy aus Mexiko anschleppt. Angeblich beste Qualität."

Emily war einen Moment lang sprachlos. Dann brachte sie ein schiefes Lächeln zustande. „Shannon… du bist ja eine echte Informationsquelle. Du weißt Sachen, die nicht mal die Chefs wissen."

Shannon lächelte selbstgefällig und nickte. „Wenn du wüsstest." Sie wischte sich die Hände an einer Serviette ab, stand auf und ging in den Flur, Bo hinterher. „Ich könnte einige von denen hier echt gut gebrauchen."

„War schön, mit dir zu reden", rief Emily ihr nach. „Meld dich, wenn du willst, dass ich die Eingaben mache. Jederzeit."

Shannon winkte ab, ohne sich umzudrehen.

„Gern geschehen", murmelte Emily und verließ das Büro.

Auf dem Parkplatz sah sie den blauen Sedan, noch bevor sie ganz draußen war. Ein kurzer Blick, ein Gefühl wie ein kleiner Stich. Sie hatte genug Zeit, um rauszufahren, dachte sie. Gerade genug, um auf die Straße zu kommen und nach Hause abzubiegen.

Falsch gedacht.

Der Sedan schoss los, quietschte in Emilys Fahrbahn und stoppte so brutal vor ihr, dass Emily nur noch auf die Bremse treten konnte, bevor sie ihm draufkrachten. Die Fahrertür flog auf. Chad Woodley sprang heraus, als stünde er unter Strom.

„Was machst du da?" Er brüllte, als wäre sie in sein Schlafzimmer eingebrochen.

Emily starrte ihn an, überrumpelt von der Wucht.

„Was machst du hier?" Er kam näher, wiederholte es, als würde der zweite Schrei die Wahrheit erzwingen.

„Ich war kurz drin", sagte Emily. Sie hielt die Stimme so kühl, wie sie konnte. „Ich wollte Shannon fragen, ob es neue Daten gibt, die ich eingeben kann. Dafür habe ich mich freiwillig gemeldet."

„Du solltest nicht hier sein. Du bist nicht willkommen." Seine Lippen verzogen sich. „Das hab ich dir schon gesagt."

Emily atmete einmal langsam durch. Dann trat sie einen Schritt näher, nicht bedrohlich, aber klar.

„Chad", sagte sie ruhig, „weißt du eigentlich, was ein Freiwilliger ist? Jemand, der Zeit und Können gibt, ohne bezahlt zu werden. Genau weil er helfen will." Sie hielt seinen Blick fest. „Non-Profit heißt nicht: keine Arbeit. Non-Profit heißt: keine Gewinne an Einzelne. Und wenn du kein Geld ausgibst, musst du irgendwoher Hände bekommen. Dafür sind Freiwillige da."

Sie ließ ihm keine Lücke zum Reingrätschen.

„Ich bin im Vorstand. Du kannst mich nicht aus dem Gebäude jagen, nur weil ich dir nicht passe. Du brauchst Freiwillige, damit die Organisation funktioniert. Das ist keine persönliche Laune, das ist Grundprinzip."

Chad knallte die Handfläche auf die Motorhaube ihres Minivans. Der Schlag vibrierte durch Metall und in Emilys Bauch.

„Ich will dich hier nicht. Ich brauche dich nicht. Hau ab."

Emily wurde schlagartig kalt. „Fass mein Auto nicht an." Ihre Stimme war niedrig. „Wenn du das noch mal machst, rufe ich die Polizei." Sie deutete auf seinen Sedan. „Und jetzt fahr aus dem Weg."

Chad funkelte sie an.

„Ich werde die Vorstandsmitglieder anrufen und melden, wie du dich hier aufführst", fuhr Emily fort. „Du verstehst offenbar nicht, wie eine Wohltätigkeitsorganisation funktioniert. Ich muss nicht als Freiwillige gehen. Du musst als Geschäftsführer gehen."

„Das kannst du mir nicht antun!" Chad schrie, als hätte sie ihm etwas weggenommen. „Ich leite diese Organisation. Du kannst mir nichts anhaben." Er machte einen Schritt näher. „Drohe mir nicht. Sonst wirst du es bereuen."

Emily hob kein bisschen die Stimme. Gerade das machte es schlimmer.

„Ich drohe nicht", sagte sie. „Ich sage dir, was ich tun werde. Und was du gerade gesagt hast, Chad, war eine Drohung. Das reicht."

Er hob die Hand, als würde er…

„Denk nicht mal dran", sagte Emily.

Die Hand blieb in der Luft. Dann sank sie. Chad warf ihr einen Blick zu, der nach Hass schmeckte, stieg ein und fuhr seinen Wagen beiseite.

Emily wartete, bis die Straße frei war, und fuhr los.

KAPITEL 35

Ihr Herz hämmerte, als sie nach Hause raste. Tief durchatmen half kaum. Fest am Lenkrad zu bleiben auch nicht. Ihre Wut hing an Chad wie ein nasser Mantel, schwer, kalt, nicht abzuschütteln.

Non-Profit, dachte sie. Nicht Profit. Nicht Gier. Geld sollte in Programme fließen, in Essen, Betten, Medizin, in echte Hilfe. Der „Gewinn", falls es überhaupt so etwas gab, gehörte zurück in die Arbeit. Sobald Profit ins Spiel kam, wurden Menschen hässlich. Shannon hatte erzählt, Chad habe ähnliche Organisationen gegründet, in anderen Städten. Vielleicht war ihm genau das zu langweilig geworden: dass Geld wieder zurück in Bedürftige floss, statt in seine Tasche.

Ida. Vielleicht hatte Ida etwas gesehen. Etwas, das nicht passte. Etwas, das nach Gier roch. Und Macht… Macht hatte Emily bei Chad schon gesehen. Wie er Shannon drückte. Wie er im Vorstand auftrat. Wie er eben vor ihrem Auto stand und glaubte, er könne ihr den Weg abschneiden, als gehöre ihm die Straße.

Leidenschaft? Das fehlte noch. Aber vielleicht brauchte es das auch nicht. Vielleicht reichten Macht und Gier.

Kurz bevor sie mit dem Minivan in die Garage krachte, stürmte Emily aus dem Auto. Sie sagte nicht mal Hallo zu Byte. Sie rannte ins Esszimmer, zog die Finanzberichte aus ihrem Versteck und setzte sich, als müsste sie sich an Papier festhalten, um nicht durchzudrehen.

Erst als sie wieder Zahlen vor Augen hatte, ließ ihr Puls minimal nach.

Diesmal machte sie es anders. Nicht Beträge gegen Beträge. Sondern Posten gegen Posten. Worte lügen nicht so leicht wie Zahlen, sagte sie sich. Und Idas Buchhaltung war ein Labyrinth. Konten in Konten. Unterkonten, verschachtelt, verwinkelt. Nichts daran wirkte wie das, was Emily unter „Standard" verstand. Ida musste unglaublich gut gewesen sein. So gut, dass wahrscheinlich nur sie selbst den Schlüssel hatte.

Und genau da, in dieser Unordnung, sah Emily plötzlich etwas, das sie vorher übersehen hatte.

Sie hatte die ganze Zeit Bäume gezählt. Jetzt sah sie den Wald.

In dem Bericht, der bei der letzten Sitzung verteilt worden war, stand eine Rückstellung für Kapitalreserven. In dem Bericht über die Millionen war sie nicht zu finden. Und da war kein anderer Posten, der diesen Überschuss auffing. Keine Kategorie, die ihn „verschluckte".

Das bedeutete nur eins: Es gab eine groteske Menge Geld, die nicht da auftauchte, wo sie auftauchen müsste.

Drei Millionen Dollar. Eine Summe, mit der man Unterkünfte finanzieren, Menschen versorgen, medizinische Hilfe möglich machen konnte. Sustain and Shelter hätte damit wirklich etwas reißen können.

Wenn sie es denn dafür benutzt hätten.

Emily lehnte sich zurück und spürte, wie ihr die nächste Frage in den Kopf stieg wie ein bitterer Geschmack: Wo ist dieses Geld dann?

So viel Bargeld liegt nicht einfach irgendwo herum. Nicht legal. Nicht lange. Und wenn es auf einem Bankkonto in den USA läge, würden Fragen kommen. Ab bestimmten Bargeldsummen müssen Meldungen raus. Das wusste jeder, der sich auch nur halbwegs mit Geld beschäftigte. Also: Wenn man keine Fragen will… dann lagert man das Geld nicht dort, wo Fragen gestellt werden.

Ausländische Banken. Mexiko. Karibik.

Chewy war nach Mexiko abgehauen. Shannon hatte ihn als Drogenlieferanten bezeichnet. Was, wenn er noch etwas anderes war? Ein Kurier?

Emily sah wieder die Nacht vor sich, die Kisten. Unmarkiert. Spät. Abgeladen am Büro, nicht in der Küche. Chad hatte von Lebensmitteln geredet. Aber warum im Büro? Und warum nachts?

Drei Millionen Dollar passen in Kisten. In viele Kisten. Oder in wenige, wenn man weiß, wie man packt. Und da war Byte gewesen, der Chad angeknurrt hatte, noch bevor Emily den Mann richtig sah. Kein Beweis. Aber ein Gefühl, das ihr nicht aus den Knochen ging.

Emily verschränkte die Hände hinter dem Kopf. Der Esszimmerstuhl knarrte. In ihrem Kopf liefen Bilder durcheinander: Spendenlisten, Kisten, Chewy, Mexiko, Bos nervöses Auf und Ab, Shannons selbstgefälliges Grinsen, Chads Hand auf ihrer Motorhaube.

Zu schade, dass sie Shannon nicht noch mal zum Mittagessen einladen konnte, dachte Emily. Zu schade, dass Chad sie jetzt endgültig auf dem Radar hatte.

Sie griff zum Telefon und wählte die Nummer der Stadtverwaltung. Das Ansagesystem verschluckte sie mit monotoner Stimme und endlosen Menüs. Emily drückte sich durch, Zahl für Zahl, bis endlich Bob Washburn dran war.

„Sie haben ein beeindruckendes Telefonlabyrinth", sagte Emily.

„Glauben Sie mir, wir hören dazu einiges. Anscheinend muss da noch wer ran."

„Es geht um Geldwäsche, Bob." Emily ließ ihm keine Zeit für den nächsten Witz. „Vielleicht nicht im Lehrbuch-Sinne, aber... es ist Geldwäsche."

„Das Telefonsystem?" Er kicherte einmal kurz.

„Nein. Sustain and Shelter." Emily sagte es hart. „Das ist Geldwäsche."

Das Kichern war sofort weg. Als hätte jemand ihm eine Maske vom Gesicht gerissen. „Erzähl."

Emily berichtete alles: wie sie den ersten Satz Unterlagen genommen hatte, was sie in der Nacht mit den Kisten gesehen hatte, was Shannon über Chewy und Mexiko gesagt hatte, den zweiten Bericht, die fehlende Kapitalrücklage.

„Als du mir erzählt hast, dass Ida und Rudyard verheiratet sind, hat's bei mir Klick gemacht", sagte Emily. „Ich hab nicht mehr auf die Beträge geguckt. Ich hab auf die Kategorien geguckt. Und da ist diese Kapitalrücklage. Im einen Bericht ist sie da. Im anderen nicht."

„Kapitalrücklage", wiederholte Bob. „Zusätzliches Geld, das nicht verplant ist."

„Genau. Du legst was zurück, für schlechte Zeiten, für's nächste Jahr." Emily spürte, wie sie schneller sprach. „Aber in dem großen Bericht taucht das nicht auf. Es gibt keinen Posten, der das auffängt. Also ist das Geld irgendwo, nur nicht dort, wo es sein müsste."

„Auf einem Konto?"

„Wenn es auf einem Konto hier wäre, gäbe es Fragen." Emily hörte ihre eigene Stimme, wie sie Fahrt aufnahm. „Und wer würde bei diesen lächerlichen Spendenaktionen Millionen zusammenbekommen?"

„Das erklärt aber noch nicht, woher es kommt."

„Aus illegalen Quellen." Emily sagte es, als wäre es plötzlich ganz simpel. „Drogen. Glücksspiel. Zuhälterei. Irgendwas. Und dann wird's gewaschen." Sie hielt kurz inne, zwang sich, klar zu bleiben. „Und weißt du, wer ständig in Städten unterwegs ist, ohne dass jemand genau hinschaut?"

Bob antwortete vorsichtig: „Viele Leute."

„Obdachlose", sagte Emily. „Oder Leute, die so aussehen. Vielleicht ist das Ganze eine perfekte Tarnung. Wenn jemand fragt, woher das Geld kommt, können sie sagen: anonyme Spenden. Und wer will einer Obdachlosenhilfe unterstellen, sie nehme zu viel Geld an?"

Emily hörte sich selbst und merkte, wie sehr es sich in ihrem Kopf zusammenfügte. „Shannon meinte, Chad hat ähnliche Organisationen in El Paso und San Diego gegründet. Grenznähe. Und drüben gibt's Banken. Weniger Fragen. Bargeld ist egal."

Bob blieb still.

„Und diese Kisten…" Emily spürte, wie ihr der Atem schneller wurde. „Was, wenn da nicht nur Essen drin war? Was, wenn da Geld drin war? Du sagst, Drogenkuriere schleusen Drogen. Aber die schleusen auch Geld. Und wenn sie erwischt werden, haben sie eine Geschichte: Spenden. Wohltätigkeit. Versehen. Jemand hat das Geld in eine Tasche gesteckt und vergessen. Und sie sagen fast die Wahrheit, weil sie selbst „nicht wissen", wo es herkam."

Sie holte tief Luft. „Was denkst du?"

Bob schwieg einen Moment länger, als Emily ertragen konnte. Dann: „Es macht Sinn. Ich denke darüber nach. Aber… Emily, wer hat Ida umgebracht?"

„Und Ralph?", schoss es aus ihr heraus.

„Ralph? Was meinst du mit Ralph?"

„Ralph Watkins." Emily spürte, wie ihr Hals eng wurde. „Und dieser andere Fall, über den ich nichts wissen soll. Ich wette, der hängt auch dran. Ich wette, wenn du Chads Vergangenheit aufrollst, findest du noch mehr. Noch eine Organisation irgendwo im Valley. Oder South Bay. Wenn das hier funktioniert, hat er's bestimmt schon woanders versucht."

„Meinst du?"

Emily spürte, wie etwas in ihr nachgab. Ihre Stimme wurde leiser. „Ich glaube, Ida und Ralph wussten, was los ist." Sie schluckte. „Und vielleicht… vielleicht hat Rudyard Ida geheiratet, um sie zu kontrollieren." Ein Bild drängte sich auf, und Emily mochte es nicht. „Oder sie dachte, sie hätte ihn, und dann…"

Sie atmete so tief ein, dass Bob es hörte.

„Was, Emily? Was denkst du?"

Der Gedanke, den sie sich selbst nicht erlauben wollte, sprang plötzlich heraus: „Was, wenn Ida ermordet wurde, weil sie gemerkt haben, dass ich die Unterlagen hatte? Was, wenn Shannon rausgefunden hat, was ich gemacht habe?" Emilys Stimme brach. „Bob… das würde heißen, ich bin schuld. Ich hab daran gar nicht gedacht. Was, wenn ich ihren Tod ausgelöst habe?"

„Wenn jemand Ida deshalb umgebracht hätte", sagte Bob ruhig, „dann hätten sie auch Shannon umgebracht. Und die lebt. Glaubst du, dass die Leute von Sustain and Shelter Ida umgebracht haben?"

„Ich weiß es nicht."

Sein Schweigen war schwer. Emily fühlte sich, als hätte sie eine Tür aufgestoßen, hinter der es dunkel war.

„Emily?" Bob holte sie zurück. „Bist du noch da?"

„Ja." Sie schluckte. „Ich… ich kann Ida und Rudyard nicht begreifen. Und ich kann nicht begreifen, dass Ida tot ist."

„Ich verstehe." Dann, nach einer kurzen Pause: „Ich würde mir die Finanzunterlagen gern ansehen. Wenn das für dich okay ist. Kann ich vorbeikommen?"

„Ja." Emily klang plötzlich erschöpft. „Komm."

Bis Bob kam, musste sie noch eine Schicht Pappmaché auf Lulies Nase bringen und das Chaos in der Küche beseitigen. Das tat sie mechanisch, als hätte sie zwei Leben parallel laufen: eins mit Kleister und Kinderkostümen, eins mit Mord und Geld.

Bob setzte sich an den Mahagoni-Esstisch im Esszimmer mit den roten Wänden. Emily legte beide Sätze Finanzunterlagen vor ihn.

„Ich glaube, das ist der Schlüssel", sagte sie und tippte auf „Kapitalrücklage". Dann zeigte sie ihm ihre Notizen, ihre Randspalten, die Stellen, an denen sie Zahlen so zurechtgerückt hatte, dass sie überhaupt vergleichbar wurden. Sie deutete auf das, was fehlte.

„Ida hat offenbar aus dem internen Bericht Kategorien rausgenommen, Zahlen zusammengeworfen, manches verkleinert, Nullen weggelassen." Emily schüttelte den Kopf. „Und im Bericht, der nach außen geht, erfindet sie Einnahmequellen, die plausibel klingen: Spenden, Zuschüsse, Fundraising. Das, was Leute erwarten."

Bob sah sie an. „Warum bist du so sicher, dass das Geldwäsche ist?"

„Weil es zwei Berichte gibt", sagte Emily sofort.

„Das allein reicht nicht." Bob blieb sachlich. „Es könnte legitime Gründe geben. Ein separates System. Eine zweite Organisation. Ein Sonderprojekt."

Emily nickte, aber ließ nicht locker. „Dann hätten sie uns nicht monatelang hingehalten, als ich nach Zahlen gefragt habe. Und als sie uns endlich etwas gegeben haben, haben sie behauptet, das Geld käme von dieser Spendenaktion." Sie verzog den Mund. „Du warst da. Ich war da. Das war keine Spendenaktion, das war ein Witz."

Sie erzählte ihm noch einmal von den Kisten, der Nacht, dem Büro. „Wenn es wirklich Essen war: Warum im Büro? Warum nicht in der Küche? Und warum nachts?"

Bob fragte: „Wer ist ‚sie'?"

Emily verzog das Gesicht. „Das ist ja das Problem. Ich habe Chad gesehen. Vielleicht Rudyard. Bos Wagen stand da. Aber Bo hat später behauptet, er sei mit seinen ‚Kumpels' wandern gewesen."

„Kumpels?“

Emily nickte langsam. „Und Shannon sagt: Chewy ist nach Mexiko abgehauen. Und Bo dreht durch.“

Bob hob eine Hand. „Das kann Zufall sein.“

„Kann“, sagte Emily. „Aber es riecht nicht danach.“

„Hast du eine Idee, wer Ida und Ralph umgebracht haben könnte?“

Emily lehnte sich zurück. „Mir fallen viele ein. Das ist die schrägste Truppe, die ich je zusammen gesehen habe.“ Sie presste die Lippen aufeinander. „Aber schräg heißt nicht Mörder.“

„Und es ist auch nicht legal, es so zu behandeln“, sagte Bob.

Sie schwiegen einen Moment.

Dann sagte Emily leiser: „Was mich daran fertig macht… viele dort glauben wirklich, sie helfen. Und sie helfen auch. Wenn das alles nur Tarnung ist, dann war’s, als hätten sie… umsonst gearbeitet.“

Bob sah sie an. „Gute Taten sind selten umsonst. Darf ich die Papiere mitnehmen?“

Emily nickte. „Und ich hab noch was.“ Sie holte ihre Internetrecherche raus, eine Liste mit Namen, Adressen, Telefonnummern der Vorstandsmitglieder, so gut es eben ging. „Nicht vollständig. Nur das, was ich finden konnte.“

In dem Moment kamen Jojo und Lulie herein.

„Ist mein Kostüm fertig, Mama?“ Jojo klang ernst, aber in ihrer Stimme vibrierte Vorfreude.

„Ist mein Kostüm fertig?“ Lulie legte alles in diesen singenden Ton, den Kinder haben, wenn sie nicht warten können.

„In zwei Wochen“, rief Lulie und hüpfte fast, „müssen wir sie in der Schule tragen. Zwei Wochen!“

„Ich muss nur deine Nase bemalen", sagte Emily und schaffte es, halb zu lächeln. „Und bei dir, Jojo… Gray's Anatomy kennt mehr Begriffe, als auf einem Kostüm aus dem Laden stehen."

Jojo war sofort bei der Sache. „Wir müssen den vollen Namen draufschreiben. Nicht ‚Brustmuskel', sondern ‚großer Brustmuskel'. Genau so."

„Aber Schatz", seufzte Emily, „das ist ein Muskel. Auf dem Kostüm sind Knochen."

„Dann malen wir die Muskeln eben dazu."

Emily schloss kurz die Augen. „Wie viele Hausaufgaben hast du heute Abend?"

„Keine. Hab ich in der Schule gemacht."

„Gut." Emily atmete aus. „Dann holen wir Farbe und machen das zusammen. Morgen Abend hab ich ein Meeting. Aber übermorgen machen wir's fertig. Okay?"

„Super", sagte Jojo.

Super, dachte Emily. Und innerlich fragte sie sich, wann Knochen eigentlich diese absurden Namen bekommen hatten. Musikantenknochen. Amboss. Adamsapfel. Sie hoffte sehr, dass David heute Abend in Anatomie-Laune war.

KAPITEL 36

Obwohl Emily zehn Minuten vor Beginn da war, beunruhigte sie der leere Parkplatz. Kein einziges anderes Auto. Im Gebäude brannte kein Licht. Niemand war früher gekommen, um den Konferenzraum vorzubereiten.

Sie erinnerte sich an das erste Treffen. An das Chaos. Und sie spürte, wie sich die gleiche Vorahnung an sie klammerte.

Emily ging zur Hintertür, rüttelte, zog. Nichts. Vorne das gleiche Spiel. Sie entschied sich, bis 19:30 zu warten, und stellte sich auf die Veranda des umgebauten Hauses, in den feuchten Abend hinein.

Nach zwei, drei Minuten tauchte Joan Chavez auf. Sie kam auf die Veranda zu, sah Emily… und drehte abrupt um. Sie ging schneller zurück zum Parkplatz.

„Joan!" Emily rief ihr hinterher.

Joan beschleunigte.

Emily rannte los, griff nach ihrem Arm, erwischte den Regenmantel. Joan blieb stehen, als hätte Emily sie an die Wand gedrückt. Emily drehte sie zu sich.

„Joan, wo willst du hin?"

Joans Stimme zitterte. „Es sieht nicht so aus, als würde das Treffen stattfinden." Sie sprach zu schnell. „Hast du einen Anruf bekommen, dass es ausfällt? Ich nicht. Vielleicht hab ich's verpasst. Sie hätten doch angerufen. Sie hätten doch angerufen, oder?" Sie rang nach Luft. „Ich muss gehen."

Emily ließ den Mantel nicht los. „Joan, warum hast du mir nicht gesagt, dass du Ralph kanntest?"

Joan riss den Kopf herum, als hätte Emily ihr ins Gesicht geschlagen. „Ich muss wirklich los. Lass mich."

„Warum hast du nichts gesagt, als du ihn beschrieben hast? An dem Tag, als wir erfahren haben, dass er tot ist?"

Joan schluckte. Ihre Augen glänzten. „Ich hab's nicht gesagt, weil…" Sie brach ab, suchte nach Worten, fand nur Angst. „Emily, ich kann es dir nicht sagen. Nicht jetzt. Bitte frag mich nicht. Bitte hör auf." Ihre Stimme kippte. „Das ist zu deinem Besten."

In dem Moment fuhr ein Auto vor. Thomas parkte, sprang heraus und eilte zu ihnen.

„Was ist hier los? Braucht ihr Hilfe?" Er sprach Joan an, freundlich, sofort beschützend. Dann sein Blick zu Emily: „Belästigt sie dich?"

Emily ließ Joan los.

Joan sah Thomas an, und die Tränen kamen, als wäre das ein Signal gewesen. „Sie hat nach Ralph gefragt." Sie schluchzte. „Ich will nicht, dass sie erfährt, was wir getan haben. Das ist zu gefährlich. Es gab schon zu viele Warnungen."

Thomas legte die Arme um Joan, zog sie an sich. Sie brach in ihn hinein, als hätte sie keine Kraft mehr, aufrecht zu stehen.

„Du musst das nicht allein tragen", sagte Thomas leise. „Wir lösen das gemeinsam."

Joan schüttelte den Kopf, heulte auf. „Aber was ist mit dir? Genau deshalb hat Chad dich reingezogen." Sie atmete stoßweise. „Er wusste, wenn noch jemand beteiligt ist, ziehe ich mich nicht so leicht zurück. Deshalb hat er dich genommen." Sie schluchzte. „Es tut mir leid. Es klang so… so gut, diesen Menschen in der Klinik zu helfen. Ich hab nicht daran gedacht, dass Leute dadurch zu Schaden kommen könnten."

Emily stand da, völlig verwirrt und gleichzeitig festgenagelt. Ein Teil von ihr wusste, dass Anstand jetzt hieß: gehen. Der andere Teil, der stärkere, blieb.

„Aus was raus?", platzte Emily heraus. „Was macht ihr da?" Sie hörte sich selbst und klang plötzlich zu laut. „Chad ist ein Idiot. Ich hab der Polizei schon gesagt, dass ich ihn verdächtig finde. Ich glaube, er nimmt Drogen." Sie sah Joan an. „Nimmst du Drogen?"

Joan warf ihr einen Blick zu, voller Alarm. „Nein. Keine Drogen. Nicht so. Ich bin kein Drogendealer. Das bin ich nicht."

Sie fing wieder an zu weinen, hysterisch. Thomas tupfte ihr mit einem Taschentuch das Gesicht ab, als wäre sie ein Kind, und nahm sie wieder in die Arme.

Er hielt sie einen Moment, Augen geschlossen. Als er sie öffnete, sah er Emily an und erklärte, so ruhig, als würde er einen Bericht vorlesen:

„Chad hat Joan erzählt, wir könnten eine Klinik aufbauen, wenn wir Medikamente hätten. Er meinte, wir könnten sie nicht kaufen." Thomas' Blick blieb klar. „Er hat ihre Hilfsbereitschaft benutzt. Joan arbeitet im Krankenhaus, sie hat Zugang. Er hat sie dahin geschoben, dass sie selbst auf die Idee kommt, Medikamente zu stehlen. So bleibt er sauber. Er kann sagen, er hätte es nie verlangt. Er hat sie manipuliert. Er hat an ihren Wunsch appelliert, helfen zu wollen."

Emily starrte ihn an. „Warum eine Klinik? Das zieht Aufmerksamkeit an. Wenn er Sustain and Shelter als Tarnung nutzt, warum noch was draufsetzen?"

Joan schluchzte und presste die Worte zwischen Tränen hervor: „Weil ich drauf bestanden habe." Sie sah kurz auf. „So viele Menschen brauchen Hilfe. Der Landkreis schafft das nicht. Ich dachte, das wäre… eine gute Idee. Ich hätte das leiten können. Es ist meine Schuld."

Thomas lächelte Joan hoffnungsvoll an, als wäre alles noch zu retten. „Das Gute daran ist, dass ich dich kennenlernen durfte."

Joan lächelte durch Tränen zurück.

Emily fühlte sich so fehl am Platz wie Polizei bei einer Bierparty. Sie wollte gehen.

„Warten Sie, Mrs. Kristich", rief Thomas und eilte ihr nach. „Bitte. Sagen Sie niemandem etwas. Lassen Sie uns das selbst klären. Wir gehen zur Polizei."

Da war es wieder. Sag nichts. Bob hatte es gesagt. Jetzt Thomas. Alle wollten Schweigen, als wäre Schweigen ein Pflaster.

„Thomas", sagte Emily scharf, „Ralph ist ermordet worden. Joan könnte… sie könnte es gewesen sein."

„Nein", sagte Thomas sofort. „Das würde sie nie tun."

„Du weißt es nicht", hielt Emily dagegen. „Du willst es nur glauben."

Er schluckte. „Vielleicht nicht sicher." Er sah sie flehend an. „Aber sie ist ein besonderer Mensch. Schau, wie viel sie riskiert hat, um zu helfen. Gib uns ein paar Tage. Bitte." Sein Ton wurde drängender. „Eine Woche. Dann kannst du zur Polizei gehen. Ich verspreche es."

Emily sah Joan an. Joan flehte wortlos mit den Augen.

Emily spürte Widerwillen, aber sie nickte. Einmal. Hart.

„Ich warte eine Woche", sagte sie. „Aber hör gut zu." Ihre Stimme war kalt. „Du gehst selbst zur Polizei. Du suchst dir einen Anwalt. Ich gebe dir den Namen eines Detektivs. Du gibst ihn deinem Anwalt. Und wenn ich nächste Woche frage, ob du dich gemeldet hast, und er weiß nichts von dir, dann erzähle ich, was ich weiß. Verstanden?"

„Verstanden", sagte Thomas.

Joan nickte, schniefte. „Wir machen das, Emily."

Thomas nahm Emilys Hände, als wäre das ein Dank. Emily ließ es zu, aber in ihr drin blieb alles auf Alarm.

KAPITEL 37

In den nächsten Tagen fügten sich die Kostüme überraschend sauber zusammen. Jojo strahlte, als sie die Muskeln auf die Knochen ihres Skeletts setzte. Das Ergebnis sah, wie David trocken bemerkt hatte, ein bisschen so aus, als hätte ein Biostudent im ersten Semester seine Anatomievorlesung geschwänzt und dann trotzdem eine Leiche aufgeschnitten. Jojo störte das kein bisschen. Hauptsache, die Beschriftungen saßen. An jedem Teil klebten sauber geschriebene Etiketten, ordentlich wie in einem Schulbuch. Und zum Glück hatte David sie dazu gebracht, nicht jedes einzelne Detail erzwingen zu wollen. Es musste nicht vollständig sein. Es musste nur eindeutig sein. Genug, um zu zeigen, worauf sie hinauswollte.

Lulies Kostüm blieb dagegen lange ein Rätsel. Es hätte alles sein können, irgendein surrealer Fantasieklumpen aus Stoff, Farbe und Zufall. Erst als sie die Nase aufsetzte, bekam das Ganze plötzlich Gesicht. Diese sorgfältig gebaute, überlange Nase machte aus dem Kostüm ein Wesen. Etwas, das aussah, als sei es direkt aus dem spektakulären East of the Sun Carnival gestolpert, bereit, jeden im Vorbeigehen mitzureißen.

Emily musste zugeben: Das Anatomie-Thema hatte etwas. Jojo hatte sich nicht einfach irgendeinen Quatsch ausgesucht, sondern etwas, das die ganze Familie mit hineinriss. Ein Projekt, das tatsächlich funktionierte. Sie dachte sogar kurz, man müsste den Kristichs eine Medaille umhängen. Familie des Jahres, bitte sehr. Sie hatten zusammen gesessen, gestrichen, diskutiert, gelacht. Genau so, wie diese Magazine das immer versprachen. Nur dass es diesmal nicht wie eine Werbelüge wirkte. Und ganz nebenbei hatten sie tatsächlich etwas gelernt, das ihnen blieb.

Miriam musste das sehen. Miriam musste diese Kostüme sehen, und Miriam musste hören, wie dieses „Familienunternehmen" entstanden war, wie alle mitgezogen hatten. Emily beschloss das so entschieden, als wäre es eine Pflicht. Miriam brauchte Aufmunterung. Also würde Emily einfach vorbeifahren, kurz Hallo sagen, vielleicht einen Milchshake mit ihr trinken. Ein Malz, mittags, warum nicht. Miriam konnte mit ihrer Wange… nein, mit ihrem Buccinator… Emily verzog innerlich über sich selbst das Gesicht. Seit ein paar Tagen war sie plötzlich so eine Frau, die Fachbegriffe im Kopf herumtrug, als hätte sie Medizin studiert. Jedenfalls war klar: Mit einem entzündeten, heilenden Buccinator würde Miriam keinen Burger kauen. Aber trinken ging. Und ein guter Laden würde sich finden.

Sie fuhr los, Kostüme auf dem Rücksitz wie eine kleine Trophäensammlung, Byte vorne auf dem Beifahrersitz. Der Hund saß still, als würde er aufpassen, während Emily sich innerlich weiter feierte. Auf der Hauptstraße, kurz bevor es zum Tor an Miriams Hügel ging, war Emily so sehr mit sich beschäftigt, dass sie das Auto nicht sah, das auf sie zukam. Sie bastelte gerade an einer imaginären Dankesrede. Mutter des Jahres. Sie hätte nicht mal gemerkt, wenn ihr jemand einen Blumenstrauß in den Schoß geworfen hätte. Das entgegenkommende Auto zog über die durchgezogene gelbe Linie, und Emily nahm es nicht wahr.

Später würde sie sich einreden, es habe am Nieselregen gelegen. Der feine Schleier, der alles glitzern ließ, wie Pailletten in Grau. Sicht schlecht, Straße nass, blablabla. Wenn sie ehrlich war, wusste sie: Sie hatte geträumt. Und nicht auf die Straße geachtet.

Die Allee war offen, kaum Häuser, noch weniger alte Bäume, nichts, was den Blick wirklich brach. Trotzdem wurde sie erst wach, als sich der Tag vor ihr schlagartig verdunkelte. Nicht wegen Wolken. Wegen Metall, das auf sie zuraste.

Byte versteifte sich. Emily merkte es zuerst nicht mit den Augen, sondern mit dem Gefühl. Der Hund wurde zu einer starren Linie, als hätte jemand eine Feder gespannt. Und genau diese Veränderung riss Emily aus ihrer Benommenheit. Ihr Kopf ruckte hoch, ihre Hände packten fester, und dann sah sie es endlich.

Zu spät.

Das blaue Auto war so schnell, dass sie nicht mehr ausweichen konnte. Es krachte vorne rechts in ihren Van, und der Minivan rutschte weg, über den Randstreifen, auf den Gehweg. Der Aufprall schob sie weiter, bis sie in einen weißen Zaun krachte. Zaunlatten splitterten. Dahinter lagen braune, kümmerliche Blumenreste, die Emily mit ihrem Auto niedermähte, als wären sie Papier. Ihr Kopf flog nach vorn, der Gurt hielt sie, und dann schlug sie beim Zurückschnellen gegen die Kopfstütze.

Byte heulte und verschwand in den Fußraum, als wollte sie sich in den Boden drücken.

Emily schüttelte den Kopf, als könnte sie damit den grauen Nebel wegschütteln, der sich auf einmal in ihrem Schädel ausbreitete. Sie wollte Byte beruhigen, streckte die rechte Hand aus, tastete nach Fell… und griff ins Leere. Der Hund war nicht auf dem Sitz.

Panik fraß sich sofort durch alles andere. Nicht der Schock, nicht der Zaun, nicht der Schmerz. Nur Byte.

„Byte!" Emilys Stimme schnitt durch den Regen. „Byte, hey! Wach auf. Komm schon, wach auf!" Ihre Kehle wurde trocken. „Du darfst nicht tot sein."

Sie beugte sich so weit über den Beifahrersitz, als könnte sie den Hund allein mit Blicken zurückholen. Da sah sie es.

Das Fenster auf der Beifahrerseite war von einem Spinnennetz aus Rissen überzogen. Ein Einschlag. Eine Kugel.

Emily fuhr hoch, als hätte ihr jemand Wasser ins Gesicht geschüttet. „Scheiße! Nicht schon wieder!"

Sie griff nach dem Gurt, wollte aufspringen, raus, Byte rausziehen, irgendwas tun. Gewohnheit ließ sie in den Rückspiegel schauen.

Und da war es.

„Nein… das kann nicht sein", stöhnte sie.

Das dunkelblaue Auto kam zurück. Nicht auf der Straße. Auf dem Bürgersteig. Geradewegs auf ihr Heck.

Emily lehnte sich zurück, presste den Kopf gegen die Kopfstütze, weil sie wusste, was gleich passierte. Ihr Körper machte sich klein, obwohl sie nicht kleiner werden konnte. Byte lag ohnehin schon zusammengedrückt, tief unten, als hätte sie sich selbst gefaltet. Der Aufprall würde sie treffen, und Emily konnte nichts mehr ändern.

Sie starrte in den Rückspiegel. Nicht nur aus Angst. Auch, weil sie den Fahrer erkannte. Oder glaubte, ihn zu erkennen. Dieses hellblonde Haar. Dieses Haar, das selbst im schlechten Licht noch Farbe spiegelte.

Dann krachte es.

Der zweite Schlag riss alle Gedanken auseinander. In einem absurden Moment war Emily sogar dankbar dafür, weil der Aufprall die Panik um Byte und diesen entsetzlichen Schluss, den ihr Gehirn ziehen wollte, kurz übertönte.

Das Auto, das sie gerammt hatte, war ein schweres, älteres amerikanisches Modell. Robust, massig, gebaut wie ein Panzer. Es fuhr davon, als wäre nichts gewesen. Emily konnte weder Kennzeichen lesen noch ein Gesicht sehen. Aber dieses Haar… das kannte sie.

Und genau das machte alles noch schlimmer. Weil sie es nicht zusammenbekam.

Ihr erster Impuls war Byte. Immer Byte.

Die Fahrertür war eingeklemmt. Sie bekam sie nicht auf. Also quetschte sie sich zwischen den Sitzen nach hinten, schob sich zur Schiebetür, riss sie auf und kletterte raus. Der Nieselregen kippte in richtigen Regen. Dicke Tropfen, kalt, unbarmherzig.

Emily öffnete Bytes Tür, kniete sich hin und strich ihr über den Kopf.

„Bitte", flüsterte sie. „Bitte mach die Augen auf. Ich helfe dir. Komm schon."

Wasser lief ihr vom Regenmantel, tropfte auf den Sitz, auf Bytes Fell, auf Bytes Augenlider. Und ausgerechnet dieser Regen holte den Hund zurück. Byte blinzelte, als würden die Tropfen sie wachklopfen. Dann öffnete sie die Augen und sah Emily verwirrt an.

„Oh Gott", hauchte Emily.

Byte versuchte aufzustehen. Ihre Pfoten lagen seltsam unter ihr, ihr Körper war in der Mitte gekrümmt, als hätte sie vergessen, wie man sich aufrichtet. Emily schob den Vordersitz so weit wie möglich nach hinten, um Platz zu schaffen. Dann griff sie unter Byte, versuchte, den schweren Körper zu drehen. Vierzig Kilo. Kein kleiner Hund, den man einfach hochhebt.

Sie bekam Bytes Vorderpfoten zu fassen und bot ihre Hände als Stütze an. Byte drückte sich dagegen. Zentimeter für Zentimeter kam sie aus dem Fußraum heraus. Schließlich stand sie auf dem Boden, noch wackelig, aber auf den Beinen. Sie schüttelte sich, als wollte sie den Unfall aus dem Fell werfen.

Emily zwang ein hoffnungsvolles Lächeln hervor. „Na? Wie geht's dir, Kleiner?"

Ein schwaches Schwanzwedeln. Langsam, aber da.

Byte drehte ein paar Kreise, kam zurück, leckte Emily übers Kinn. Emily spuckte instinktiv Hundesabber weg und umarmte sie dann trotzdem am Hals, fest, als müsste sie sich vergewissern, dass sie wirklich da war.

„Vielleicht ist es Zeit für einen Hundesicherheitsgurt", murmelte sie. „Du hast Glück, dass du nach unten gefallen bist und nicht durchs Fenster."

Sie öffnete die Heckklappe und bugsiert Byte hinein. Vorderpfoten auf die Kante, Emily hob, Byte sprang gleichzeitig, und irgendwie klappte es. Klappe zu, Emily zurück durch die Seitentür nach vorn. Sie wühlte in der Handtasche, fand das Handy, wählte 911.

Genau in dem Moment piepste es, flackerte kurz auf und starb.

Emily starrte auf das schwarze Display. „Moral von der Geschichte", sagte sie leise, „nachts den Stecker rein."

Sie musste das Auto bewegen. Und sie musste zu Miriam. Niemand kam aus dem Haus, um über den Zaun zu schreien, niemand stand im Regen und beschwerte sich. Umso mehr musste sie selbst handeln.

Mit Mühe brachte sie den Van vom Gehweg runter. Das Lenken war eine Qual. Die Front war so verbogen, dass sich alles sträubte. Sie hielt das Lenkrad gegen einen Widerstand, der sich anfühlte, als würde das Auto sich selbst zerreißen. Eine Linkskurve Richtung Miriams Straße war fast unmöglich.

Sie schaffte es nur bis zum Fuß des Hügels. Dort gab sie auf, stieg am Tor aus und tippte den Code ein. Regen klebte ihr die Haare ins Gesicht, als würde er ihr den Tag endgültig ins Genick drücken. Das Tor öffnete sich langsam, quälend langsam.

Emily holte Byte raus, legte ihr die Leine an, griff die Tasche mit den Kostümen und ihre Handtasche und ging los, durch das offene Tor hinauf zu Miriams Haus.

Als Miriam die Tür öffnete, stand sie im lila-roten Kaftan da, noch immer gezeichnet von der Schießerei, aber wach genug für Spott.

„Na, na", sagte sie trocken. „Schau mal, wen die sprichwörtliche Katze angeschleppt hat. Bei dir sieht's eher so aus, als hätte dich der Hund hergeschleppt. Oder du ihn. Schwer zu sagen. Ihr seht beide aus, als wärt ihr durch einen Sturm gelaufen. Was ist passiert?"

Emily hielt ihr die Kostümtasche hin wie eine Opfergabe. „Ich wollte dir die Kostüme zeigen, weil ich so stolz war." Ihre Stimme war hart vor Adrenalin. „Und dann hat jemand meinen Van absichtlich vorne und hinten gerammt. Danach haben sie auf mein Auto geschossen. Genau wie auf Rochelle auf der Autobahn. Mein Handy ist tot. Mein Auto liegt unten vor deinem Tor. Und ich brauche ein Telefon. Jetzt."

Miriam verzog keine Miene, aber ihre Augen wurden schmal. „Ich bezweifle, dass die Hausverwaltung das einfach abschleppen lässt. Harold ist der Präsident. Die rufen eher uns an, wenn sie jammern wollen." Sie trat zur Seite. „Du bist aufgewühlt. Geh hoch, nimm eine warme Dusche. Ich mache dir Tee. Dann rufen wir die Polizei. Handtücher sind im Gästebad. Geh."

Emily zögerte. „Kann Byte in deiner Garage bleiben? Sie wurde bei dem Aufprall verletzt. Ich will sie im Auge behalten. Vielleicht muss ich nachher mit ihr zum Tierarzt. Und sie ist nass, ich will sie nicht rauslassen."

„Nein, nicht in der Garage." Miriam sagte es so bestimmt, dass Emily kurz irritiert war.

Dann wurde Miriams Stimme weicher. „Aber hier bei uns. Natürlich. Die Arme hat ein Trauma." Sie ging runter, kraulte Byte hinter den Ohren. „Du auch. Geh, Em. Wenn du willst, leg dich danach kurz ins Gästebett. Dann schauen wir uns die Kostüme an."

Emily musste fast lachen, so absurd war es. Sie war hergekommen, um Miriam zu trösten. Und nun tröstete Miriam sie.

Sie ging die Treppe hoch, ließ den warmen Duschstrahl über sich laufen und versuchte, den Tag aus der Haut zu waschen.

253

Sie ging die Treppe hoch, ließ den warmen Duschstrahl über sich laufen und versuchte, den Tag aus der Haut zu waschen.

KAPITEL 38

„Ich möchte mit Detective Washburn sprechen, sobald er da ist“, sagte Emily ins Telefon, als Miriam die Nummer gewählt hatte. „Es geht um Sustain and Shelter. Bitte sagen Sie ihm meinen Namen: Emily Kristich. Es ist dringend. Und schicken Sie jemanden, der sich das Auto ansieht.“ Sie nannte die Adresse noch einmal. „Danke. Ja, genau.“

Miriam stand daneben, besorgt. Die Dusche hatte Emily wieder etwas Farbe gegeben. Sie sah nicht mehr aus, als würde sie gleich umkippen, aber Miriam traute dem nicht.

„Geht's dir wirklich gut?“, fragte sie.

Emily nickte. „Ja. Morgen hab ich Kopfschmerzen, sicher. Aber jetzt… jetzt geht's.“

„Dann bin ich jetzt dran, dich in die Notaufnahme zu schleifen.“

„Nein. Wirklich.“ Emily schüttelte den Kopf. „Byte wirkt auch okay.“

„Oh, die ist okay", sagte Miriam trocken. „Sie hat das Roastbeef-Sandwich verschlungen, das ich ihr gegeben hab. Ich dachte kurz, sie nimmt meine Finger als Nachtisch."

Miriam stellte Emily Tee hin. „Erzähl mir von dem Unfall. Alles. Keine Lücken."

Emily setzte an, aber sie hielt die Kostümtasche hoch. „Guck dir erst die Kostüme an, während ich rede. Jojo und Lulie haben sich das selbst ausgedacht. Jojo ist irre kreativ. Und bei Lulie... wenn man den Karneval East of the Sun and West of the Moon nicht kennt, checken's viele nicht. Aber die Nase... die Nase macht es."

Sie zog die Nase heraus, hielt sie hoch, wollte gerade ein Adjektiv finden, als ihr Blick durch die Fenstertüren der Frühstücksecke nach oben rutschte. Zum Haus der Emorys, oben auf dem Hügel. Dann wieder zur Nase.

Emily erstarrte.

Zeit blieb nicht stehen, aber sie fühlte sich so an. Regen prasselte gegen Glas, und Emily starrte blind nach oben, als hätte ihr jemand einen Faden direkt ins Gehirn gezogen.

„Em?" Miriam wurde sofort alarmiert. „Geht's dir gut? Du siehst aus, als würdest du gleich ohnmächtig werden. Das ist nicht normal. Wir müssen zum..."

Emily sprang auf.

„Miriam, es tut mir leid." Ihre Stimme war plötzlich nur noch Zweck. „Wenn die Polizei kommt, erzähl ihnen vom Auto, wo es steht. Bitte. Lass Byte hier. Ich komme wieder." Sie riss den Regenmantel vom Haken.

An der Tür drehte sie sich noch einmal um. „Wenn Bob Washburn anruft, sag ihm, wo ich bin. Sag ihm, er soll so schnell wie möglich kommen. Die Polizistin meinte, er würde bald zurückrufen."

„Aber wohin gehst du denn?", rief Miriam.

Emily antwortete nicht. Sie rannte los, den Hügel hinauf, Richtung Emorys. Miriam sah ihr nach, bis die Reihe aus Bäumen Emily schluckte.

Emily startete entschlossen. Doch je weiter sie ging, desto mehr fraß sich Zweifel hinein. Das Wasser lief in Rinnen die Straße runter, der Boden war schlammig, und obwohl sie trainierte, hämmerte ihr Herz so laut, dass es ihr Schritte zu begleiten schien. Ihr Nacken spannte sich. Unfall? Angst? Beides.

Und dann dieser Gedanke, der so absurd war, dass er wie ein schlechter Witz wirkte. Nur dass Emily nicht lachte. Sie hatte die Nase gesehen, hatte nach oben geschaut, und plötzlich war alles in ihr aufgesprungen. Ein Halloween-Kostüm. Eine Kinderidee. Und doch fühlte es sich an, als hätte Lulie, sechs Jahre alt, unbewusst einen Schlüssel in der Hand gehabt, den niemand bemerkt hatte.

Wenn es so abwegig war, warum lief Emily dann weiter?

Sie erreichte die Veranda, wartete kurz, bis der Puls nicht mehr ganz so außer Kontrolle war, und klingelte. Westminster-Melodie. Keine Antwort. Noch einmal. Wieder nichts.

Gerade als sie sich umdrehen wollte, öffnete sich die Tür einen Spalt. Platinblondes Haar schob sich vorsichtig ins Sichtfeld. Dann ein Gesicht, das Emily ansah, zaghaft lächelte und sie hineinbat.

Emily schlüpfte durch die Öffnung, blieb mit dem Rücken zur anderen Türhälfte stehen und sah sich um.

Entsetzen traf sie nicht wie ein Schlag, sondern wie ein langsames, ungläubiges Begreifen. Außen war das Haus schon eine architektonische Zumutung gewesen. Innen war es ein Albtraum aus Möbeln. Drei Stockwerke, offene Galerien aus Eiche, die jede Etage umschlossen, als wäre das Ganze eine private Version von Shakespeares Globe Theatre. Zwei Treppen auf jeder Seite, alles offen, alles sichtbar.

Auf schwarzem Marmor lagen Teppiche, die sich gegenseitig anschrieen: geometrische Muster, chinesische Blumen in Pastell, persische Ornamente in satten Farben. Ein blaues Ledersofa und Sessel um einen riesigen Fernseher, daneben ein Essbereich mit Ebenholztisch für zwanzig Personen und schmiedeeisernen Stühlen. Eine französische Provinzmöbelgruppe mit meerblauem Moiré-Satin. Und eine Küche, die mit roten und schwarzen Glasfliesen glitzerte. Es wirkte weniger wie ein Zuhause und mehr wie ein Möbelhaus, das seine Abteilungen durcheinandergeworfen hatte.

Mrs. Emory stand da, begrüßte „Mrs. Kristich", ohne Emily in die Augen zu sehen. Ihre Haltung war so gebeugt, dass sogar die hochgesteckten Haare müde wirkten. Emily betrachtete sie länger. Und je länger sie hinsah, desto weniger passte das Bild.

„Ich bin wegen des Autos hier", sagte Emily klar.

„Dein Auto?" Die Frau blinzelte. „Was meinst du? Ich weiß nichts von deinem Auto."

„Ich bin nicht wegen meines Autos hier", sagte Emily.

„Was meinst du damit?" Jetzt klang echte Sorge durch.

Emily ließ die Höflichkeit fallen. „Du weißt genau, was ich meine. Ich bin wegen der Person hier, die meinen Van gerammt hat."

Die Frau lachte nervös. „Na dann. Rede mit mir."

„Nein." Emily stockte. „Du bist nicht die Person, mit der ich reden wollte."

„Als du gesagt hast, du hättest einen Job…" Emilys Stimme wurde leiser, vorsichtiger. „Ich dachte nicht, dass du deshalb verschwinden würdest. Einfach weg. Ich hab dich nie wieder gesehen, Blythe."

Das Gesicht der platinblonden Frau verzerrte sich.

„Das stimmt", sagte sie scharf. „Du wirst sie nie wieder sehen. Es gibt keine Blythe mehr. Diese erbärmliche, obdachlose Frau gibt es nicht mehr."

Emily spürte, wie ihr der Magen sank. „Doch. Sie steht vor mir. Du bist nicht obdachlos. Du bist nicht erbärmlich. Du bist hier."

„Nein!" Die Frau schrie es, als wäre es eine körperliche Verletzung. Sie presste die Hände an den Kopf, drehte sich weg, drehte sich wieder zurück, als würde sie in ihrem eigenen Körper keinen Platz finden. „Du darfst das nicht wissen. Du ruinierst alles. Ich hab dich gewarnt. Du solltest dich fernhalten." Ihre Stimme brach. „Du kannst mir das nicht antun."

Sie hob die Fäuste, als wolle sie Emily schlagen, aber Emily packte ihre Handgelenke und hielt sie in der Luft fest.

„Du ruinierst es für uns alle", schluchzte die Frau. „Für die Kinder. Sie brauchen mich. Mich. Ich bin die, die sie schützt. Sie hat Scott vernachlässigt, und Samantha konnte nicht immer seine Mutter ersetzen. Du darfst das nicht zerstören." Sie riss an Emilys Griff. „Es gibt keine Blythe. Sie ist weg. Lass uns in Ruhe."

Mit einem Ruck befreite sie sich, rannte heulend aus der Tür in den Regen und wiederholte ihre Sätze, als wären es Gebete.

Emily blieb stehen, den Rücken noch immer an der Tür, und sah das grelle Haus an, Stockwerk für Stockwerk, Balkon für Balkon. Teuer. Exzentrisch. Und plötzlich leer.

Sie ging zur halb offenen Doppeltür, wollte zurück. Zu Miriam. Vielleicht Blythe finden, sie beruhigen, irgendetwas.

„Bleib stehen, Schlampe."

Die Stimme kam von oben. Rau. Unverkennbar.

„Dreh dich langsam um und komm in die Mitte des Raumes. Ich hab eine Waffe. Und du solltest inzwischen wissen, dass ich mit einem Schuss töten kann."

Emily erstarrte.

„Jetzt", sagte die Stimme. „Oder du bewegst dich nie wieder."

Als Emily sich umdrehte, sah sie auf den Balkon im zweiten Stock. Dort stand Rochelle. Und in Emilys Kopf schlug der Gedanke ein, der ihr schon am Unfallort die Kehle zugeschnürt hatte: Die Unterschiede waren da gewesen. Den ganzen Sommer. Stimmen. Verhalten. Scott, der plötzlich lesen konnte. Kleine Dinge damals. Riesige, jetzt.

Emily löste sich von der Tür, suchte instinktiv wieder eine Wand im Rücken, schob sich am Rand entlang, bis zur offenen Küche. Dann war da keine Wand mehr. Sie musste in die Mitte.

Sie ging langsam, hielt den Blick auf Rochelle gerichtet, auf die Waffe, auf den Körper darüber.

„Du hinterhältige kleine Schlampe." Rochelle spuckte die Worte aus. „So neugierig." Sie begann, die Treppe herunterzukommen. „Ich wusste, dass du die Finanzunterlagen geklaut hast. Diese dumme Ida. Ich hab ihr gesagt, sie soll die Unterlagen direkt mir oder Rudyard geben." Ihr Lächeln war kalt. „Als du ständig nach Zahlen gefragt hast und die Papiere nicht mehr in der Schublade waren, war klar, was du getan hast."

Sie kam näher. Schritt für Schritt, als würde sie Emily in einen Kreis treiben.

„Du hast fast alles ruiniert, was ich aufgebaut hab." Rochelle hob die Waffe ein bisschen höher. „Ich hasse es, wenn irgendwer meine Pläne stört. Und ich lasse es nicht zu."

Emily leckte sich über die Lippen. Ihre Kehle war trocken. „Ich weiß von Ida und Ralph", brachte sie heraus. „Ich weiß, dass sie zu nah dran waren."

Rochelle lachte leise. „Nein, Süße. Du hast keine Ahnung."

„Doch." Emilys Stimme wurde fester, weil Angst irgendwann in Trotz kippt. „Ich weiß von Geldwäsche. Ich weiß, dass Ralph rausgefunden hat, dass Medikamente geklaut wurden. Ich kann mir sogar vorstellen, wie ihr das macht." Sie schluckte. „Ich verstehe nur nicht, wie du Blythe dazu gebracht hast, mitzumachen."

„Du kannst jeden kaufen." Rochelle zuckte mit den Schultern. „Ich könnte wahrscheinlich sogar dich kaufen." Sie musterte Emily, als wäre sie Ware. „Aber ich will dich nicht. Ich will nur, dass du verschwindest."

Dann kam es wie nebenbei, als wäre es eine harmlose Wahrheit: „Blythe war nützlich. Du bist es nicht. Und meine Kinder… die sind nervig. Ich hasse sie."

Emily fuhr ihr ins Wort. „Warum hast du sie dann bekommen?"

Rochelle schnaubte. „Weil Geoffrey dann geblieben ist." Sie sagte „Geoffrey" wie ein Werkzeug. „Ich brauchte ihn als Tarnung. Kinder sind Druckmittel. Er scheidet sich nicht, wenn er glaubt, ich könnte ihm die Kinder wegnehmen." Sie verzog angewidert das Gesicht. „Kinder sind Arbeit. Fragen. Lärm."

Sie begann aufzuzählen, ohne sich selbst zu bremsen, als hätte sie lange darauf gewartet, jemanden damit zu quälen.

„Der Junge ist dumm. Läuft immer mit gesenktem Kopf herum. Konnte nicht mal lesen." Sie schüttelte den Kopf. „Das Mädchen ist okay. Schlau. Aber den Jungen konnte ich nicht ausstehen. Wenn ich nicht diese neue geniale Idee gehabt hätte, hätte ich ihn ins Internat gesteckt." Sie grinste. „Das Mädchen mag ihn. Wenn er da ist, muss ich mich weniger um sie kümmern. Und jetzt ist Blythe da und macht den Familienkram. Herrlich."

Rochelle lachte kurz, scharf. „Ich behalte sie, solange sie nützlich ist. Ich hasse es, diese glückliche Hausfrau zu spielen." Sie machte eine kleine Geste, als würde sie etwas wegwischen. „Und irgendwann… peng. Weg."

Sie sah Emily an, als hätte sie gerade ein Kunststück gezeigt. „Blythe wollte so sehr Kinder, dass sie jedes genommen hätte. Sie hätte sogar ihre Identität aufgegeben, um sie zu bekommen. Perfekt." Ihre Augen glänzten vor Grausamkeit. „Selbst Geoffrey merkt nicht mal, dass seine eigene Frau nicht seine eigene Frau ist."

Sie begann hysterisch zu lachen, Tränen liefen ihr über das Gesicht, aber nicht aus Schmerz, sondern aus Vergnügen. „Stell dir das vor. Er sitzt jahrelang am Tisch und merkt nicht, wer ihm gegenübersitzt. Das geschieht ihm recht."

Dann wurde sie wieder ernst, fast stolz. „Und mit Blythe muss ich nicht mehr in diesen Gremien sitzen und diese Wohltätigkeitsnummer spielen. Sie macht den ‚Frau eines erfolgreichen Mannes‘-Scheiß für mich.“

Rochelle trat näher, zwang Emily mit der Waffe, sich zu bewegen. „Ich hab begriffen, dass ich zwei von mir brauche. Eine, die mich repräsentiert, und eine, die arbeitet.“ Sie hob das Kinn. „Ein paar Eingriffe hier und da. Plastische Chirurgie ist erstaunlich. Es ist, als wäre man an zwei Orten gleichzeitig.“

Ihr Blick wurde hart. „Ich hab Macht. Niemand kommt an mich ran.“

Sie machte eine Pause, als würde sie eine Pointe setzen. „Ich bin wunderbar. Hörst du? Wunderbar.“ Dann spuckte sie Emily ins Gesicht, ohne zu spucken. „Du saßt da und hast Rudyard wegen seiner Einstellung zu Frauen fertiggemacht. Du dumme Gans. Genau so kommt man weiter. Ich hab ihm diese Rolle vorgespielt, und jetzt kontrolliere ich alles. Das Geld. Die Männer.“ Sie lachte wieder. „Diese beiden Arschlöcher haben Angst vor mir. Sie tun, was ich sage.“

Das Lachen brach abrupt ab. Rochelle wurde kalt.

„Niemand bringt meine Geschäfte durcheinander. Nicht Ralph. Nicht Ida. Und ganz sicher nicht du.“ Sie hob die Waffe ein wenig. „Ralph wollte zur Polizei gehen und erzählen, dass Joan Medikamente geklaut hat. Also hab ich ihn ein bisschen früher als geplant gehen lassen.“

Emily zwang sich, ruhig zu sprechen. „Warum so auffällig? Du hast doch verraten, wo Ralph liegt.“

Rochelle verzog den Mund. „Ich? Das war nicht ich. Das war Chad.“ Ihre Stimme triefte vor Verachtung. „Dieser Idiot. Ich hätte ihn dafür erschießen sollen. Er hat’s gemacht, um die anderen zu erschrecken.“ Sie schüttelte den Kopf. „Bei Ida hat er es nicht gewagt. Sie hat er gut versteckt. Ich hab ihm mit dem Tod gedroht, falls er noch mal so einen Fehler macht. Vielleicht muss ich ihn trotzdem loswerden.“

Sie atmete einmal scharf aus. „Ida war eine Nervensäge. Sie hat Rudyard gesagt, sie führt die Bücher nicht mehr. Als hätte sie eine Wahl." Rochelle schnaubte. „Sie dachte wirklich, sie könnte mit diesen Informationen einfach verschwinden. Wenn sie geredet hätte, wäre ich aufgeflogen. So arbeite ich nicht." Sie sah Emily an. „Alle Dummköpfe. Außer Blythe. Blythe ist sicher, solange sie glaubt, sie schützt die Kinder. Das ist ihr einziger Zweck. Versicherungspolice." Ein Lächeln. „Was für ein Geschäft."

Rochelle deutete mit der Waffe zur Tür. „Du gehst jetzt raus. Wir fahren los. Du zuerst. Ich hinter dir. Wir nehmen Blythes Auto. Ich setze dich irgendwo ab."

Emily spürte, wie ihr die Kehle wieder trocken wurde.

„Blythe ist weg", fuhr Rochelle fort, als erkläre sie einen genialen Plan. „Und wenn jemand fragt: verschwunden." Sie neigte den Kopf. „Wenn sie jemals rausfinden, dass es Blythes Auto ist, werden sie denken, sie hat dich umgebracht. Aber sie werden sie nicht finden." Ihre Augen blitzten. „Du und deine Selbstgerechtigkeit. Sie werden denken, du wolltest eine arme Obdachlose retten. Jane Addams spielen."

Sie grinste. „Verstehst du jetzt, wie clever ich bin? Ich hab Blythe aus dem Weg, aber ich kann ihr einen Mord anhängen. Und sie wird nie auftauchen. Nicht mal, wenn sie direkt vor ihnen steht." Rochelle machte einen Schritt näher. „Sie weiß, dass sie nicht mehr existiert. Keine Identität, kein Zuhause, keine Person. Sie ist praktisch meine Sklavin. Gib ihr Kinder, und du hast sie."

„Geh weiter", sagte Rochelle.

Emily zog jeden Schritt in die Länge, als könnte sie Zeit dehnen, als könnte Zeit Hilfe bringen. Bob wusste, dass sie weggerannt war. Miriam würde ihm sagen, wo. Miriam wusste allerdings nicht, wie gefährlich es war. Miriam kannte nur das zerknitterte Auto unten am Tor.

Und Blythe? Wo war Blythe? Hatte sie Hilfe geholt, gegen jede Hoffnung? Oder war sie im Regen zusammengebrochen, gefangen in ihrer Hysterie?

Der Nieselregen auf der Veranda erinnerte Emily an Ida. An Wasser. An die Vorstellung eines Körpers, der irgendwo liegt, nass, kalt, still. Der Gedanke kroch ihr unter die Haut. Vielleicht war das jetzt auch ihr Weg.

Tot.

Das Wort brannte sich in ihren Kopf. Kein Jojo. Keine Lulie. Keine Jahre, die sie sehen würde. Kein David. Keine Louisa, die sich an ihre erwachsene Tochter klammerte.

Emily lauschte auf Sirenen. Nichts.

Natürlich nichts. Die Polizei würde einen Unfall aufnehmen, ein Auto begutachten, einen Bericht schreiben. Sie hatte kein SEK angefordert. Sie hatte nur ein zerstörtes Auto und eine tote Batterie.

Verzweifelt suchte sie nach irgendetwas, das sie als Spur hätte hinterlassen können. Ein Zeichen. Ein Hinweis. Aber der Regen wurde stärker, prasselte herunter und wusch jede Möglichkeit weg. Alles, was sie hätte fallen lassen können, wäre nach Sekunden verschwunden. Wie Brotkrumen.

Wo war Bob? Wo war Bob?

Bob war nicht verfügbar.

Er und Detective Yoshiwara hatten Chad Woodley gerade festgenommen. Chad redete nicht. Er wollte seinen Anwalt. Und Rudyard Millup hatte nicht vor, abzuwarten, welche Geschichte Chad und sein Anwalt stricken würden. Nicht nachdem Shannon ihn angerufen und von Chads Verhaftung erzählt hatte. Rudyard war bereits am Flughafen Oakland, bereit für einen Flug nach Mexiko.

All das hatte sich in Bewegung gesetzt, weil Emily Joan dazu gebracht hatte, Bob zu erzählen, was sie wusste. Über Chad. Über Joan und Thomas. Über die Medikamente aus dem County Hospital. Joans Verantwortung war anständig. Ihr Timing war es nicht.

Emilys außerplanmäßiger Termin mit einer Auftragskillerin würde stattfinden.

KAPITEL 39

Rochelle hat schon geahnt, dass Emily Zeit schinden würde, als sie meinte: „Wir haben alle Zeit der Welt, also kannst du so viel Zeit schinden, wie du willst, du Miststück.

Die Häuser in dieser Gegend stehen nicht nah genug beieinander, dass die Leute neugierig auf uns werden könnten. Wenn sie uns bei diesem Regen überhaupt sehen können, werden sie denken, dass wir zum Mittagessen oder so gehen, denn das ist es, was Frauen meiner sozialen Stellung tun – sie gehen zu schönen, langen Mittagessen. Sie geben das Geld ihrer Ehemänner für ihr leeres Leben aus. Geh weiter."

Aber Emily hatte ihren Weg über den gepflasterten Weg zur Garage unterbrochen. Sie spürte, wie Rochelle ihr die Waffe in den oberen Rücken drückte. Sie drehte sich leicht um, um Rochelle anzusehen, und konnte ihr Gesicht aus einem schrägen Blickwinkel sehen. Das Grinsen auf Rochelle Gesicht hatte sich bis zu ihren Augen ausgebreitet und verlieh ihnen einen harten, entschlossenen Ausdruck. Als Emily erkannte, dass es keine Chance gab, Rochelle von ihrem Entschluss abzubringen, ihr Leben zu beenden, drehte sie sich wieder nach vorne und ließ Rochelle weiter gemächlich zu Blythes blauem Sedan schlendern.

„Wie bist du darauf gekommen?", fragte Emily. „Das wird nicht funktionieren, weißt du."

„Was wird nicht funktionieren?"

Das Hinauszögern. Leute, die merken, dass ich sie erschießen werde, versuchen alles Mögliche, um das zu verhindern. Es klappt nicht. Aber meine Geschichte ist interessant; Ich erzähle sie dir. Du bist eine ziemlich kluge Frau; es wird dir wahrscheinlich gefallen zu hören, wie ich die Welt besiegt habe. Ich habe alles, was ich will, Macht und Geld. Man braucht nur zwei Dinge, um das Leben zu gestalten – Geld und Macht. Ich habe beides. Eine Frau, die die Beste in ihrem Bereich ist. Das sollte dir gefallen. Schade, dass ich keine Autobiografie schreiben kann. Sie wäre ein Bestseller. Die Leute lieben Gewalt, und ich könnte ihnen davon jede Menge bieten. Ich bin einer der besten Auftragskiller in der Branche. Mit meiner Geschichte könnte ich Millionen verdienen. Dann müsste ich nicht mit diesem reichen Mistkerl Geoffrey verheiratet sein. Aber wenn ich die Geschichte schreiben würde, könnte ich meinen geliebten Job nicht mehr machen. Also werde ich Blythe so lange mit Geoffrey verheiratet lassen, wie ich es brauche. Es ist keine schlechte Identität. Tatsächlich ist es eine geniale Idee. Niemand weiß davon. Nun, du weißt es, aber du wirst bald weg sein, also spielt es keine Rolle. Also, willst du meine Geschichte hören? Hier kommt sie.

Genieß es, denn es ist die letzte Unterhaltung, die du haben wirst. Ich hab mein Netzwerk genutzt. Ich hab Jahre damit verbracht, Kontakte zu knüpfen und mein Netzwerk aufzubauen. Ich mag Waffen, schon immer. Ich weiß alles über Gewehre, Schrotflinten und Handfeuerwaffen und kann fast alle benutzen. Ich bin ein Experte. Ich weiß alles darüber. Das ist das Einzige, was mir mein armseliger Vater mitgegeben hat: Wissen über Waffen. Seit ich sechs Jahre alt bin, kann ich auf alles schießen – Dosen, Zielscheiben, Autos, Tiere, Menschen. Außerdem bin ich schlau. Ich bin so schlau, dass ich es geschafft habe, keine Spuren meiner Existenz zu hinterlassen. Ich weiß, wie man organisiert und verwaltet. Genau wie in jedem anderen Geschäft auch.

„Verkleidungen, Randfiguren, hey, es ist ein großes Land. Du würdest mein wahres Ich nicht mal erkennen. Verdammt, manchmal vergesse ich mein wahres Ich fast selbst. Plastische Chirurgie, Geld – ich kann mich ganz leicht verlieren, wann immer ich will." Sie lachte ihr böses, raues Gelächter.

„Wer hätte gedacht, dass die Frau von Geoffrey Emory meinen Job macht? Es war einfach perfekt. Was für ein Trottel. Ich hasse diesen Wichtigtuer. Er will immer, dass ich mich für das Wohl der Gemeinschaft engagiere. So habe ich Rudyard und dann Chad kennengelernt. Rudyard hat immer irgendwelche Betrügereien am Laufen, und als er Chad durch seine Arbeit mit Obdachlosen kennenlernte, passte das einfach perfekt. Dieser Chad melkt seit Jahren diese mitfühlenden Hilfsorganisationen, die bei Null anfangen. Rudyard ist ein aufgeblasener Trottel. Wenn man diese beiden Soziopathen zusammenbringt, verdienen sie das große Geld."

Soziopathen. Wenn sie Soziopathen sind, dann bist du, Rochelle, eine echte Psychopathin, dachte Emily. Nach Blythe, wen würde Rochelle noch umbringen? Wer würde ihr noch im Weg stehen?

Emily blieb kurz stehen; Rochelle drückte ihr die Waffe fester in den Rücken. „Weitergehen."

„Ida?", fragte Emily dumpf.

„Ida", spottete Rochelle. „Ich hätte es wissen müssen. Schon bevor ich sie ausgebildet habe, hätte ich es wissen müssen. Dumme alte Jungfer. Dachte, sobald sie Rudyards Namen hätte, würde sie ein märchenhaftes Leben führen. Ich habe ihr gesagt, dass niemand für immer glücklich lebt. Ich hätte sie fast trainiert. Ich habe ihr gezeigt, wie sie Rudyards Geld abzweigen kann, wo sie es verstecken kann und wann sie ihn erpressen kann. Aber er hat sie trotzdem ignoriert. Sie hätte jederzeit gehen können, aber nein, sie sagte, sie liebe ihn. Sie liebte ihn. Schwache alte Schachtel. Liebe ist keine Antwort, kein Grund, irgendetwas zu tun."

Die Trägheit ihrer Frustration gab Emily keinen Anstoß, Rochelle und ihre mörderischen Absichten zu stoppen. Wenn überhaupt, würde Emily bald völlig handlungsunfähig sein, weil ihre Lage hoffnungslos pessimistisch war. Sie spürte, wie Tränen der Verzweiflung in ihr Bewusstsein drangen. Dieselben Tränen, die so oft die Niedergeschlagenheit einer Situation wegwischen und es einem ermöglichen, Lösungen für scheinbar unlösbare Probleme zu finden, würden ihr nicht erlauben, einen glücklichen Ausgang dieser Niederlage zu sehen. Wenn sie den Tränen nachgeben würde, würde sie jegliche Kontrolle über ihre gegenwärtige Situation verlieren. Anstatt ihr neue Kraft zu geben, würden Tränen in dieser Situation eine Schwäche zeigen, die Rochelle nutzen würde, um sie verächtlich zu beleidigen. Es war schon schwer genug, angesichts der Vorstellung einer Kugel in ihrem Hinterkopf ihre Würde zu bewahren. Wenn sie jetzt weinte, würde sie nur zu einem Häufchen nervöser Angst zerfließen.

Der langsame Gang zu ihrem Leichenwagen drückte Emilys Stimmung, genauso wie die Wolken, die den Regen brachten, der eiskalt auf ihre Gesichter prasselte, die Geräusche der Umgebung dämpften. Die Stille war so ohrenbetäubend wie die Dunkelheit blendend. Emilys Trauerzug war fast zu Ende, als sie das leise Grollen eines fernen Donners hörten.

KAPITEL 40

Beide Frauen zuckten beim Donnern zusammen. Das ist ein Geräusch, das man an der kalifornischen Küste nicht gewohnt ist, und deshalb ist es immer eine Überraschung, wenn es grollt. Gewitter sind in Pleasant Creek so selten wie Erdbeben in Florida. Die Frauen schauten nach rechts, aber dabei drückte Rochelle die Waffe fester an Emilys Rücken. Emily fragte sich kurz, ob die blauen Flecken auf ihrem Rücken ausreichen würden, um einen Gerichtsmediziner stutzig zu machen, wie sie entstanden sind. Als die Frauen ihren Blick nach vorne richteten, lenkte heftiges Keuchen ihre Aufmerksamkeit auf sich. Als sie wieder nach rechts schauten, sahen sie das riesige, nasse Fell und die vor Wut zusammengebissenen Zähne, die aus den Hecken hinter den Kopfsteinpflastersteinen hervorsprangen. Mit dem tiefen, wütenden Knurren, das zuvor für Donner gehalten worden war, sprang das Wesen zwischen Emily und Rochelle, trennte die beiden Frauen und schlug Rochelle mit dem rechten Unterarm gegen ihren Körper.

Rochelle, für die das richtige Timing in ihrem Job super wichtig ist, hat schnell reagiert und den Abzug ihrer Waffe gedrückt. Emily, die von dem plötzlichen Sprung aus dem Gebüsch überrascht war, hat nach Luft geschnappt und ist auf die linke Seite gefallen, als der riesige Hund sie in den Raum zwischen den beiden Frauen geschleudert hat. Die Kugel aus der abgefeuerten Pistole prallte von einem der Kopfsteinpflastersteine ab, die den Weg säumten, und traf Rochelle in die Brust. Der Hund packte sie mit einem brutalen Griff am Arm und riss sie mitten im Fall zu Boden. Emily rappelte sich vom nassen Pflaster auf und eilte zu Rochelle.

„Byte, weg. Runter!", befahl sie und streckte ihre flache Hand in die Luft. „Runter."

Widerwillig ließ Byte Rochelle los, ging auf alle viere und knurrte leise und intensiv aus tiefstem Inneren. Mit gespitzten Ohren, den Blick auf Emilys kleinste Bewegung gerichtet, der Nase, die beim Geruch menschlicher Emotionen zuckte, und dem Körper, der zum Sprung bereit war, beobachtete Byte die Szene vor sich genau. Der blutige Fleck, der fast die ganze Brust von Rochelle bedeckte, sah aus wie ein rosa Wasserzeichen. Regentropfen schwächten die Lebendigkeit des roten Blutes und flossen in schlammroten Rinnsalen von Rochelle ab. Die Pfützen, in denen sich der Regen sammelte, waren das Einzige, was der Szene etwas Leben gab.

Emily hielt Rochelle den Kopf und meinte: „Halt durch. Ich hole Hilfe. Ich geh ins Haus und hole Hilfe."

Rochelle versuchte, Emily mit ihren zusammengekniffenen Augen anzusehen, und ihr Mund verzog sich zu einem Grinsen. „Ich hasse Hunde", sagte sie leise. „Früher habe ich von ihnen geträumt. Ich konnte Menschen kontrollieren, aber keine Hunde. Ich hasse ..."

„Das Leben. Rochelle. Du hasst das Leben." Emily beendete Rochelle's Satz, als sie starb.

Emily legte Rochelle den Kopf auf den Asphalt. Mit gesenkten Schultern und gesenktem Kopf näherte sie sich Byte, die immer noch auf allen vieren lag und Emily wachsam beobachtete. Emily setzte sich auf eine Reihe von Kopfsteinpflastersteinen, beugte sich vor und ließ Byte mit dem Wort „Komm" los. Byte schlenderte zu ihrer Herrin hinüber, leckte Emily mit ihrer Zunge über das Gesicht und setzte sich so nah wie möglich neben sie, ohne ihr auf den Schoß zu klettern.

Sie schaute der Hündin in die Augen und sagte: „Du bist rausgekommen, oder? Du denkst, du bist schlauer als ich, oder? Du wusstest, dass es gefährlich war; ich dachte nicht, dass es das sein würde. Ich bin mir nicht sicher, was ich gedacht habe."

Byte kratzte sich als Antwort wieder das Gesicht. Emily streckte einen Arm aus, legte ihn um Bytes Rücken und zog den Hund noch näher an sich heran. Da saßen sie nun im Regen, der jetzt langsam wärmer wurde, und sahen zu, wie Rochelle's Körper komplett jede Spur von Leben verlor, die er noch gehabt hatte. Es war eines der wenigen Male, an die sich Emily erinnern konnte, dass der Regen sie traurig machte.

Emily und Byte saßen traurig da und sahen zu, wie Rochelle immer steifer wurde, während der Tod und die Kälte weiter an ihrem Körper arbeiteten. Der Regen spritzte in Ausrufezeichen auf die Pfützen um den Körper herum. Während ihrer Totenwache waren Frau und Hund unempfindlich gegenüber der Nässe. Byte spitzte die Ohren und drehte sie wie kleine Satellitenschüsseln. Emily schaute weiter auf den Körper.

„Komm schon, Byte. Lass uns Hilfe holen. Es hilft niemandem, wenn wir hier bleiben."

Das Rascheln der Büsche klang wie ein Taftunterrock, als Blythe langsam die Distanz zwischen der Hecke, die die Auffahrt säumte, und den Steinen, auf denen Emily und Byte saßen, überbrückte.

„Wo warst du?", fragte Emily mit tonloser Stimme.

Blythe zögerte, bevor sie antwortete. „Ich weiß nicht. Da unten, schätze ich. Da gibt's eine wilde Gegend. Ich bin wohl dorthin gegangen. Ich wusste nicht, wo ich hinging." Sie stand links hinter Emily.

„Hast du gesehen, was passiert ist?" „Ein bisschen."

„Du konntest nicht helfen kommen?"

„Ich dachte nicht, dass sie dir was tun würde", sagte Blythe.

Emily drehte ihren Kopf in Blythes Richtung und sagte mit zusammengebissenen Zähnen: „Du hast nicht gedacht, dass sie mir was antun würde? Bist du nicht die Frau, die total hysterisch war, weil sie gemerkt hat, wer auf der Autobahn geschossen hat? Du wusstest doch, dass sie eine Mörderin ist. Deshalb hast du geweint, weil du Angst hattest. Sie wollte dich umbringen, oder?"

„Nein, sie wollte dich umbringen. Sie wollte mir nur Angst einjagen."

„Und jetzt sagst du mir, dass du nicht gedacht hast, dass sie mir wehtun würde? Du hast mich auf dem Parkplatz gewarnt. Du hast mich vor ihr gewarnt, oder? Ich dachte, du meintest, Rudyard würde mir das Leben im Vorstand schwer machen, aber du hast eigentlich von Rochelle erzählt. Und du konntest nicht kommen und helfen?"

„Ich habe einfach nicht erkannt ...", sagte Blythe lahm.

„Das muss ein Scherz sein", beendete Emily mit einem spöttischen Schnauben. Byte sprang in eine Schutzhaltung, als Blythe sich ihrer Herrin näherte.

Blythe, deren nasser limettengrüner und orangefarbener Overall mit Schlammflecken übersät war, versuchte, Emilys eisigen Blick mit ihren eigenen flehenden Augen zu halten.

„Ich hab nicht mit ihr zusammengelebt. Ich wusste nichts davon. Niemand wusste davon. Sie hat nicht hier gewohnt. Sie kam nur, wenn niemand zu Hause war. Sie konnten nicht wissen, dass wir zu zweit waren. Sie hat gedroht, aber ich hab das nicht für ernst genommen. Ich meine, ich war mir wegen Ralph nicht sicher. Es hätte alles Mögliche sein können. Sie hat nur angedeutet, dass sie ihn umbringen würde."

„Willst du erklären, wie du die Identität dieser Frau, einschließlich ihres Körpers, übernehmen kannst und denkst, dass niemand davon weiß?"

„Bitte, Emily, bitte. Hör mir zu. Bitte, um meiner Kinder willen.

Sie brauchen mich." Sie kroch fast vor Emily auf die Knie. „Deine Kinder? Was meinst du mit deinen Kindern?", spuckte Emily.

„Hör mir zu!", schrie Blythe. „Hör mir einfach zu. Wie kannst du da sitzen und nicht versuchen zu verstehen, was diese Kinder brauchen? Du, die du deine Kinder auf ein Podest über den Engeln stellst? Wie kannst du nicht verstehen, was ich dir sagen will? Gib mir eine Chance. Deine Kinder und du habt einander, und das ist alles, was ihr braucht. Das ist es, was auch diese Kinder brauchen. Ich liebe sie. Niemand muss wissen, dass ich nicht ihre leibliche Mutter bin. Ich kann wie sie sein, nur besser und sie mehr lieben. Du liebst deine Kinder; warum kannst du meinen Kindern nicht eine Mutter gönnen, die sie genauso liebt wie du deine?"

Indem sie ihre eigenen Kinder in ihrer Bitte ins Spiel brachte, traf sie Emilys Schwachstelle und milderte ihre Abneigung gegen Blythe.

Blythe spürte, dass Emily nachgeben würde, und machte weiter. „Hör mal, Rochelle kam zu mir und meinte, sie bräuchte Hilfe, weil sie nicht alles für ihre Kinder sein konnte, was sie sein musste. Sie erzählte mir, dass Scott nicht lesen konnte ; sie erzählte mir, dass Samantha mehr eine Mutter war als sie selbst.

Sie hat mich gefragt, ob ich ihr helfen würde. Ich wollte schon immer Kinder. Ich wollte sie mehr als alles andere auf der Welt. Das war kein Geheimnis; das war eines der ersten Dinge, die ich dir erzählt habe, als ich dich kennengelernt habe. Meine Ehe war schlecht, und keine Kinder zu haben war noch schlimmer. Ich würde alles tun, um Kinder zu haben, also habe ich gesagt, dass ich es tun würde."

„Aber warum bist du nicht einfach Kindermädchen oder so was Normales geworden? Du hast dich einer Schönheitsoperation unterzogen, um genau wie sie auszusehen. Warum?"

„Sie meinte, sie wollte sie nicht verunsichern, indem sie ihnen das Gefühl gab, ihre Mutter hätte aufgegeben. Sie wollte, dass sie denken, sie sei eine bessere Mutter geworden, dass sie sich zum Besseren verändert habe. Wenn ich wie sie aussehen würde, würden sie keine Veränderung bemerken.

„Für mich machte das Sinn. Menschen lassen sich aus vielen verschiedenen Gründen ständig Schönheitsoperationen unterziehen. Die Operation war nicht so schlimm. Sieh mal, ich habe Kinder und ein schönes Leben", sagte Blythe mit leiser Skepsis und wandte ihren Blick von Emily ab.

„Hast du dir keine Sorgen über die Konsequenzen gemacht? Was würde Rochelle mit dir machen, wenn sie dich nicht mehr braucht?"

„Sie würde mich immer brauchen. Solange die Kinder mich brauchten, würde sie mich immer brauchen."

„Und wenn sie dich nicht mehr brauchen?"

„Aber das würden sie immer. Dafür würde ich sorgen."

„Ach Mann", sagte Emily und verdrehte die Augen. „Hast du nicht mal kurz gedacht, dass das komisch ist? Niemand geht zu einem Vermittler und lässt sich jemanden suchen, der wie jemand anderes aussieht. Hast du nicht gedacht, dass sie vielleicht was zu verbergen hat? Hast du nicht gedacht, dass sie vielleicht eine Gegenleistung will, die du nicht geben kannst?"

„Was meinst du damit?", fragte Blythe verständnislos.

„Du hast keine Ahnung, oder? Wir haben gerade über deinen Verdacht bezüglich Rochelle's Beruf gesprochen, wie sie es nannte."

„Ich weiß nicht, wovon du sprichst." „ " „Blythe ..."

„Ich hab's dir schon gesagt. Es gibt keine Blythe. Diese Frau ist weg. Sie könnte tot sein. Nenn mich Rochelle. Blythe ist tot", befahl Blythe, während sie auf die Leiche zu Füßen der Frauen blickte.

Überrascht meinte Emily: „Sie hat Ida und Ralph umgebracht. Verstehst du das nicht?"

„Nein, das ist unmöglich", sagte Blythe fragend, während sie die Leiche ansah. „Nein, das ist eine schreckliche Behauptung."

„Blythe."

„Rochelle. Ich sagte, Rochelle."

„Rochelle, wer hat deiner Meinung nach auf uns auf der Autobahn geschossen? Das war Roche... sie." Emily zeigte auf die Leiche.

Sie wollte zustimmen. „Ja ..." doch dann überlegte sie es sich anders und sagte: „Nein, ich weiß nicht, wovon du sprichst. Ich glaube, du weißt nicht, wovon du sprichst."

Emily sah die Frau an, die jetzt Rochelle hieß und stur behauptete, nichts von den Todesfällen zu wissen, sah ihr tropfnasses platinblondes Haar an, sah den zerrissenen Overall an, sah die durchnässten orangefarbenen Lederschuhe an, die so voller Schlamm waren, dass sie wie Steine an ihren Füßen aussahen. Sie verteidigte ihre Unwissenheit über den Tod von Ida und Ralph genauso entschlossen, wie Byte Emily verteidigte.

„Bitte, Emily. Wir gehen weg. Blythe ist tot." Sie flüsterte die letzte Bitte. „Sag es niemandem."

Sag es niemandem. Da war wieder dieser Satz. Emily wurde zu einem Reliquiar für tote Geheimnisse. Wie viele Situationen durfte sie noch nicht erzählen? Wie viel konnte sie vergessen? Wie viel würde sich vermischen, sodass sie sich nur noch an eine große, komplizierte Lüge erinnern konnte?

„Weißt du, was du da verlangst?", fragte Emily. „Ja", antwortete sie entschlossen. „Ich bitte dich, eine Familie zu retten."

„Wie kannst du nur hoffen, so etwas Verrücktes durchzuziehen?

Du hast drei oder mehr andere Leute, die daran beteiligt sind."

„Ich kann das schaffen. Menschen verlieren sich ständig. Die Kinder wollen so sehr eine gute Mutter, dass sie nicht hinterfragen werden, woher sie kommt.

Geoffrey ist nicht oft genug zu Hause, um Veränderungen bei seiner Frau zu bemerken. Ich schaffe das schon. Ich verspreche es dir. Sag es niemandem weiter.

„Geoffrey", sagte Emily nachdenklich. „Wie kann ein Ehemann nicht wissen, wer seine Frau ist? Plastische Chirurgie kann viel bewirken, aber sie kann nicht deinen ganzen Körper verändern. Er wird es im Schlafzimmer merken, falls ihr jemals wieder dahin zurückkehrt."

Rochelle wurde rot im Gesicht. „Er weiß es nicht. Er war seit Jahren nicht mehr in ihrem Schlafzimmer. Sie hasste ihn so sehr, dass sie ihn rausgeworfen hat. Das ist ein Grund, warum er so viel unterwegs ist. Es gibt keine Ehe mehr. Das Gefühl muss gegenseitig sein, denn wenn er zu Hause ist, redet er nur mit den Kindern. Verstehst du nicht, vielleicht kann ich etwas für die ganze Familie bewirken – auch für ihn. Vielleicht klappt es ja. Er liebt diese Kinder, das sehe ich, wenn er mit ihnen zusammen ist. Sie hat es ihm so schwer gemacht, diesen Kindern seine Liebe zu zeigen. Sie hat die Kinder über ihren Vater belogen und ihnen erzählt, wie schlecht er ist und wie sehr er sie nicht mag. Sie hat gesagt, er sei auf Reisen, um ihnen zu entkommen. Der wahre Grund für seine Reisen war, ihr fernzubleiben. Bitte versteh mich. Ich kann sie alle retten. Ich kann dafür sorgen, dass das eine gute Familie wird. Diese Kinder verdienen Eltern, die sie lieben. Hilf mir. Bitte."

„Was ist mit Rudyard und Chad? Die werden es erfahren." „Die sind keine große Gefahr."

„Woher weißt du das?", fragte Emily.

„Das hat sie gesagt. Sie hat dafür gesorgt, dass sie nie genau erfahren haben, wer Ralph und Ida erschossen hat. Sie hat sie genauso reingelegt, wie sie die Öffentlichkeit reingelegt haben. Sie hat ihnen angedeutet, dass ich derjenige war, der die Erschießung von Ralph und Ida arrangiert hat; ich war derjenige mit den Verbindungen. Manchmal hat sie sie glauben lassen, dass Bo derjenige mit den Verbindungen war. Sie war echt gut darin, Leute dazu zu bringen, Lügen über andere Leute zu glauben."

„Ich dachte, du wüsstest nichts von der Operation." „Du hast recht. Ich weiß nichts davon."

Damit drehte sie sich um und ging zurück zum Haus. „Wohin gehst du, Rochelle?", fragte Emily.

Rochelle drehte sich langsam um und sagte: „Ich gehe ins Haus, um mich frisch zu machen. Dann rufe ich die Polizei."

„Die sind schon unterwegs."

„Woher weißt du das? Hast du sie gerufen?"

Vor einer Weile. Bevor ich hier hochgekommen bin. Roche … nein, Blythe ist absichtlich in mich reingefahren und hat mein Auto kaputtgemacht. Es ist ein Chaos. Ich hab sie dann angerufen.

„Anstatt die Polizei zu rufen, werde ich mich in mein Auto setzen und wegfahren. Dann werde ich zurück zum Haus fahren, wenn sie hier sind."

„Warum?"

„Damit ich ihnen sagen kann, dass ich nichts davon weiß. Sie werden denken, ich wäre weg gewesen", antwortete Rochelle.

Emily nickte leicht, um Rochelle zuzustimmen. „Was wirst du ihnen sagen?", fragte Rochelle vorsichtig. „Mir fällt schon was ein", antwortete Emily dumpf.

KAPITEL 41

Das Auto der Detectives spritzte hohe Wasserfontänen auf, als es durch die Pfützen den Hügel hinauffuhr und kurz vor der Garagentür bremste.

Detektiv Washburn streckte sich aus dem Beifahrersitz des Autos. Byte stellte sich wieder vor Emily, als die Detectives auf sie zukamen.

Zu dem Hund sagte er mit nach unten gestreckter Faust: „Es ist okay, Byte." Zu Emily sagte er: „Was ist passiert?"

„Sag mir zuerst mal: Hättest du nicht früher kommen können?"

Bob starrte Emily an, sah sich dann um und seufzte. „Sieht so aus, als hättest du Hilfe gebraucht. Vielleicht sogar viel Hilfe. Ich konnte nicht hierherkommen, und das tut mir leid." Emily atmete tief ein, hob ihre Handfläche und bewegte sie hin und her, als könnte sie damit die letzten Stunden auslöschen. „Nein, schon gut. Es hat alles geklappt, denke ich."

„Nur damit du es weißt, Emily, damit du weißt, dass wir dir nichts vorenthalten. Wir haben Chad Woodley verhaftet."

„Noch jemand anderen?"

Bob lächelte leicht. „Du lässt mich nicht so einfach davonkommen, oder? Weißt du, wir konnten Chad nur verhaften, weil du mit Joan Chavez einen Deal gemacht hast. Sie redet gerade mit dem Bezirksstaatsanwalt."

Emily nickte. „Super."

Es gab eine Pause. Emily wiederholte: „Sonst noch jemand?" „Fast. Ich schätze, die Sekretärin, wie heißt sie noch mal ..." „Shannon."

„Ich schätze, Shannon hat Rudyard über Chads Verhaftung informiert. Sie wollte das nicht, aber sie musste wissen, was los war, als die Polizei ihn aus dem Büro mitgenommen hat. Er ist jetzt wahrscheinlich auf der Wache."

„Was ist denn passiert, Mrs. Kristich?", fragte Detective Yoshiwara.

Als Byte sich entspannte, erzählte Emily die Geschichte von dem kaputten Van am Fuße des Hügels.

„Wer ist das?", fragte Bob Washburn und zeigte auf die Leiche.

„Ich bin mir nicht sicher. Ich glaube, es könnte Blythe Oberstein sein, eine Frau, die sagte, sie sei obdachlos."

„Sie ist tot."

„Ja."

„Weißt du, wie?"

Emily schaute Bob Washburn und seinen Partner lange an, bevor sie sagte: „Byte ist aus Miriams Haus abgehauen, und ich musste ihr hierher nachlaufen. Als ich den Hügel hochkam, dachte ich, ich hätte gesehen, wie sie ihre Hand hob. Sie hielt eine Waffe in der Hand. Ich konnte sie nicht aufhalten.

„Ich glaube, sie hat sich erschossen", sagte Emily ohne Überzeugung. „Du glaubst?"

„Genau. Sie hat sich erschossen", sagte sie unmissverständlich. „Warum?"

„Ich weiß es nicht. Sie war obdachlos. Vielleicht hat sie das fertiggemacht." „Richtig", sagte Bob zweifelnd, „vielleicht war es das."

Emily wandte ihren Blick zuerst von Bob ab. Er fragte erneut: „Was ist passiert, Emily? Wie hat sie sich erschossen?"

Als Detective Washburn ging, um die Leiche genauer zu untersuchen, fuhr die neue Rochelle in ihrem Rolls vor.

Ihr Haar steckte unter einem Regenhut, und sie trug einen langen Regenmantel. „Oh mein Gott!", tat sie überrascht.

„Was macht Blythe Oberstein denn hier? Sie ist doch nicht tot, oder?", sagte sie zu niemand Bestimmtem.

„Es sieht nach Selbstmord aus", meinte Bob Washburn.

Rochelle hatte die Höflichkeit, ernsthaft bestürzt zu wirken, als sie sagte: „Die Arme."

„Kennst du diese Frau, Ma'am?", fragte der begleitende Detective.

Detective Washburn lehnte sich an die Säule des Hauses und beobachtete Rochelle. Als Emily zu ihm hinüberblickte, starrte er sie an, bis sie ihren Blick senkte.

„Oh ja. Sie war mit mir im Vorstand. Emily auch. Nur kannte Emily sie nicht so gut wie ich. Sie war so erbärmlich. War sie nicht das Traurigste, was du je gesehen hast, Emily?"

Emily sah Rochelle an und wandte sich dann ab.

Rochelle fuhr schnell fort: „Sie war obdachlos und hat mir immer erzählt, wie sehr sie mir nacheifern wollte. Sie meinte, ich hätte alles, was mich glücklich macht. Sie wäre schon mit einem kleinen Teil davon zufrieden gewesen. Die Arme. Sie hat mir immer wieder gesagt, wie sehr sie mir nacheifern wollte. Manchmal hat sie sogar versucht, sich wie ich zu kleiden.

Ein paar Mal kam sie sogar zu mir nach Hause. Ich musste sie wegschicken. Einmal musste ich ihr sogar drohen, die Polizei zu rufen.

Es war, als wäre sie eine Stalkerin oder so etwas. Arme, erbärmliche Blythe. Es ist gut, dass es Organisationen wie Sustain und Shelter gibt, nicht wahr, Emily? Sie können diesen armen Menschen helfen, die nichts haben – genau wie Blythe. Die Arme."

Emily schaute weiter auf den Boden; Bob schaute Emily an, während Rochelle über die arme, bemitleidenswerte Blythe plapperte.

Als wäre ihr gerade was Neues eingefallen, meinte Rochelle: „Oh je. Glaubst du, dass sie sich deshalb hier umgebracht hat? Oh, wie traurig. Sie wollte mir so sehr nacheifern, dass sie sich auf meiner Veranda umgebracht hat." Rochelle presste ein paar Tränen raus, um die Ernsthaftigkeit der Situation zu unterstreichen.

„Ich weiß es nicht, Ma'am. Wir schicken gleich ein Team vorbei. Wir werden alles aufräumen", versprach Detective Yoshiwara.

„Wenn du fertig bist, gib mir die Leiche, falls du keine Familie findest, und ich kümmere mich um die Beerdigung." Rochelle wischte sich vorsichtig mit den Fingern über die Augen. Nachdem sie ihre Gefühle wieder im Griff hatte, fuhr sie in ihre Garage und ging vermutlich ins Haus. Bobs Kollegen und die Polizisten kümmerten sich um die Umgebung von Blythes Leiche, aber Bob beobachtete weiter, wie Emily gedankenverloren Bytes Ohren streichelte. Auf Emilys Befehl hin drehten sich der Hund und seine Besitzerin um und gingen den Hügel hinunter.

Bob Washburn holte sie ein, packte sie am Arm und drehte sie zu sich um. Emily sah ihn an, aber nicht direkt in die Augen.

„Wenn ich die Fingerabdrücke dieser Leiche überprüfen würde, würde ich dann feststellen, dass es sich um Blythe Oberstein handelt?"

Emily schüttelte langsam den Kopf: „Wahrscheinlich nicht."

„Das glaube ich nicht. Sag mir, warum du das nicht glaubst."

„Ich denke, dass sie keine Fingerabdrücke in der Datenbank hat. Sie hat gesagt, dass sie nie gearbeitet hat, also gibt's keine Fingerabdrücke von ihr. Wenn sie obdachlos ist ... Ich weiß nicht, Bob. Sie trägt jetzt Handschuhe. Das heißt, dass du keine Fingerabdrücke auf der Waffe finden wirst."

Bob stützte sein Kinn auf seine Hand, dachte ein paar Minuten nach und fragte dann: „Als Chad verhaftet wurde, hat er uns nicht viel erzählt. Er hat nach seinem Anwalt gefragt. Das haben wir erwartet, das ist so üblich. Aber er hat ein paar interessante, verrückte Sachen gesagt, um Rudyard oder irgendjemanden anderen die Schuld zu geben. Idas Name kam auch zur Sprache. Vieles davon war zusammenhanglos, wir werden das noch sortieren. Aber das Seltsame, was er über „ " gesagt hat, war, dass dieselbe Person die drei Leute getötet hat, von denen wir wissen. Er meinte, es sei jemand, der mit „Sustain and Shelter" zu tun hat."

„Hatte er Beweise? Wusste er, wer es war?"

„Er hat keine Namen genannt, aber er sagte, er habe niemanden getötet."

„Glaubst du ihm? Du glaubst nicht, dass er der Mörder war? Vielleicht war es Rudyard. Wirst du ihn wegen Mordes verhaften?"

„Nein, wegen Betrugs. Chad hat sogar Rochelle Emory als Auftragsmörderin genannt."

„Glaubst du, dass ihre Betrügereien jetzt vorbei sind?"

„Vielleicht. Kommt drauf an, wie viele Beweise wir gegen sie sammeln können. Das weißt du doch. Kommt drauf an, wie gut ihre Anwälte sind. Hast du noch was hinzuzufügen? Hat diese Frau irgendwas zu dir gesagt? Hat Rochelle irgendwas zu dir gesagt?"

Rette eine Familie. Sag es niemandem. Als Ralph Watkins starb, hatte sogar Bob gesagt: Sag es niemandem. Wenn ich es niemandem sage, rette ich dann eine Familie? Emily wandte ihren Blick von Bob ab und dachte nach, bevor sie sagte: „Du hast gerade Rochelle Emory gesehen, Bob. Sieht sie aus wie eine Frau, die ihren Lebensunterhalt damit verdient, Menschen zu töten? Sie hat eine Familie, sie hat einen Mann, der viel Geld hat. Warum sollte sie drei Menschen töten? Warum sollte sie Geld waschen? Das braucht sie doch nicht. Zwei Kinder großzuziehen ist schon genug Arbeit. Sie hätte keine Zeit, zu töten und Geld zu waschen. Warum sollte sie das tun?"

„Ich weiß es nicht. Sag du es mir."

Emily dachte noch einmal nach. Der Regen hatte aufgehört, aber ihr war kalt.

Bob sah, wie sie versuchte, ihr Zittern zu unterdrücken.

„Komm ins Auto. Wir können die Heizung anmachen. Der Leichenwagen vom Sheriff ist gerade angekommen. Die werden eine Weile beschäftigt sein. Komm, du kannst dich aufwärmen." Er führte sie zum Auto der Detectives und stellte die Heizung auf die höchste Stufe.

„Also, was denkst du?", fragte Bob, als Emily mit ihren blauen Lippen ohne zitternde Stimme sprechen konnte.

Sie holte tief Luft und fing an, eine schnell ausgedachte, aber hoffentlich plausible Erklärung zu geben. „Okay, Bob. Ich weiß Folgendes und ich glaube Folgendes zu wissen. Als Byte aus Miriams Garage fuhr und ich ihr hierher folgte, stand Blythe in der Einfahrt von Rochelle. Ich bin mir ziemlich sicher, dass sie es war, die mein Auto gerammt hat. Hast du mein Auto unten am Hügel gesehen?"

Emily wartete auf Bobs Zustimmung, bevor sie fortfuhr. Das gab ihr Zeit, sich aufzuwärmen und nachzudenken.

„Ich konnte das nicht verstehen. Warum sollte sie mein Auto rammen? Und dann erzählst du mir von einer Auftragskillerin. Glaubst du, sie wollte mich umbringen? Vielleicht wollte sie mich einfach aus dem Weg schaffen. Rudyard und Chad dachten wohl, ich hätte zu viel über Sustain und Shelter rausgefunden. Vielleicht war das der Grund ... Emily verstummte. „Vielleicht hat sie deshalb ihre Waffe auf mich gerichtet. Ja, genau das ist passiert. Bob, sie wollte mich erschießen. Deshalb ist Byte ... natürlich ist Byte deshalb auf sie zugerannt. Sie muss gespürt haben, was los war. Als Byte Blythe aus dem Gleichgewicht brachte, ging die

Waffe los. Die Kugel prallte von einem Stein ab. Das ist passiert. Deine Tatortermittler können das bestätigen, oder?"

Bob nickte langsam mit dem Kopf, während er die Heizung im Auto runterdrehte. „Okay, Emily, du hast alles super erklärt. Ich kann das sogar glauben. Jetzt sag mir mal, warum Chad so rumgeredet hat, dass Rochelle Emory eine Mörderin ist?"

Noch eine Hürde. Eine Familie retten. Wenn das Verschleiern dieser Halbwahrheit eine Familie retten würde, warum fühlte sie sich dann so unehrlich, wenn sie mit Bob sprach? Die Ironie dabei war, dass Ehrlichkeit, die eigentlich die beste Strategie sein sollte, ihr kein besseres Gewissen verschaffen würde. Also stürzte sie sich noch einmal in den Sumpf der verschleierten Wahrheit.

Meinst du nicht auch, Bob, dass sie deshalb versucht hat, sich an Rochelle ranzuhängen? Vielleicht wollte sie, indem sie sich mit Rochelle zusammentat, deren Identität annehmen und Chad glauben machen, dass Rochelle die Mörderin ist. Ich meine, du hast sie doch gesehen. Schau dir an, wie ähnlich sie sich sehen. Du hast gehört, wie Rochelle gesagt hat, dass Blythe eine Stalkerin war. Vielleicht sah sie, Blythe, Chad jedes Mal, wenn sie mit ihm in Kontakt kam, so ähnlich, dass sie ihn täuschen konnte. Und als sie mit uns allen in Kontakt kam, zum Beispiel bei einer Vorstandssitzung, hat sie dann ihre eigene Identität angenommen? Ich weiß es nicht, Bob. Ich meine, das ist alles, was mir einfällt." Emily sah Bob misstrauisch an.

„Du meinst, ich soll glauben, dass sie Rochelle gespielt hat, wenn einige Leute zugesehen haben? Und Blythe, wenn andere zugesehen haben?" Bob lehnte sich in seinem Stuhl zurück, während Emily leise nickte. Sie streckte die Hand aus und drehte die Heizung noch weiter herunter. Schweißte sie wegen der Wahrheit oder wegen der gestiegenen Temperatur?

„Bob, du weißt, dass es nicht Rochelle gewesen sein kann, die diese Leute umgebracht hat." „Woher weißt du das?"

Rochelle war mit uns im Auto, als Miriam auf der Autobahn erschossen wurde. Wie hätte sie auf Leute schießen können, wenn sie selbst beschossen wurde? Emilys Stimme klang total begeistert von diesem Beweis, den sie gerade aus dem Sumpf der Halbwahrheiten herausgefischt hatte.

Das Herumschwimmen in diesem schlammigen Pool der Wahrheit trübte jedoch Emilys Verständnis der Geschichte, die sie Bob vorschlug. Sie musste daran denken, dass Blythe tatsächlich Rochelle im Auto spielte, als Miriam erschossen wurde. Nun würde es schwierig werden, klar zu machen, dass die echte Rochelle diejenige war, die die Schüsse auf die vorgetäuschte Rochelle abgegeben hatte. Was würde Emily dafür geben, ein Flussdiagramm vor sich zu haben. Sie schwitzte ein wenig mehr.

Als würde es ihm helfen, seine Gedanken zu ordnen, schüttelte Bob den Kopf. Er seufzte und sagte: „Ihre Erklärungen sind kreativ. Wir werden sehen, zu welchen Ergebnissen die Ermittler kommen. Wenn diese Kugel tatsächlich abgeprallt ist und Blythe getötet hat, dann gibt es nicht mehr viel, was wir untersuchen können.

„Du bist mir was schuldig, Emily."

Emily schaute ihm in die ehrlichen Augen und meinte ernst: „Ja, das bin ich. Ich bin dir was schuldig. Wenn es dir nichts ausmacht, kann ich dir noch was schuldig bleiben?"

Bob nickte schweigend.

„Wenn du hier fertig bist, könntest du Byte und mich zum Büro meiner Mutter bringen? Wie alles andere, was du für mich getan hast, würde ich das echt schätzen. "

KAPITEL 42

„Dolly, ist es okay, wenn ich Byte mit ins Büro nehme?", fragte Emily, kaum dass sie und Bob die Leiterin der Community Action Group begrüßt hatten.

Dolly winkte ab. „Natürlich. Der Hund hat bessere Manieren als manche Kunden hier."

Während Dolly sich zu Byte hinunterbeugte und ihn begrüßte, schlenderte Genevieve durch den Wartebereich, als hätte sie nur auf diesen Moment gewartet. Sie stellte sich direkt vor Bob.

„Hallo, Fremder", säuselte sie gedehnt und schenkte ihm ein Lächeln, das locker eine weitere Stromwarnung für Kalifornien ausgelöst hätte. Dann legte sie beide Hände auf seinen Arm und zog ihn in ihr Büro, als gehörte er längst dorthin.

Dolly schüttelte den Kopf. „Eigentlich hat der Hund bessere Manieren als einige Angestellte."

Sie sah Emily an. „Deine Mutter ist gerade fertig geworden. Danach hat sie heute nichts mehr. Falls du sie suchst."

Emily grinste. „Du bist hellseherisch. Und was mache ich jetzt mit Bob? Meinst du, Gen lässt ihn bald wieder frei? Irgendwann demnächst?"

„Ihr Mann hat gerade angerufen. Er ist auf dem Weg, sie abzuholen", sagte Dolly trocken. „Dann kann sie gehen. Dauert nicht mehr lange."

Bob wurde trotzdem nicht von Genevieves Eifer erlöst, sondern von Louisa. Sie kam vorbei, führte gerade eine Klientin aus ihrem Büro und blieb am Türrahmen von Genevieves Büro stehen. Ohne zu zögern trat sie hinein, hakte sich bei Bob unter und sagte: „Hat Genevieve Sie von der Straße aufgelesen oder sind Sie freiwillig reingekommen?"

Bob lächelte. „Ich spiele den Ritter für Ihre Tochter. Ich glaube, sie braucht Sie."

Louisa musterte ihn. „Geht's um Sustain and Shelter?"

Bob zuckte mit den Schultern. „Das wird Emily dir sagen."

Genevieve ließ den finsteren Blick, den sie Louisa zuwarf, los und fixierte Bob. „Sustain and Shelter? Hat Emily beim Mittagessen nicht davon angefangen? Ida. Ida McIvey. Was ist denn passiert? Ich höre viel zu viel über diesen Laden. Da stimmt was nicht. Also?"

Bob drehte sich zu ihr. „Ida McIvey ist tot. Sie war die Leiche, die Anfang Herbst im Fluss gefunden wurde."

„Oh." Genevieve setzte sich abrupt, als hätten ihr die Beine den Dienst verweigert. Kein Wort mehr.

Louisa und Bob verließen ihr Büro, holten Emily und Byte und gingen mit beiden in Louisas Zimmer. Louisa schloss die Tür, legte Emily den Arm um die Schultern, sah sie an und sagte leise: „Du wusstest von Ida. Dafür hat Bob dich nicht hergebracht. Du hast doch längst vermutet, dass sie es war. Was ist wirklich passiert?"

Emily lehnte den Kopf an die Schulter ihrer Mutter. Zu Bob sagte sie nur: „Erzähl du es ihr."

Bob erzählte, während sie alle mitten im Raum standen, Emilys Geschichte. Als er fertig war, sah er auf die Uhr. „Ich muss zurück ins

Rathaus, wenn ich meinen Tag vor Mitternacht beenden will. Louisa, vielleicht sehen wir uns später noch, aber ich rufe heute Abend auf jeden Fall an.“

Louisa nickte. „Gut. Ich warte.“ Dann wandte sie sich an Emily. „Wir müssen die Mädchen abholen, stimmt's?“

„Es gibt eine Fahrgemeinschaft“, sagte Emily, „aber wenn du Zeit hast, wäre ich dir dankbar, wenn du sie abholst.“

Louisa löste sich von ihr und musterte sie. Etwas in ihrem Blick blieb hängen. „Was noch, Em?“

Emily verzog das Gesicht. „Wie meinst du das?“

„Da ist mehr. Bob weiß nicht alles, oder?“

Emily hob eine Augenbraue. „Ist das deine Sozialarbeiter-Intuition oder die mütterliche?“

Louisa lächelte nur. „Keine Ahnung. Wie geht's weiter? Willst du es mir sagen?“

Emily atmete langsam aus. „Ja und nein.“

Louisa nickte, als wäre das die ehrlichste Antwort der Welt.

„Du kennst doch dieses uralte Problem“, sagte Emily schließlich. „Wenn eine Lüge jemandem hilft, ist sie dann gut oder schlecht? Und wenn sie mehr als einer Person hilft? Wenn eine Person die Wahrheit kennt und die andere sie niemals wissen will, lohnt sich dann das Aufdecken überhaupt? Sag es niemandem. Rette eine Familie.“

Louisa nickte wieder. „Ich schätze, das wissen am Ende nur du. Und Gott.“

Emily verzog den Mund. „Ja. Gott und ich. Das hat was.“

Sie warteten nicht darauf, dass Jojo und Lulie von allein herauskamen. Stattdessen gingen Emily und Louisa mit dem Versprechen auf Eiscreme direkt in die Klassenzimmer. „Mama hatte einen Unfall“, erklärten sie,

„und Oma fährt euch heute Nachmittag." Das sparte Diskussionen. Die Eiscreme erst recht.

Als sie zu Louisas Auto gingen, sah Emily Mrs. Emory. Ob Rochelle, ob Blythe, ob irgendwer dazwischen, das war inzwischen fast nebensächlich. Sie stieg aus ihrem Rolls, begrüßte Samantha und Scott, beugte sich vor und umarmte beide so ausdauernd, als hätte sie acht Arme. Erst als die Kinder sich protestierend wanden, ließ sie sie los.

Verratet es nicht. Rettet eine Familie.

KAPITEL 43

Kurz vor Thanksgiving holte Miriam Emily wie üblich zum Dienstagmittagessen ab. Diesmal hupte sie nicht und wartete auch nicht im Auto. Sie stürmte ins Haus, fischte eine Zeitung aus ihrem Regenmantel und hielt sie Emily aufgeregt unter die Nase.

„Hast du das gesehen? Hast du die San-Francisco-Zeitung vom letzten Sonntag gelesen? Im Style-Teil. Hast du's gesehen?"

Emily blinzelte. „Nein. Ich hab nur die Buchrezensionen geschafft. Lulie hatte zu viele Hausaufgaben. Wovon redest du?"

„Da." Miriam tippte mit dem Finger auf ein Foto. „Rochelle und Geoffrey. Das sind doch die Leute von oben vom Hügel, oder?"

Emily nahm die Zeitung, zog sie näher heran und betrachtete das Bild. Geoffrey sah aus wie immer. Rochelle trug ihr dunkles Haar hochgesteckt und ein trägerloses, glitzerndes Abendkleid. Beide lächelten dieses gesellschaftsfähige Lächeln, das nichts kostet und trotzdem teuer wirkt. Unter dem Foto standen die Namen: Rochelle und Geoffrey Emory.

„Sieht stark danach aus", sagte Emily.

Miriam schüttelte den Kopf. „Wusstest du, dass sie nach San Francisco gezogen sind? Ich nicht. Einen Tag wohnen sie noch in dieser riesigen Bude, am nächsten sind sie weg. Sogar …" Sie stockte kurz. „Sogar die Kinder waren überrascht. Samantha und Scott waren plötzlich nicht mehr in der Schule."

„Nein", sagte Emily abwesend und blätterte weiter.

Miriam zögerte. „Ich hab da noch was gehört. Ramona meinte, bei denen oben hätte es einen Selbstmord gegeben. Eine Obdachlose soll sich erschossen haben. Weißt du davon? Das war ungefähr zu der Zeit, als dein Van gerammt wurde. Hast du jemals rausgefunden, wer das war?"

Emily hob den Blick. „Ich konnte das Auto nicht identifizieren. Nicht mal das Kennzeichen."

„Und der Selbstmord? Weißt du irgendwas?"

Sag es niemandem. Sag niemandem, was du weißt. Lass das Geheimnis sterben. Tote Geheimnisse sollte man nicht ausgraben. Rette eine Familie.

Emily ließ einen Moment verstreichen, dann sah sie Miriam ruhig an. „Nein. Ich weiß nichts darüber." Sie drehte die Zeitung zusammen. „Aber es ist logisch, dass sie nach San Francisco sind. Gibt es einen besseren Ort, um Gerüchte zu übertönen, als eine Stadt, in der die Familie deines Mannes Einfluss hat? Da redet sowieso jeder über jeden. Und selbst wenn die Geschichte stimmt, wird irgendwer sie schon als übertrieben abtun."

„Und was sagt Bob Washburn zu allem?"

„Wozu genau?"

„Na, Sustain and Shelter. Das ganze Ding."

Emily sah sie an. „Ich dachte, wir reden nicht über Sustain and Shelter."

„Tun wir aber. Rochelle war doch da im Vorstand, also…"

Emily schnaubte leise. „Bob interessiert vor allem, dass er seinen Job gemacht hat und Rudyard und Chad aus dem Verkehr sind. Mehr will er nicht. Für dich und mich ist das ein Rätselroman. Für ihn ist es ein Aktenstapel."

Sie ließ den Satz stehen und setzte nach: „Komm doch zum nächsten Treffen von Sustain and Shelter. Dann kannst du dir ansehen, ob du im Vorstand mitmachen willst."

Miriam starrte sie an. „Wie bitte? Ich dachte, nach der Verhaftung wird der Laden zugesperrt und zugemauert."

„Vielleicht", sagte Emily. „Aber Joan Chavez und Thomas Oakhurst glauben, dass es weitergehen kann. Die Klinik hat tatsächlich geholfen, Miriam. Und sie sind überzeugt, dass genug Geld da ist, um weiterzumachen. Joan hat Zeit. Sie hat ihren Job im County Hospital verloren, muss sich noch mit der Ärztekammer herumschlagen wegen ihrer Lizenz, aber sie hat diese ganze Auflage an gemeinnütziger Arbeit. Sustain and Shelter könnte überleben. Lass uns schauen, ob das stimmt."

Miriam zog den Mund schmal. „Und das wäre auch gut für Thomas und Joan, damit sie zusammenbleiben?"

„So ungefähr." Emily zuckte mit den Schultern. „Komm einfach mit. Nur zum Gucken."

Miriam formte stumm ein „Nein", sah Emily an und sagte dann: „Ich denke drüber nach."

Für Emily begann Weihnachten in diesem Jahr früh. Am Freitag nach Thanksgiving standen David, Louisa, Bob, Jojo und Lulie gleichzeitig zwischen Abendessen und Dessert auf. Lulie kicherte, als David einen Schal aus Emilys Schublade zog, ihn ihr über die Augen band und sagte: „Du musst uns vertrauen. Wir bringen dich zu einem Schatz."

Emily hörte Jojos vergeblichen Versuch, das Kichern der Schwester zu ersticken, während David und Louisa sie aus der Küche in die Garage führten.

„Okay, Lulie", sagte Louisa, „ich hebe dich hoch. Dann kannst du die Binde abnehmen. Emily, Augen zu, bis Jojo es erlaubt."

Louisa drehte Emily zur Garagentür. Ihre Stimme klang bemüht gelassen und verriet sie trotzdem.

Emily roch es, noch bevor Jojo „jetzt" sagte. Als sie die Augen öffnete, traf sie der Anblick trotzdem wie ein Schlag. Dort, wo bisher der Mietwagen gestanden hatte („Nur bis der Van repariert ist", hatte David gesagt), stand jetzt ein goldener SUV, der nach Neuwagen roch. Hellbraunes Leder. CD-Player. Lautsprecher hinten. Sechszylinder. Und noch mehr von dem Zeug, das Detroit erfindet, damit man unterwegs vergisst, wie viel Zeit man unterwegs verbringt.

Jojo und Lulie quietschten, als hätte man ihnen ein Geheimnis geschenkt, das sie endlich auspacken durften. Louisa und Bob standen neben dem Van, Bobs Arm um Louisas Schulter, beide grinsten. Louisa kramte eine Kamera hervor und hielt drauf.

Emily brachte nur ein paar ungläubige Laute zustande, während David lachte. „Der alte Van war nicht mehr zu retten. Die Versicherung hat ihn sofort als Totalschaden eingestuft. Wir haben lange gesucht, weil er perfekt für dich sein sollte. Deshalb hat's gedauert. Ich hab dem Händler gesagt, er muss einen finden, der alles hat, was du brauchst."

Er machte eine Pause, als müsse er den Satz dosieren. Dann grinste er. „Nur eine Sache haben wir nicht hingekriegt."

„Was denn?" Emily fiel ihm um den Hals.

„Einen Sicherheitsgurt für Hunde."

Byte, der außen am Van geschnüffelt hatte, sah die Familie an und schnaubte.